人民共和國文化與文學叢書

二　編

李　怡 主編

第 3 冊

作家檢討與文學轉型（1949-1957）（上）

商昌寶 著

花木蘭文化出版社

國家圖書館出版品預行編目資料

作家檢討與文學轉型（1949-1957）（上）／商昌寶 著 -- 初版 --
新北市：花木蘭文化出版社，2015〔民 104〕
序 4+ 目 2+158 面；19×26 公分
（人民共和國文化與文學叢書 二編；第 3 冊）
ISBN 978-986-404-215-9（精裝）
1. 中國當代文學 2. 作家 3. 文學評論
820.8　　104011319

ISBN- 978-986-404-215-9

人民共和國文化與文學叢書
二 編 第 三 冊　ISBN：978-986-404-215-9

作家檢討與文學轉型（1949-1957）（上）

作 者 商昌寶
主 編 李 怡
企 劃 北京師範大學民國歷史文化與文學研究中心
四川大學現代中國文化與文學研究中心
總 編 輯 杜潔祥
副總編輯 楊嘉樂
編 輯 許郁翎
印 刷 普羅文化出版廣告事業
出 版 花木蘭文化出版社
社 長 高小娟
聯絡地址 235 新北市中和區中安街七二號十三樓
電話：02-2923-1455／傳眞：02-2923-1452
網 址 http://www.huamulan.tw 信箱 hml 810518@gmail.com
初 版 2015 年 9 月
全書字數 348595 字
定 價 二編 16 冊（精裝）台幣 28,000 元

作家檢討與文學轉型
（1949-1957）（上）

商昌寶　著

作者簡介

商昌寶（1973 ～），男，文學博士，副教授。現供職於天津師範大學文學院。學術興趣集中於思想史、知識分子精神史，偶涉文學評論。2003 年以來先後在《二十一世紀》、《中國現代文學研究叢刊》、《文藝爭鳴》、《揚子江評論》、《粵海風》等刊物公開發表學術論文 80 餘篇。另有學術專著《茅盾先生晚年》（河北人民出版社 2014 年）；主編「小說眼・看中國」叢書（北嶽文藝出版社 2014 年）；參與編寫《魯迅大全集》、《現代中國文學史（1949 ～ 2008）》等。

提　　要

1949 年後，大陸中國進入到一種烏托邦式的極權主義統治時期，包括作家在內的知識群體必須要接受思想改造方能苟延殘喘和安身立命，於是，作為「另類文字」的檢討成為這一時期作家們在政治大環境下的精神、思想和行為嬗變的忠實記錄。

作為昔日自由主義者的朱光潛、沈從文和蕭乾等「反動作家」，由於歷史積怨，基本上是以「怕」為思想底色，所以 1949 年後不得不以敬畏的心理和態度頻繁檢討，不斷清洗著原有思想的「罪孽」，經歷了一個由「怕」而「信」的過程，所秉持的有限的自由主義思想主張也在這個過程中喪失殆盡。

巴金、老舍、曹禺等憑藉「進步作家」的身份，直接進入到體制內，成為既得利益者，但他們都清楚自己於革命沒有什麼貢獻。為了求得主流政治的認可和賞識，他們心甘情願地放棄自我，以獻媚、迎合的心態不斷檢討自己，以極大熱情彙入頌歌一族，以積極嚴肅的態度充當「打手」。

夏衍、茅盾、胡風等所謂「國統區」左翼作家 1949 年後陷入一種尷尬的境地，既備受重視和重用，又不時地被批判和整肅，不得不放下架子，不斷檢討，以接受主流意識的監督和改造，並與其保持一致。

丁玲與趙樹理這對所謂解放區「雙星」，本應該成為這一時期頌歌文學的領唱者，應該起到樣板和模範的作用，但是，丁玲起初忙於扮演《講話》代言人和「執法者」的角色，缺乏頌歌的實績，之後更是因不識時務而被組織清理出階級隊伍。趙樹理的通俗化理論和「農民啓蒙」的思想與《講話》相衝突的缺點逐漸暴露出來後，不得不在上級的督促下一次次地檢討。

大陸中國作家集體淪陷的根本癥結在於，現代中國雖歷經三十餘年的發展，但是「五四」啓蒙現代性中的獨立之人格、自由之思想並沒有演化為作家群體的終極精神追求和價值準則。在他們思想和精神深處，傳統中國的官本位文化和奴隸以及奴才人格等寄生基因，一旦遇到合適環境，便會不加收斂地瘋長起來。這是現代中國始終面臨的問題，也是未能解決好的問題。

世界知識、地方知識
與人民共和國文學研究

李　怡

無論我們如何估價近 30 年來的中國文學研究成果，都不得不承認這樣一個事實，即當代中國文學研究的發展演變與我們整個知識系統的轉化演進有著密切的聯繫，這種聯繫不僅勾畫了迄今爲止我們文學研究的學術走向，而且也將爲未來的學術前行提供新的思路。

回顧近 30 年來的中國文學研究的知識背景，我們注意到存在一個由「世界知識」與「地方知識」前後流動又交互作用過程。考察分析「知識」系統的這些變動，特別是我們對「知識系統」的認識和依賴方式，將能折射出我們學術發展過程中的值得注意的重要問題，促使我們作出新的自我反省。

一

在對人民共和國文學的研究之中，「世界」的知識框架是在新時期的改革開放中搭建起來的。「世界」被假定爲一個合理的知識系統的表徵，而「我們」中國固有的闡釋方式是充滿謬誤的，不合理的。新時期當代中國文學的研究是以對「世界」知識的不斷充實和完善爲自己的基本依託的，這樣的一個學術過程，在總體上可以說是「走向世界」的過程。「走向世界」代表的是剛剛結束十年內亂的中國急欲融入世界，追趕西方「先進」潮流的渴望。在中國現當代文學研究界乃至中國學術界「走向世界」呼籲的背後，是整個中國社會對衝出自我封閉、邁進當代世界文明的訴求。在全中國「走向世界」的合奏聲中，走向「世界文學」成了新時期中國現代文學研究的「第一推動力」。

在那時，當代中國文學研究是努力以中國之外「世界」的理論視野與方法為基礎的。以國外引進的自然科學的研究方法——「三論」（系統論、信息論、控制論）為起點，經過 1984 年的反思、1985 年的「方法論年」，西方文學理論與批評得到了到最廣泛的介紹和運用，最終從根本上引導了當代中國文學批評的主潮。

人民共和國文學的研究也是以中國之外的「世界」文學的情形為參照對象的，比較文學成為理所當然的最主要的研究方式，比較文學的領域彙集了當代中國文學研究實力強大的學者，中國學術界在此貢獻出了自己最重要的成果。新時期中國學人重提「比較文學」首先是在外國文學研究界，然而卻是在一大批中國現代文學研究者介入，或者說是在中國現代文學研究界將它作為一種「方法」加以引入之後，才得到長足的發展。正如王富仁先生所說：「我們稱之為『新時期』的文學研究，熱熱鬧鬧地搞了 10 多年，各種新理論、新觀念、新方法都『紅』過一陣子。『熱』過一陣子，但『年終結帳』，細細一核算，我認為在這十幾年中紮根紮得最深，基礎奠定得最牢固，發展得最堅實，取得的成就最大的，還是最初『紅』過一陣而後來已被多數人習焉不察的比較文學。」〔註 1〕

這些文學研究設立了以「世界」文學現有發展狀態為自己未來目標的潛在意向，並由此建立著文學批評的價值取向。曾小逸主編《走向世界文學》一書不僅囊括了當時新近湧現、後來成為本學科主力的大多數學者，集中展示了那個時期的主力學者面對「走向世界」這一時代主題的精彩發言，而且還以整整 4 萬 5 千餘字的「導論」充分提煉和發揮了「走向世界文學」的歷史與現實根據，更年輕一代的學人對於馬克思、歌德「世界文學」著名預言的接受，對於「走向世界」這一訴求的認同都與曾小逸的這篇「導論」大有關係。一時間，僅僅局限於中國本身討論問題已經變成了保守封閉的象徵，而只有跨出中國，融入「世界」、追逐「世界」前進的步伐，我們才可能有新的未來。

進入 1990 年來之後，我們重新質疑了這樣將「中國」自絕於「世界」之外的思想方式，更質疑了以「西方」為「世界」，並且迷信「世界」永遠「進化」的觀念。然而，無論我們後來的質疑具有多少的合理性，都不得不承認，

〔註 1〕王富仁：《關於中國的比較文學》，見王富仁《說說我自己》125 頁，福建人民出版社 2000 年。

一個或許充滿認知謬誤的「世界」概念與知識，恰恰最大限度地打破了我們思維閉鎖，讓我們在一個全新的架構中來理解我們的生存環境與生命遭遇。這就如同 100 多年前，中國近代知識分子重啓「世界」的概念，第一次獲得新的「世界」的知識那樣。「世界」一詞，本源自佛經。《楞嚴經》云：「世爲遷流，界爲方位。」也就是說，「世」爲時間，「界」爲空間，在中國文化的漫長歲月裏，除了參禪論道，「世界」一詞並沒有成爲中國知識分子描述他們現實感受的普遍用語。不過，在近代日本，「世界」卻已經成爲了知識分子描述其地理空間感受的新語句，當時中國的知識分子在談及其日本見聞的時候，也就便將「世界」引入文中，例如王韜的《扶桑遊記》，黃遵憲的《日本國志》，20 世紀初，留日中國知識分子掀起了日書中譯的高潮，其中，地理學方面的著作占了相當的數量，「大部分地理學譯著的原本也是來自日本」。〔註2〕隨著中國留學生陸續譯出的《世界地理》、《世界地理誌》等著作的廣泛傳播，「世界」也才成爲了整個中國知識界的基本語彙。世界，這是一個沒有中心的空間概念。

「世界」一詞回傳中國、成爲近現代中國基本語彙的過程，也是中國知識分子認知現實的基本框架——地理空間觀念發生巨大改變的過程：我們所生存的這個世界並非如我們想像的那樣以中國爲中心。是的，在 100 年前，正是中國中心的破滅，才誕生了一個更完整的「世界」空間的概念，才有了引進「非中國」的「世界」知識的必要，儘管「中國」與「世界」在概念與知識上被作了如此不盡合理「分裂」，但「分裂」的結果卻是對盲目的自大的終結，是對我們認識能力的極大的擴展。這，大概不能被我們輕易否定。

二

1990 年代以後人們憂慮的在於：這些以西方化的「世界」知識爲基礎的思想方式會在多大的程度上壓抑和遮蔽了我們的「民族」文化與「本土」特色？我們是否就會在不斷的「世界化」追逐中淪落爲西方「文化殖民」的對象？

其實，100 餘年前，「世界」知識進入中國知識界的過程已經告訴我們了一個重要事實：所謂外來的（西方的）「世界」知識的豐富過程同時伴隨著自我意識的發展壯大過程，而就是在這樣的時候，本土的、地方的知識恰恰也

〔註 2〕鄒振環：《晚清西方地理學在中國》244 頁，上海古籍出版社 2000 年版。

獲得了生長的可能。

100 餘年前的留日中國學生在獲得「世界」知識的同時，也升起了強烈「鄉土關懷」。本土經驗的挖掘、「地方知識」的建構與「世界」知識的引入一樣的令人矚目。他們紛紛創辦了反映其新思想的雜誌，絕大多數均以各自的家鄉命名，《湖北學生界》、《直說》、《浙江潮》、《江蘇》、《洞庭波》、《鵑聲》、《豫報》、《雲南》、《晉乘》、《關隴》、《江西》、《四川》、《滇話》、《河南》……這些本土的所在，似乎更能承載他們各自思想的運動。在這些以「地方性」命名的思想表達中，在這些收錄了各種地域時政報告與故土憂思的雜誌上，已經沒有了傳統士人的纏綿鄉愁，倒是充滿了重審鄉土空間的冷峻、重估鄉土價值的理性以及突破既有空間束縛的激情，當留日中國知識分子紛紛選擇這些地域性的名目作爲自己的文字空間之時，我們所看到的分明是一次次的精神的「還鄉」。他們在精神上重返自己原初的生存世界，以新的目光審視它，以新的理性剖析它，又以新的熱情激活它。

出於對普遍主義與本質主義的批判立場，美國著名的文化人類學家克利福德．格爾茲教授（Clifford Geertz）提出了「地方性知識」這一概念，在他的《地方性知識》一書中有過深刻的表述。「所謂的地方性知識，不是指任何特定的、具有地方特徵的知識，而是一種新型的知識觀念。而且地方性或者說局域性也不僅是在特定的地域意義上說的，它還涉及到在知識的生成與辯護中所形成的特定的情境，包括由特定的歷史條件所形成的文化與亞文化群體的價值觀，由特定的利益關係所決定的立場、視域等。」它要求「我們對知識的考察與其關注普遍的準則，不如著眼於如何形成知識的具體的情境條件。」〔註 3〕作爲後現代主義時代的思想家，克利福德．格爾茲強調的是那種有別於統一性、客觀性和眞理的絕對性的知識創造與知識批判。雖然我們沒有必要用這樣的論述來比附百年前中國知識分子的「地方意識」的萌發，但是，在對西方現代化的物質主義保持批判性立場中討論中國「問題」，這卻是像魯迅這樣知識分子的基本選擇，當近現代中國知識分子提出諸多的地方「問題」之時，他們當然不是僅僅爲了展示自己的地方「獨特性」，而是表達自己所領悟和思考著的一種由特定區域與「特定的歷史條件」所決定的價值追求。而任何一個不帶偏見地閱讀了中國現代文學作品的人都可以發現，這些價值追求既不是西方文化的簡單翻版，也不是地方歷史的簡單堆積，它們屬於一

〔註 3〕盛曉明：《地方性知識的構造》，《哲學研究》2000 年 12 期。

種建構中的「新型的知識觀念」。

所以我認爲，近代中國知識分子這種依託地方生存感受與鄉土時政經驗的思想表達分明不能被我們簡單視作是「外來」知識的移植和模仿，更不屬於所謂「文化殖民」的內容。

同樣，在新時期的當代中國文學批評中，在重點展示西方文學批評方法的「方法熱」之同時，也出現了「文化尋根」，雖然後來的我們對這樣的「尋根」還有諸多的不滿；1990 年代以降，文學與區域文化的關係更成爲了文學研究的重要走向。竭力倡導「走向世界」的現代學人同樣沒有忽視中國文學研究的地方資源問題，在「後現代主義」質疑「現代性」、後殖民主義批判理論質疑西方文化霸權的中國影響之前，他們就理所當然地發掘著「地方性」的獨特價值，1989 年的中國現代文學研究會蘇州年會就以「中國現代作家與吳越文化」議題之一，在學者看來：「20 世紀中國新文學是在西方近代文學的啓迪下興起的。但就具體作家而言，往往同時也接受著包括區域文化在內的中國傳統文化的影響——有時是潛移默化的濡染，有時則是相當自覺的追求。」〔註 4〕爲 20 在中國當代批評家的眼中，引入「地方性」視野既是一種「豐富」，也是一種「尊嚴」，正如學者樊星所概括的那樣：「在談論『中國文化』、『中國民族性』、『中國文學的民族特色』這些話題時，我們便不會再迷失在空論的雲霧中——因爲絢麗多彩的地域文化給了我們無比豐富的啓迪。」「當現代化大潮正在沖刷著傳統文化的記憶時，文學卻捍衛著記憶的尊嚴。」〔註 5〕在這裏，「地方性」背景已經成爲中國學者自覺反思「現代化大潮」的參照。

三

重要的在於，「世界知識」與「地方知識」完全可以擺脫「二元對立」的狀態，而呈現出彼此激發、相互支撐的關係，中國文學從晚清到人民共和國的演化就說明了這一點。

在「世界知識」與「地方知識」相互支持的關係構架中，起關鍵性作用的是中國知識分子的自我意識的成長。對於文學批評而言，自我意識的飽滿

〔註 4〕嚴家炎：《二十世紀中國文學與區域文化叢書．總序》，《二十世紀中國文學與區域文化叢書》，湖南教育出版社 1995 年版。

〔註 5〕樊星：《當代文學與地域文化》21 頁，華中師範大學出版社 1997 年版。

和發展是我們發現和提煉全新的藝術感受的基礎，只有善於發現和提煉新的藝術感受的文學批評才能推動人類精神的總體成長，才能促進人生價值新的挖掘和發揚。在我們辨別種種「知識」的姓「西」姓「中」或者「外來」與「本土」之前，更重要是考察這些中國知識分子是否將獨立人格、自由意志與人的主體性作爲了自覺的追求，換句話說，在「知識」上將「世界」與「本土」暫時「割裂」並不要緊，引進某些「外來」的偏激「觀念」也不要緊，重要的在於在這樣的一個過程當中，作爲知識創造者的我們是否獲得了自我精神的豐富與成長，或者說自我精神的成長是否成爲了一種更自覺的追求，如果這一切得以完成，那麼未來的新的「知識」的創造便是盡可期待的，從「世界知識」的引入到「地方知識」的重新創造，也自然屬於題中之義，而且這樣的「地方知識」理所當然也就不是封閉的而是開放的。

從「世界知識」的看似偏頗的輸入到「地方知識」的開放式生長，這樣的過程原本沒有矛盾，因爲知識主體的自我意識被開發了，自我創造的活性被激發了。

在晚清以來中國的思想演變中，浸潤於日本「世界知識」的魯迅提出的是「入於自識，趣於我執，剛愎主己」，即返回到人的自我意識。〔註 6〕

在 1980 年代，不無偏頗的「方法熱」催生了文學「主體性」的命題：「我們強調主體性，就是強調人的能動性，強調人的意志、能力、創造性，強調人的力量，強調主體結構在歷史運動中的地位和價值。」〔註 7〕雖然那場討論尚不及深入展開。

過於重視「知識」本身的辨別和分析，極大地忽略了「知識」流變背後人的精神形態的更重要的改變，這樣我們常常陷入中/外、東/西、西方/本土的無休止的糾纏爭論當中，恰恰包括中國文學批評家在內的現代知識分子的精神創造過程並沒有得到更仔細更具有耐性的觀察和有說服力量的闡釋，其精神創造的成果沒有得到足夠的總結，其所遭遇的困難和問題也沒有得到深入細緻的分析。

在這個意義上，我們也可以認爲，現當代中國文學研究與「世界知識」、「地方知識」的關係又屬於一種獨特的「依託——超越」的關係，也就是說，

〔註 6〕魯迅：《文化偏至論》，《魯迅全集》1 卷 50 頁，人民文學出版社 1981 年版。

〔註 7〕劉再複：《論文學的主體性》，《文學主體性論爭集》3 頁，紅旗出版社 1986 年版。

我們的一切精神創造活動都不能不是以「知識」爲背景的，是新知識的輸入激活了我們創造的可能，但文學作爲一種更複雜更細微的精神現象，特別是它充滿變幻的生長「過程」，卻又不是理性的穩定的「知識」系統所能夠完全解釋的，對於文學創作與文學研究的考察描述，既要能夠「知識考古」，又要善於「感性超越」，既要有「知識學」的理性，又要有「生命體驗」激情，作爲文學的學術研究，則更需要有對這些不規則、不穩定、充滿偏頗的「感性」與「激情」的理解力與闡釋力。

人類不僅是邏輯的知性的存在物，也是信仰的存在物，是充滿感性衝動與生命體驗的複雜存在。

自晚清、民國到人民共和國，中國文學現象的發生發展，不僅是與新「知識」的輸入與傳播有關，更與「知識」的流轉，與中國知識分子對「知識」的「理解」有關。我們今天考察這樣一段歷史，不僅僅需要清理這些客觀的知識本身，更要分析和追蹤這些「知識」的演化過程，挖掘作爲「主體」的中國知識分子對這些「知識」的特殊感受、領悟與修改，換句話說，我們今天更需要的不是對影響中國文學這些的「中外知識」的知識論式的理解，而是釐清種種的「知識」與現代中國人特殊生存的複雜關係，以及中國知識分子作爲創造主體的種種心態、體驗與審美活動，所謂的「知識」也不單是客觀不變的，它本身也必須重新加以複述，加以「考古」的觀察。這就是我們著力強調「民國歷史文化」、「人民共和國文化」之於文學獨特意義的緣由。

所有這些歷史與文學的相互對話，當然都不斷提醒我們特別注意中國知識分子的自由感受、自我生成著精神世界，正如康德對文藝活動中自由「精神」意義的描述那樣：「精神(靈魂)在審美的意義裏就是那心意付予對象以生存的原理。而這原理所憑藉來使心靈生動的，即它爲此目的所運用的素材，把心意諸和合目的地推入躍動之中，這就是推入那樣一種自由活動，這活動由自身持續著並加強著心意諸力」〔註 8〕

〔註 8〕康德：《判斷力批判》上卷第 159～160 頁，宗白華譯，商務印書館 1964 年版。

序

李新宇

眾所週知，在上個世紀 50 年代，中國大陸文學發生了一次整體性的轉型，文學由作家自由創作變爲國家計劃生產，文壇由多元轉向一元，作品由爭奇鬥豔化爲整齊一致。

作家們告別各自早已形成的風格，從題材到形式，全面適應政治的要求，從而形成了文壇史無前例的新面貌，並且鋪平了此後「十七年」以至「文革」時期的文學道路。過去的文學史對這一轉變多有描述，但有一個問題卻一直缺少回答：這一切是如何發生的？作家們爲什麼要放棄自己熟悉的題材、改變自己的道路、放棄自己的風格？爲什麼會扼制自己的個性而去寫那些千篇一律的作品？固然，它是響應領袖號召的結果，但經歷過五四新文化運動洗禮的作家，見識過 1930 年代文壇多元狀態的作家，醉心於藝術獨創的作家，那麼容易被「一體化」嗎？

商昌寶的這本書正是帶著這樣的問題開始的。面對中國新文學的這次轉型，他執著地想弄清到底是怎麼回事，想知道歷史究竟發生了什麼，又是什麼力量使一代作家那麼迅速地發生了轉變，並且成功地造就了文學園地的整齊和一致。

這樣的選題意義無須多說。然而，更爲獨到的還是商昌寶的切入角度——作家的檢討，這是一個長期以來很少有人涉足的特別領域。

一般說來，要研究文學的這次轉型，不能不關注三個層面：一是持續不斷的文藝批判運動，因爲正是它不斷在向作家亮黃牌、敲警鐘，使之知道了什麼可以寫，什麼不可以寫，怎樣寫可行，怎樣寫不可行。二是知識分子改造運動，它是文藝批判運動的廣闊背景和時代文化支撐，只有在這一背景上，作家藝術家的轉變才不再是孤立的事件，一些所謂奧秘才可以破解。三是文藝批判運動和知識分子改造運動背後作爲制度支撐出現的一系列措施，如關閉自由市場、建立文化生產的計劃體制等。

而在這其中，最爲重要的顯然是作家的「國有化」和「單位化」。商昌寶對此都有比較深入的思考，但他知道，全面研究這一切是不可能的，因而選取了一個特別的角度，考察作家們的檢討書。

檢討書是一種特別的文本，包含了豐富的時代文化密碼，要考察那個時代作家的精神狀況，它的價值的確是別的文本無法替代的。記得沙葉新先生在題爲《檢討文化》的一篇文章中說過：「在中國，凡是在那風雨如晦、萬馬齊喑的年代生活過的人，他很可能從沒受過表揚，但不太可能沒做過檢討；他也很可能從沒寫過情書，但不太可能沒寫過檢討書。連劉少奇、周恩來這樣的開國元勳都做過檢討，連鄧小平、陳雲這樣的輔弼重臣都寫過檢討書，你敢說你沒有？上自國家主席、政府總理，中及公務人員、知識分子，下至工農大眾、普通百姓，更別說『地富反壞』、『牛鬼蛇神』了；無論你是垂死的老者，還是天眞的兒童，只要你被認爲有錯，便不容你申辯，眞理始終掌握在有權說你錯的領導和自認永遠對的領袖手中，自己只得低頭認罪，深刻檢討……」然而，對於這種「檢討文化」的載體，學界卻一直缺少研究。從這個意義上說，商昌寶對作家檢討的研究無論做得怎樣，都已具有了獨特的存在價值。

正如沙葉新所指出的，從那個年代走過來的人，誰沒做過檢討呢？既然如此，作爲研究對象，材料應該是豐富的。然而，事實並不完全如此，眞要收集研究，卻會面臨各種困難。首先，作爲一種特別文體，雖然許多知名人士的檢討都曾發表在報刊上，但那不過是滄海一粟，更多的文本並未進入傳播，而是被裝入了各種不同的檔案袋。其次，對許多人來說，那些檢討書無疑是光屁股照相，有多少人願意把它公開呢？無論作家還是學者，很少有人願意把那些東西編入自己的文集。據我所知，一位已故作家出全集，負責編輯的是他的弟子，細心而負責，因而文稿收集齊全，但到最後，卻在親屬強烈要求下刪除了兩類文稿：一是他批判別人的文章；二是他的檢討書。在這個問題上，明理而有歷史責任感的並不太多，據我目光所及，自己把檢討書編入文集公開出版的只有邵燕祥等，而把先人的檢討書編入文集的也只有郭小川的子女郭小林、郭小惠等少數人。此外，《聶紺弩全集》、《朱光潛全集》、《沈從文全集》、《趙樹理全集》等雖也不同程度地收有這樣的內容，但也只是九牛一毛。因爲這種情況，研究就相當費力。所幸商昌寶四處搜索，終於把各派知名作家的檢討大致收集起來，使自己的研究不至於成爲無米之炊。

在廣泛閱讀文本和相關史料的基礎上，商昌寶發現不同派別的作家有完全不同的情況，因而分門別類地進行了研究，從中找出了各自不同的精神演變軌迹，並且對其代表性人物進行了剖析。

在研究中，商昌寶的提問方式無疑是尖銳的。比如，他首先涉及的問題之一是：那些檢討是眞的還是假的？這個問題看似簡單，卻涉及更爲嚴重的層面：如果是眞的，作家們何以突然變得那樣幼稚？如果是假的，作家們何以突然競相說謊？這種追問的確有點嚴厲，而且把他們置入一個幾乎無處可逃的境地。在一系列個案研究的基礎上，他得出了一個很不樂觀的結論：「五四」之後形成的所謂現代知識分子群體，事實上自身的現代性轉換並未完成，因而面對歷史的考驗，未能交出合格的答卷，而是醜態百出了。

商昌寶認爲，中國作家的這些弱點也許仍然存在，因而是必須正視的，作爲知識分子，更應該有勇氣正視自己的弱點，從而克服這些弱點。

當然，商昌寶的這種研究必然要面對許多許多困難。首先，在我們這個群體中，一些人是不願認錯、不願懺悔的，也是不願正視自己的恥辱和醜陋的。商昌寶的研究卻似乎執意要把一些人竭力遺忘、拼命掩蓋的往事揭開來，這無疑是揭傷疤，或者簡直是揭醜行。在檢討的時候，出賣朋友、落井下石、傷害別人、以求自保的行爲屢見不鮮。這就決定了商昌寶的工作必然會使一些人不快。儘管他竭力避免碰傷任何人，而且無意追究哪個人的責任，但一些事實無法迴避，擺出來就難免要讓一些人「出醜」。在中國，無論做人還是做事，讓人出醜無疑是大忌。因此，在看過論文第一稿之後，我曾提醒他：你說的都是事實，但這樣讓人出醜，是很討人嫌的。爲了弄清歷史，商昌寶不怕討人嫌。說眞的，我不願我的學生討人嫌，卻很讚賞這種勇氣和科學態度。

與此同時，商昌寶還遇到了一個問題：面對特定環境中的作家言行，用正常的尺度要求，是否過於苛刻？這個時代特別崇尚寬容。因爲我們經歷過大家都不光彩的時代，說句通俗的話，就是「大家屁股底下都不乾淨」。因此，「法不責眾」，對人對事都無法用較高的標準要求。面對一些不光彩的行爲，人們往往喜歡「同情的理解」，把責任歸於空洞的歷史，歸於無人負責的時代。常見的說法是：在那樣的情況下，作家能怎樣呢？他們也是人，也有妻子兒女，也要生存……所以，他們的怯懦，他們的虛僞，他們的見風使舵和損人利己，似乎都應得到同情。作爲沒有經歷過那段歷史的新一代學者，如果對前人責備過重，就難免有「站著說話不腰疼」之嫌。商昌寶恰恰沒有經過那個年代，而且對作家的剖析常常不留情面。所以，在答辯時就有先生善意地讓昌寶設身處地想一想，並且半開玩笑說：如果我們答辯委員會現在決定讓你刪除那些尖銳的批評，否則就不予通過，你刪還是不刪？有沒有堅持眞理的勇氣？

這的確是一個問題。在危及生存的選擇面前，任何人都可能表現出軟弱性。飯碗的力量是大的，任何精神上的控制都不如飯碗的控制更有效。所以，精明的控制者一般不會滿足於精神手段，而眞正的威力也並不來自批判或「洗澡」。

對此，商昌寶事實上早有思考。所以，面對這個問題，他老實地承認：如果不改變自己的觀點就不能畢業，就找不到工作，甚至要餓死，我會改變我的觀點，但我決不會認爲這是正常的或正當的，我會爲我的行爲感到恥辱，而不會說當年我是眞誠的，甚至四處誇耀我的「光榮」。

商昌寶所涉及的，的確是一個尺度問題。他所堅持的，不是苛求特定環境之下的某些作家，而是某種道德和人格的評價標準。因此，他執著地並以實例爭辯說，在一些作家競相說假話的時候，並非不說假話就活不下去；在一些作家對朋友落井下石的時候，並非不對別人落井下石自己就必須死；歷史的事實證明，很多時候作家們並沒有被逼到那樣的地步，那些積極表現的，常常是爲了獲得更多的好處。面對這樣的人，是不應該放棄道德追問的。如果因爲「大家都如此」就降低我們的道德標準，那就更加可悲了，所謂文化建設，將從何談起？

因此，這本書既是面對歷史的，又是面對現實的。商昌寶說，在當年政治高壓之下所做的一切如果可以理解和原諒的話，在今天如何對待自己當年的言行，卻是一個作家人格的試金石。不難看出，商昌寶希望人們面對歷史而有所反省，有所懺悔。

本想只寫一兩頁，卻一開頭就拉拉雜雜寫了這麼多。重讀書稿，我最初的感受仍然未變：如果背景展開更宏闊一些，板塊構成更完整一些，個案剖析更深入一些。或者如果寫成多卷本，讓各派作家自成一卷，合起來又是一個整體，將是多麼可觀的巨著呵！但願昌寶能夠繼續做下去。

2010 年 5 月，天津南開馨名園

目次

導 論

世紀之交，關於當下文人群體、文學創作的質疑和批評之聲可謂此起彼伏，振聾發聵。

關於文人群體，黎鳴曾有「中國的文人是最卑鄙下流的」的論斷，引發知識界和民間的一場大地震。年輕學人余傑則歸納出了所謂「奴隸的法官情結」，並進而闡釋道：「90 年代以來，中國文壇的主旋律是欺人與自欺，文人由社會的進步力量退化成幫兇和幫閒，他們左手拉著魯四老爺、右手拉著假洋鬼子，親親熱熱如同一家人。」〔註 1〕

及至 2010 年初，蕭鷹在回應陳曉明的「中國的立場」、「中國的方法」以及所謂「中國文學前所未有的高度」時，也尖銳地指出：「當今的『中國作家』人數，無疑世界第一，但是，眞正履行作家社會職責的人數，實在爲數不多。」即便是那些早期的嚴肅文學作家，也「紛紛轉入了『孤島寫作』，他們沉迷於玩無聊、玩深沉、玩技巧」。他們的群體精神和人格「極度萎縮」，已經「從『嚴肅寫作的作家』變成了『玩嚴肅的作家』」。而當下的文藝批評家們已經「高度職業化，同時也高度商業化和小集團化」，實現了所謂的「和諧組合」。〔註 2〕

可見，作爲曾經的所謂「靈魂工程師」，作家群體不但光環不再，甚至早已成爲批判的靶心和眾矢之的，彷彿一夜間由「紅磚」變成了廁所裏的臭石頭。面對這樣一個窘境，學界自然不應該繼續沉默以對。

〔註 1〕摩羅：《恥辱者手記：一個民間思想者的生命體驗·序二》，內蒙古教育出版社 1998 年。

〔註 2〕《當下中國文學之我見——從王蒙、陳曉明「唱盛當下文學」說開去》，《北京文學》，2010 年第 1 期。

或者，這樣墮落的場面連外國人也看不過去了。美國著名猶太作家瑪拉末（Bernard Malamud）曾說：「中國人苦難重重，但以文學來說，至今無人寫出任何有關黃河決堤和八年抗戰的偉大作品，在這些天災人禍中死傷人數以數百萬計。」〔註3〕法籍華人作家高行健對此不無辯解而又無可奈何地說：「重要的是，世界沒有一個國家的作家像中國一樣，百年來面對了種種的戰亂——八國聯軍、中日戰爭，接連不斷的內戰和不斷的天災，社會極度混亂，文學要在一個安定的情況下，才有可能成熟。中國文學後來又和革命等同，文學變成革命的手段，文學又如何發展？」〔註4〕德國漢學家顧彬 2006 年在接受「德國之聲」採訪時直言說「中國作家膽子特別小」，不敢直面現實，缺乏自己的聲音。1949 年後沒有一個偉大的作家。〔註5〕

關於文學創作，韓少功在歷陳當前小說的兩大病狀後補充說：「小說需要個性，但個性並非新的普遍性。」〔註6〕雷達在對當前文學創作症候的把脈中指出：「擺在我們面前最現實的問題是，期待的文學大師沒出現，而文學原創能力似乎在喪失，畸形的複製能力在增大，文學數量與質量之比嚴重失衡，威脅著當今文學的整體生態。」〔註7〕汪政、曉華指出：「對於文學來說，要慎提思想性，但這並不意味著小說可以拒絕意義，拒絕思想。」〔註8〕蕭鷹也在不願把話「說決」的前提下指出：「當下中國文學處於非常的低谷——不應有的低谷。」「當今中國文學在作品數量上出現了前所未有的『繁榮』，但是這種『繁榮』包含了太多的泡沫甚至垃圾。因爲商業侵蝕，文學創作的低俗化、惡俗化趨向是當下中國文學低谷狀態的突出表現。」〔註9〕

在詩歌領域，羅振亞指出：「力量感的匱乏是目前詩壇很大的困惑。……在藝術上趨向於匠人的圓滑世故與四平八穩，詩作固然也很美，但卻沒有生機，缺少批判的力度，精神思索的創造性微弱，嚴格說是思想的『原地踏步』。」

〔註3〕吳啓基：《高行健文學繪畫背後的宗教情懷》，《聯合早報》，2007 年 11 月 27 日。

〔註4〕吳啓基：《高行健文學繪畫背後的宗教情懷》，《聯合早報》，2007 年 11 月 27 日。

〔註5〕《德國漢學權威顧賓接受德國之聲採訪原文》http://news.xinhuanet.com/book/2006-12/16/content_5495651.htm

〔註6〕《個性》，《小說選刊》，2004 年第 1 期。

〔註7〕《當前文學創作症候分析》，《光明日報》，2006 年 7 月 5 日.

〔註8〕《2007 年長篇小說創作述評》，《文藝報》，2008 年 2 月 21 日。

〔註9〕《當下中國文學之我見——從王蒙、陳曉明「唱盛當下文學」說開去》，《北京文學》，2010 年第 1 期。

〔註 10〕年輕詩人沈浩波在歷數詩壇的怪狀後總結說：「逃避、編造文化謊言和子虛烏有的文化環境，對當下性和現代性的無力和無知，構成了中國詩歌新的主流！」〔註 11〕青年詩人朵漁也在大量閱讀後將詩壇總結成「秋後收割一空的大地」，「沒有一點清新的精神」，甚至不無悲觀地質問道：「這是一場美學危機還是一種道德危機？」〔註 12〕

可見，無論作家文人還是小說、詩歌，文學的整體場域的確令人堪憂。

或許正是因爲無法忍受當下中國文人的墮落和文學創作的變態，既王力雄、張承志、王小波 1980、1990 年代相繼脫離體制自由單飛之後，2003 年朱大可公開宣佈「跟文學的離婚已經無可挽回」，並解釋說：「這不是因爲我辜負了文學，而是文學辜負了我的期望。我今後再談文學，不會再把它作爲一個文學讀解的單純對象，而是把它視作文化分析的某個因素加以考慮。」〔註 13〕2004 年「下半身」理論發起者、詩人朵漁毅然放棄期刊編輯的鐵飯碗，獨自主持著民刊《詩歌現場》，任性灑脫地以賣文爲生。2007 年，山西作家李銳發表公開信，宣佈辭去山西省作協副主席職務、退出中國作協，並解釋說：「之所以這樣做，是深感作協日益嚴重的官僚化、衙門化……在這種官本位的等級體制下，文學日益萎縮，藝術、學術無從談起。」〔註 14〕自由撰稿人、青年意見領袖韓寒高調宣稱：「我的立場一如既往，我絕不加入作協，打死我也不幹。我認爲，眞正的藝術家應該永遠獨立，絕不能被組織左右。」〔註 15〕葉匡政 2006 年先是宣稱並在中國現代文學館宣讀「文學死了！」〔註 16〕緊接著又撰文揭露了包括文學理論、文學批評等「中國當代文學的十四種死狀」。〔註 17〕隨後又著文不無戲謔地說：「想成爲中國作家嗎？說謊是目前這

〔註 10〕羅振亞、劉波：《關於新詩創作與批評的對話》，《渤海大學學報》（哲學社會科學版），2009 年第 6 期。

〔註 11〕《中國詩歌的殘忍與光榮　目睹近幾年來的中國詩歌現狀》，朵漁主編：《詩歌現場》，2008 年第 5 期，第 207～208 頁。

〔註 12〕《我們現在是一種什麼狀況》，《詩歌現場・編後記》，2008 年第 5 期。

〔註 13〕孤云：《朱大可：我跟文學離婚已無可挽回》，《海峽都市報》，2003 年 8 月 26 日。

〔註 14〕《「作家炒作協」又掀新高潮》，http://www.people.com.cn/GB/14738/14754/14765/2224907.html.

〔註 15〕《韓寒：絕不加入作協　作協一直是可笑的存在》，《南方周末》，2007 年 11 月 8 日。

〔註 16〕《文學死了》，http://blog.sina.com.cn/s/blog_489ab6b00100063l.html；《今天我到中國現代文學館宣讀〈文學死了！〉》，http://blog.sina.com.cn/s/blog_489ab6b001000653.html.

〔註 17〕《揭露中國當代文學的十四種死狀》，http://blog.sina.com.cn/s/blog_489ab6b00

個職業唯一的、僅有的條件。中國當代文學的這種自殺的本性，在經歷了五十多年的虛假繁榮之後，終於走到了它崩潰的終點。文學正在成爲一種毒素，成爲我們生活的毒素、思想的毒素、情感的毒素、信仰的毒素……它甚至成爲我們自由言說的毒素，它含混不清，它指東道西，它言不由衷，成爲我們精神世界中最先腐爛的創傷。」〔註 18〕

那個一直關心中國文學的德國漢學家顧彬，先在 2007 年初撰文宣稱：中國 1949 年後的文學是幾塊錢的「二鍋頭」，之前的文學是幾百塊錢的「五糧液」，後在 2009 年的採訪中直言道：「眞正的德國文人、知識分子、教授們」，「都不會看中國當代小說家的小說」，因爲「當代作家基本沒有什麼思想，他們的腦子是空的。」〔註 19〕

評論者在更早時曾這樣直白地說：「所謂中國文學的影響在法國不超過一百人圈子裏的影響，除了這一百個人沒有人知道中國文學。」在美國也就是「兩百人」，而「日本文學界和青年中普遍流行一句話：中國無文學。」〔註 20〕所謂主流的「當代文學」，其實不能眞正進入世界的視野，儘管公元 2012 年莫言可以憑藉翻譯文學僥倖獲得諾貝爾文學獎，從而引發過被想像和建構的國外的中國文學「熱」。

面對這樣的質疑和批評，學界難道還應該再繼續漠視下去嗎？

客觀地說，上述言論雖不乏偏頗和激進之處，也早有學者接連撰文予以駁斥和澄清，但就其內容和問題的實質來說，不能不承認它的鞭闢入裏、針針見血。而那些試圖迴避或粉飾問題的人，可以說，要麼是無視基本事實，要麼是別有用心。歷史既然已經進入 21 世紀，學界應該而且也必須對這些質疑和批評做出應有的學理性回應。因爲說到底，這關涉到所謂當代中國文人群體的整體評價以及中國當代文學的轉型、發展、定位和未來走向等根本性問題。

當然，回顧歷史可知，這樣的質疑、批判和反思不是一個新問題，而是老問題了。只不過，這次提出問題的時間和方式較比以往更迫切一些罷了。即所謂世紀之交再次提及這樣的問題，顯然有時間上的需要，畢竟現代中國

100066u.html.

〔註 18〕《中國作家只是在製造垃圾嗎》，http://blog.sina.com.cn/s/blog_489ab6b001000a0p.html.

〔註 19〕《中國當代作家基本沒有思想》，《時代周報》，2009 年 3 月 13 日。

〔註 20〕李歐梵、李陀、高行健、阿城：《文學・海外與中國》，《文學自由談》，1986 年第 6 期。

文學已走過一個世紀，於情於理都需要做出客觀的總結和展望。更重要的是，問題本身似乎也確實到了必須做出結論的地步。因爲以往在這個問題上多採用遮遮掩掩、自說自話，甚至以粗暴壓制、強詞奪理的態度和方式，將一些客觀的意見和言論予以殘酷屏蔽，但問題畢竟是問題，不管擱置多久，也不會消失。

那麼，當下作家群體爲何如此口碑不好？他們是如何變成這個樣子的？

如果要對這個問題進行深入探究，關注點自然要落在 1949 年以來極權政治所推行的思想改造這一歷史現象上。孟繁華就此總結說：「自 50 年代初期始，檢討之聲不絕於耳，思想能力的喪失是 20 世紀下半葉知識界最令人震驚的景觀。」〔註 21〕賀雄飛說：「縱觀中國五千年文明史，文人歷來是統治者的工具，得意的往往是御用文人。尤其在 20 世紀下半葉，反思歷次重大歷史事件中，中國文人的表演，我們不難驚醒地發現：中國文人是一群缺鈣的軟體動物」。〔註 22〕

事實表明，這個群體在歷史轉型的大考驗中交出了一份令人困惑、失望以致絕望的答卷。從當事人的眾多事後回憶和「懺悔」的文字來看，在當年的「改造 —— 檢討」運動中，確有那麼多的人是眞誠的，眞誠到堅貞不渝，至死不悔。當然，「假誠」的自然也有，但卻少之又少，且大概都深埋於泥土裏，以致不知道還能不能重見天日。不論眞誠與「假誠」，作爲一個龐大的知識群體，在持續的思想改造後，他們基本放棄和喪失了獨立思考以及擔當社會良知的使命，甚至欣然成爲委身於權力的工具和「文奴」，扮演著「幫忙」、「幫閒」及「幫兇」的角色。因此，道德失範、人格墮落、價值迷失等現象演化爲作家們的生存常態，與整個社會一起進入一種欺人與自欺、整人與被整的模式中，並一直延續和潛伏下來。

既如此，這其中有一些關鍵問題就需要提起注意，即「五四」以來形成的雖不算多卻也不算少的現代文人群體，在 1949 年後思想改造的大環境中是如何生活、思考和工作的？他們在檢討交心時的思想感情是怎樣的？他們的檢討是如何影響到文學的？導致他們檢討並最終完成思想轉變的深層原因究竟是什麼？這都是學界需要也應該做出回答的。

〔註 21〕《眾神狂歡——當代中國的文化衝突問題》，今日中國出版社 1997 年，第 225 頁。

〔註 22〕摩羅：《恥辱者手記：一個民間思想者的生命體驗・酋長話語》，內蒙古教育出版社 1998 年。

人們對「當代文學」的評價極差，當然是因爲這些文學作品大都具有公式化、概念化、標語口號化或無意義、無鳌頭、自我欣賞、自我娛樂等諸多問題。尤其越是主旋律的作品，問題的症狀越爲嚴重。

毋庸置疑，以文學的審美標準做評判，不能不承認所謂「當代文學」的這些病症迄今仍未得到根本好轉。應該說，比之 1949 年前的「現代文學」，所謂的「當代文學」在審美追求、多樣性、貼近人生、批判現實、觸及靈魂（指那種文學欣賞主題自由地閱讀並由此產生的潛移默化效果，非主流政治強力貫徹所致）等諸多方面的確是倒退了，而且在某些領域可以說是一潰千里。顧彬所言的「二鍋頭」與「五糧液」之比誰又能說沒有一定道理呢。當然，也有過於聰明的理論家和宣傳家們可以擡出「紅色經典」來招搖撞騙、自欺欺人、自我安慰。

這其中，也有一些關鍵問題需要注意：即作爲有著三十多年發展歷程並受惠於「五四」思想啓蒙的「現代文學」是如何轉向「當代文學」的？或者說它爲什麼從「五糧液」變成了「二鍋頭」？爲什麼出現了公式化、概念化、標語口號化以及諂媚權勢、粉飾現實、變相爲政治服務等長期難以克服的問題？爲何「當代文學」越來越媚俗、越來越官樣、越來越習慣自我意淫，甚至出現精神和思想的沙漠化、冷漠化、醜惡化？這些，也是需要做出回答的。

林賢治曾說過：「一切歷史都是精神史。而一個民族的精神史，在某種意義上說，也就是它的命運史。」〔註 23〕「要充分瞭解中國知識分子，必須重視個案研究，重視個體心態——人格的研究。」〔註 24〕本書將目標確定在「檢討」這一核心文化現象上，就是要在一定意義上再現 1949 年後社會轉型之下，大陸中國作家的思想是如何實現轉軌的，文學又是如何轉型的？而之所以選擇「檢討」作爲言說的對象和切入點，也是欲通過文人群體在思想改造運動中的現實表現，來揭示作家主體在政治大環境下的精神、思想和行爲的嬗變，以及對文學創作、批評產生的影響。

關於檢討，作爲當代文人群體在思想改造中所撰寫的另類文字，是這個群體自身所發出的一種信號，而這其中所包含的信息無疑是豐富的。因爲，作爲一個被書寫的產物，儘管在書寫過程中可能會受到各種各樣的干擾，或者如一些當事人所說是在違心的情況下完成的，而且各個「檢討」

〔註 23〕《五四之魂：中國知識分子精神史・自序》，廣西師範大學出版社 2008 年。
〔註 24〕《五四之魂：中國知識分子精神史》，廣西師範大學出版社 2006 年，第 184 頁。

文本中還存在著大量程序化、虛構、雷同的東西，如何方所說：「檢討、反省終究是檢討、反省，在延安整風以來的一切政治運動中，任何人能獲得通過的檢討、反省都不可能是完全實事求是的，即使不過分上綱上線，起碼也只能講缺點和錯誤，而不談功績與貢獻，所以對一個人來說仍然不夠全面。對於被當作批判或鬥爭重點的人就更是如此。如果把他們的檢討、反省不加分析地用作重要史料和立論根據，那只能使有關歷史面目全非。」「擴大一點講，一般是不可把各種政治運動中被批判或鬥爭的人所寫的檢討和交代材料定爲可靠史料和文獻的。」〔註25〕楊奎松也提醒說：「各種運動小報當年刊登的個人的檢討交代和群眾揭發批判材料」，「因政治情勢所限，往往有過頭不實之處，簡單用來解讀歷史，難免發生偏頗」。〔註26〕但即使是這樣，眾多檢討文本中所體現的個性化的信息和歷史細節還是非常鮮明而有價值的，即如邵燕祥對自己所寫過的檢討文字評述說：「這一堆當代的活化石，記錄著特定歷史時期人的生存狀態和心理狀態，怎樣想、怎樣說、怎樣做的思維方式，語言方式和行爲方式。」〔註27〕何方針對張聞天的《反省筆記》也不得不承認：「張聞天的《反省筆記》，既有珍貴史料……不是用他的這些論斷去印證史實，而是從分析史實印證論斷的準確性，起碼是互相印證。在不公佈重要檔案或只公佈有利於原定基調的檔案的情況下，這點尤其重要。」〔註28〕

關於檢討，學者們也有很多卓見。王毅針對《郭小川全集》中收錄的文字評價說：「它並不僅是人們被動受虐的結果，而且尤其是他們在長時期刻意自虐的結果。只有這種自虐時的眞誠和謙卑，才最清楚不過地顯示出那個年代的野蠻和荒謬；而《郭小川全集》中的這些『檢查交代』，則爲人們認識這荒誕的歷史提供了直接的憑證。」〔註29〕黃平對此評述說：「不論這些文字是否是在違心的或被迫的條件下完成的，作爲署有著名知識分子名字的作品，已經是一種實實在在的符號存在，並且已經在公眾心目中產生了特殊的社會

〔註25〕《黨史筆記》（修訂本）（上冊），利文出版社2010年，第136、137頁。
〔註26〕《忍不住的「關懷」：1949年前後的書生與政治》，廣西師範大學出版社2013年，第215頁。
〔註27〕《人生敗筆——一個滅頂者的掙紮實錄·序》，河南人民出版社1997年，第2～3頁。
〔註28〕《黨史筆記》（修訂本）（上冊），利文出版社2010年，第137頁。
〔註29〕郭曉惠等編著：《檢討書——詩人郭小川的另類文字》，中國工人出版社2001年，第347頁。

影響」。〔註 30〕徐賁在給父親徐幹生編輯文集時寫道：「文字產生於個人，但又絕非只屬於個人。文字的不同也是時代的不同。無論運用於何種書寫，文字都比說話更能夠長久保存。寫作的文字比口頭說話更深思熟慮，更能夠傳承給後世來人。認罪的文字比口頭說話更不容抵賴，更適於長期記錄在案。」「在政治運動來臨的時候，寫作的文字就可能被用作罪證，而檢討、檢查交代的文字記錄則會被保存在罪人的檔案袋裏。文字就成了禍，成了罪的記錄。」「這些文字記錄已經完全與正常的人類寫作無關，但卻讓我們看到『寫作』的行爲和語言可以被糟蹋、破壞、異化成什麼模樣。」〔註 31〕楊奎松則以張東蓀、王芸生、潘光旦爲個案，在日記、書信等私人記錄基本缺失的情況，仍然借助「中共特有的檔案制度和沒完沒了的各種運動」的「黑材料」，研究他們 1949 年前後政治生涯變動和思想轉變，獲得學界的認同。楊奎松還爲此提示說：「很清楚新中國依據階級鬥爭思維方式建立起來的人事檔案制度，對後人研究那些處在社會中上層的知名人物是極有幫助的。……除了個人檔案以外，由於 1949 年以後各種運動此起彼伏，各種記錄運動經過和反映運動中人們表現的文獻資料，也還會從各種角度和各個層面直接或間接地涉及他們，給我們提供很多重要的信息及線索。……這類資料比起那些『私人記錄』，在解讀歷史方面，往往會更具價值。因爲，正是各種不同層級的人們，從各種不同的時段、不同的場合下反映出來的圍繞著他們個人遭遇的極其豐富的人事資料、背景資料，會最大限度地幫助我們發現並瞭解，爲什麼同爲知識分子，每個人的情況和境遇卻大不一樣？」〔註 32〕學者謝泳更是從自身研究的實踐體會出發作了總結：

> 1949 年後的中國現代文學研究中，有一個重要的史料來源，就是政治運動中的揭發材料或者本人的檢討，還有相關機構的秘密報告，這些東西共同構成了中國現代文學史料來源中的一個特殊的方面。我個人對這種史料的評價，基本按陳寅恪爲馮友蘭《中國哲學史》上冊審查報告中的觀點理解：假材料也是眞材料，在歷史研究

〔註 30〕《有目的之行動與未預期之後果——中國知識分子在 50 年代的經歷探源》，《中國社會科學季刊》，1994 年秋季卷。

〔註 31〕徐幹生：《復歸的素人：文字中的人生・編者前言／編者序言》，新星出版社 2010 年。

〔註 32〕《忍不住的「關懷」：1949 年前後的書生與政治・前言》，廣西師範大學出版社 2013 年。

> 中，假材料的地位也很重要。當時間過去之後，假材料作爲定罪的可能和意義雖然失去（這個判斷不包含任何評價），但作爲史料來源和判定歷史人物的史料基礎，假材料的史料地位不容懷疑。〔註 33〕

謝泳還曾就與「檢討」有著雷同命運的「告密材料」闡述說：「告密材料雖是羅列證據，欲加之罪，何患無詞，是一般書寫習慣，但當我們離開告密材料的具體目的時，常常會發現告密材料所陳史實，一般並不是空穴來風，它們所提示的歷史線索對於我們深入研究歷史，特別是判斷人物關係，還是有非常大的幫助，所以當具體歷史事件可能引起的直接後果終結後，一切材料都成爲歷史材料。」〔註 34〕

因此，正是基於這些理論與現實的需要和渴求，本書選取了「檢討」——這一雖爲學界有所關注，然而又沒有做到整體關懷和具體關注的另類文字，以期能夠對轉型期大陸中國作家思想改造的軌迹以及那些飽受質疑的問題做出應有的學理回應。

當然，在有限的篇幅內，如何選取典型是一個關鍵問題。或者說，選取哪些有代表性的作家才能夠完整地呈現這一時期文學轉型的基本面貌是至關重要的。鑒於現代中國文學的發展脈絡和情狀，並結合 1940 年代後期因內戰帶來的影響，同時也借助和參照主流政治的說法，本文分別選取朱光潛、沈從文、蕭乾等爲代表的所謂「反動作家」，以巴金、老舍、曹禺等爲代表的所謂「進步作家」，以夏衍、茅盾、胡風等爲代表的所謂「國統區」左翼作家，以丁玲、趙樹理等爲代表的所謂「解放區」作家等，雖不盡完美，但也可以說既充分考慮了代表性，又兼顧了現代作家的思想主流和派別。

至於所謂轉型期，本文將其界定在 1949～1957 年間，是因爲 1957 年「反右」後，文學大一統的格局基本完成。

還要說的是，事實上，無論怎樣努力，歷史的本來面目都是不可能完全復原的。通常所說的回到歷史現場，只能是一種理論上的設想與憧憬。王堯在談及這個問題時曾說：「『回到歷史現場』曾經是蠱惑人的提法。我無法說清楚我們有無可能重返歷史場所，但在對歷史文獻的閱讀中我們會呼吸到歷史的眞實氣息，即便它已經發黴，歷史的質感因爲有了這些文獻而存在。」

〔註 33〕《中國現代文學史研究法》，廣西師範大學出版社 2010 年，第 116 頁。

〔註 34〕《關於陳寅恪的一條史料》，《往事重思量　雜書過眼錄三集》，上海中華書局 2013 年，第 17 頁。

〔註 34〕向繼東說：「歷史就是一面多棱鏡，或是一座重巒疊嶂的大山，『橫看成嶺側成峰』，要識得其眞面貌，惟有遠近高低看。儘管，結果難免片面，但正是這些『片面』的組合，才能窺其『全面』。」〔註 36〕「關鍵是：我們要學會從片面中感知全面，對歷史保持一種溫情和敬意，並且要有個基本的底線，即使不能全說眞話，但決不說沒有根據的假話。」〔註 37〕因此，儘管明知不可爲，一代又一代的學者仍試圖回到歷史現場，藉以還原歷史。正因爲有這樣一群學人的不斷努力，歷史的面目才逐漸清晰起來。

本書正是在這樣一種動力下，向著那個目標而艱難邁進，儘管因爲著者本人的學識淺薄，思想不夠深刻，以及眾所週知的表達上的障礙，心理預期與既定目標間還存在著巨大差距，但是這種思考和反思已經無法停止。

〔註 34〕王堯：《改寫的歷史與歷史的改寫——以〈趙樹理罪惡史〉爲例》，《文藝爭鳴》，2007 年第 2 期。

〔註 36〕向繼東：《2005 中國文史精華年選・序》，花城出版社 2006 年。

〔註 37〕向繼東：《新史學叢書・總序》，高華：《革命年代》，廣東人民出版社 2010 年。

第一章　檢討：特殊時代的文化現象

進入 1949 年，中國大陸的政治格局已基本確定，一個時代的結束和一個新時代的到來已經是無可挽回。隨之，馬列主義、毛澤東思想順理成章地被確定爲絕對主導的意識形態。爲統一思想和意識形態，領導黨對包括作家在內的知識群體進行思想改造的工作也徐徐拉開大幕。自然，「檢討」也隨之正式登上歷史舞臺，並成爲大陸知識群體獨特而重要的人生體驗。

1949 年後，如果——僅僅是如果——說工農兵翻身得解放了，而知識群體的感受則要複雜的多，因爲現實中平添的「改造——檢討」這一全新的生活內容，更實實在在。這其中，無論是借革命勝利而平步青雲的體制內知識群體，還是作爲革命「同路人」進入體制內卻處於邊緣的「進步」知識群體，或者遠離革命而退守書齋的自由知識群體，都要進行不同形式、不同程度的思想改造和檢討。於風政爲此曾說：「1949 年至 1957 年間知識分子做得最多的事是懺悔（意爲「檢討」，也應爲「檢討」——引者注）。」〔註 1〕

事實上，再向後延 20 年、若干年，這樣的論斷仍然符合中國的現實。可以說，「檢討」作爲大陸中國一種獨特的文化現象，應該成爲研究這一時段政治、歷史、文化、思想和文學等無法繞開的課題。

一、檢討的內涵與溯源

（一）檢討的概念

關於檢討的界說，1950 年代權威的《人民學習辭典》曾給出過定義：「檢查思想或工作上的錯誤，並且深究根源所在，叫做檢討」。「檢討是比較深刻

〔註 1〕於風政：《改造》，河南人民出版社 2001 年，第 633 頁。

的批評、自我批評。」〔註2〕

顯然，這樣的定義太過籠統，完全不能再現「檢討」這一特定文化現象的深層內涵。

沙葉新在《「檢討」文化》一文中給出了富於個性化色彩的解釋：「我所說的檢討，也不是眞正犯了錯誤而應該做的那種誠懇的自我批評」，而是「特指在集權體制形成之後，在洗腦剖心的思想改造中，在捕風捉影的政治運動中，在上綱上線的黨內鬥法中，即在強大的專制壓力下，而不得不違心地向上級的領導機關、向單位的革命群眾所作的『認罪服罪』、『改造自己』的檢討。」它是「精神的酷刑、靈魂的暗殺、思想的強姦、人格的蹂躪，它剝奪你的尊嚴，妖魔你的心靈，讓你自虐、讓你自污，讓你自慚形穢，讓你自甘羞辱，讓你精神自焚，讓你靈魂自縊，讓你自己打自己的耳光，讓你自己唾自己的面孔，讓你覺得你是世界上最最醜陋、最最卑下、最最錯誤、最最必需改造的人！」〔註3〕

邵燕祥也以自身的體驗爲檢討做了詮釋：「所謂檢討交代，即『自我批評』或『自我批判』，其實就是第一人稱的『大批判』。分寸容有不同，口徑並無兩樣。」「大批判，就是要『擺事實，講道理』，而它最突出的特點恰恰是不顧事實，蠻不講理。」「這既有蘇聯從對『反對派』鬥爭發展到莫斯科審判的軌迹，又有從中國皇朝至民國年間的臣宰、太監、阿Q們口稱『奴才該死』，自打耳光的餘緒。」〔註4〕

可以說，沙葉新、邵燕祥等「過來人」對檢討的理解和體悟是非常深刻的，但作爲概念來理解，顯然有點情緒化。

文化學者陳丹青對「檢討」曾有過一段論述：它「應稱之爲『政治儀式』，是組織生活內部的『硬性規定』，是各級同志或被迫、或主動、或對內、或對外的表態方式，起到告饒、過關、退一步、下臺階、以便自保等等效用」。「『批評與自我批評』相傳起於延安時期，很前衛，很管用，它不是眞的『批評』，而是整合隊伍、便於掌控的輔助手段。到了和平年代，『批評與自我批

〔註2〕陳北歐編著：《人民學習辭典》（三版增訂本），上海廣益書局1953年，第507頁。

〔註3〕《隨筆》，2001年第6期。

〔註4〕《人生敗筆——一個滅頂者的掙紮實錄·序》，河南人民出版社1997年，第5～7頁；相關論述可參看劉澤華：《論臣民的罪感意識》，《社會科學戰線》，2004年第4期。

評』、『敵我與內部矛盾』成爲我國泛政治生活中兩大『武器』。………小小文藝界，所有老權威均曾一再做過『自我批評』，或升級爲敵我矛盾，『低頭認罪』，或降爲內部矛盾，『重新做人』。」「那麼，誰來判別你的錯誤屬於哪一種『矛盾』呢？還是權力」「要之，在現代中國，『批評』是『權力』與『正確』的代名詞；『自我批評』則是『檢討』與『認輸』的代名詞。通俗地說，由『批評』一方使用，即『我是對的，你是錯的』，由『自我批評』的一方使用，即『你是對的，我是錯的』。」「最微妙的一層是：如果權力一方主動『自我批評，意即『我錯了』，但我做了自我批評。因此我仍然正確。』」〔註5〕

尹昌龍從政治性話語生產方式的角度對檢討作了相對學理性的闡釋：

> 檢討既是一種主流話語調控的產物，同時又是主流話語運作的策略。通過來自「他者」的檢討，主流政治和主流話語便得到了證明，並鞏固了其「真理性」。檢討是非總體化因素轉入總體化進程的一個儀式，同時又表明總體化無所不能的力量。出於這樣一種策略的需要，在話語權威所控制的話語媒體中，便流通著這樣一種來自「他者」的順服的話語。〔註6〕

啓之在《「思痛者」與「思痛文學」》一文中寫道：「無論是寫檢討，還是批判會，都是要通過內外兩方面的醜化、惡化、動物化，妖魔化（牛鬼蛇神）來踐踏你的自尊，摧毀你的自信，最後迫使你認同組織的結論——承認自己是個罪人。羞辱是一個改變人性的系統工程，檢討／批鬥是工程的基礎，馴服是最終目的。認罪則是關鍵，是能否變化成奴才的轉折點。」〔註7〕

上述表述可見，檢討之外的相近詞彙還有自我批評、自我檢查、自我批判、交代等。

關於自我批評，主流政治除了舶來蘇聯的理論外，也進行了一些本土化的普及工作。如《新知識辭典・續編》中收錄了「自我批評」的詞條，並將其解釋爲：「自己檢討自己的思想和行爲，並『無情地揭露自己的短處』。馬克思說過：『自我批評乃是鞏固無產階級革命的方法。』列寧說：『公開承認錯誤，揭露這錯誤的原因，分析產生這錯誤的環境，仔細討論改正這錯誤的

〔註5〕《退步集》，廣西師範大學出版社2005年，第40～41頁。

〔註6〕《重返自身的文學：當代中國文學思潮中的話語類型考察》，廣東人民出版社1999年，第82頁。

〔註7〕《粵海風》，2011年第3期。

方法：這便是鄭重其事的政黨的標誌。』」〔註8〕

另一權威詞典《人民學習辭典》也對其作了收錄，並解釋爲：「一個人或是一個集團用馬克思列寧主義的觀點分析、檢討自己的錯誤或缺點，並且自己把它暴露出來，叫做自我批評。」〔註9〕

關於自我檢查，陳爲人以唐達成「反右」時期的檢查爲對象，並集合弗洛伊德的學說闡述道：這種檢查「不光是言論者因怕觸犯什麼而自覺地不去說什麼，這還只是就意識的淺層次而言。因爲此時在下意識裏還有著矛盾和衝突。而更爲可怕的是，這種『自我檢查』隨著時間的推移，作爲一種生命的經驗，作爲一種生命的記憶，不斷滲透到無意識層次中，通過降低生命衝動來降低言說的欲望，『超我』的缺失，『本我』的滋潤，一個人的靈魂就是如此被偷換了概念。這是哲學意義上的『靈魂深處爆發革命』。」〔註10〕

檢討與檢查在詞義解釋上並沒有太大差異，但在具體使用語境中，二者間還是存在些微不同。不妨列舉一個實例來予以說明。《聶紺弩全集》第十卷收錄的是作者在歷次政治運動中的「運動檔案」，其中《個人主義初步檢查》〔註11〕一文個性鮮明、史料價值很強，現全文照錄於此：

《個人主義初步檢查》

（1954年5月22日）

一、從來沒有領袖欲、首長欲、權位野心之類。更沒有用欺世盜名的手段或其他陰謀詭計在黨內黨外撈一把的行爲或思想。剛剛相反，倒是怕當首長之類（下劃線爲辦案人員所加的著重線，下同——引者注），怕做行政工作，尤其是領導工作。具體事實是曾因不願做中南文藝學院院長及中南文聯主席或副主席，而到北京來，現在對部分領導工作也感到若干苦惱。因此，宗派、山頭、小王國之類的行爲或思想，也從來不曾有過。

二、從來沒有懷才不遇、大才小用之類的感覺，但並不等於說完全沒有認爲某某同志的地位太超過於他的能力或資歷的思想，即並不等於無論何時完全不和別人相比。不過這相比只覺得他太高，

〔註8〕上海北新書局1952年，第169頁。

〔註9〕陳北歐編著：《人民學習辭典》（三版增訂本），上海廣益書局1953年，第172頁。

〔註10〕《唐達成文壇風雨五十年》，〔美〕溪流出版社2005年，第64頁。

〔註11〕《聶紺弩全集》第十卷，武漢出版社2003年，第3～5頁。

而不是覺得自己太低。而且這種思想，一下子就過去了。

三、因爲太沒有某種欲望之類吧，另一種個人的東西就擡起頭來：對自己要求低，律己不嚴，對政治關心不夠。這表現爲兩種情況：一，自由主義，總覺得自己把自己安頓不好，這裏那裏都不合適。總想當職業作家，寫點小文章，或專門學習馬列主義。因此，生活散漫，工作不夠緊張，組織性紀律性差，對領導不主動接近，請示報告執行得不嚴格，領導工作方面有若干自滿情況，業務鑽研限於極狹小的範圍，這些都曾造成工作上的損失。二，自得自滿、沾沾自喜。因爲自己幼年失學，走入社會時又毫無憑藉，閱讀和寫作能力都是自學來的，自己又還有寫點小文章的一技之長，不免自得自滿。再加上在文壇上的時間不短的包袱。新近又對於古典文學（主要是《水滸》——作者注）有了一點半點的理解，更形成一種自高自大、沾沾自喜的心理。這種心理，也多少影響了工作，影響了和領導、和其他同志之間的關係，影響了集體領導。

四、這種個人的東西怎樣來的呢？其一，出身於小資產階級又未進過學校，沒有集體生活的習慣。其二，卅多年在社會上獨來獨往的經歷。其三，最初接觸到的新文化書籍是無政府主義的，不免還有若干殘餘影響。其四，思想水平極低的一種生活。其五，雖有廿年黨齡，卻因爲在白區做文化工作，未過長期的黨的生活，在解放前，也未直接受到嚴格的黨的教育。其六，舊書和舊文人（才子、名士之類——作者注）的積習的影響。

五、目前還有某些心理上的矛盾：一方面決心把工作搞好，把集體領導搞好，逐漸克服自己的一些弱點。但有一個弱點還很難克服：想當職業作家或專研馬列主義。尤其是近來很多人寫文章提倡小品文，觸到我的癢處，眞有躍躍欲試之感。我覺得這種想法，固然有個人成分，但也不完全是個人的。

六、這種檢查太粗略、太淺、太籠統，或者不中肯、不全面，又未舉具體事例，但負責是沒有虛僞之處，整黨時曾有較詳細書面檢討，約萬餘字，存我社人事科，必要時可調看。

一九五四、五、廿

對文本進行分析後，大致可以歸納出檢查的兩個特點：一、某一事件發生後，與之相關的人要進行自查，主要是查擺個人「犯錯」的事實經過，其作用是提高警惕、防微杜漸、自我教育或者是爲批判和再批判搜集材料和線索。如聶紺弩的《個人主義初步檢查》就屬於這一種；二、作爲被批判和整肅的對象，在「量刑定罪」後，對主要錯誤事實清楚進行確認和反省。如聶紺弩的《最後全面檢查材料》屬於這一種。綜上可見，檢查比檢討更注重對事實本身的關注，所顯示的問題程度也略顯嚴重一些。但也有些檢查本身更偏重思想一方，如王造時的《我的檢查》〔註 12〕；或者直接稱思想檢查的，如郭小川《關於右傾錯誤和個人主義——我的思想檢查》〔註 13〕。這些檢查更接近檢討，有的檢查本身就是檢討，這也與當事人用詞的習慣有關。

交代，《漢語大詞典》的相關詞條解釋爲：「說明；解釋。……亦指坦白錯誤或罪行。」〔註 14〕交代存在動詞和名詞的形式，如「交代問題」和「歷史交代」、「我的交代」等。「交代」顯然距離「問題」要更切近一些，在法律程序不在場的情況下，更多的時候，交代人本身就是被當作「罪犯」來看待的，或是最低也是「犯罪嫌疑人」，這已是自延安整風運動以來歷次政治運動的慣例。爲了進一步理解，還是來參看一下具體文本：

歷史交代

（1955 年 6 月 25 日）

一、參加革命工作以前

一九二三至一九三一，我是國民黨員，二四至二五，約半年多時間，我在黃埔軍校當學生。二五下半年至二七上半年，我在蘇聯孫中山大學當學生。二七年下半年至二八年上半年，在國民黨中央黨務學校當訓育員（約半年時間）。這一段經歷造成我以後的錯綜複雜的歷史：因爲留過蘇，在蘇聯所受的教育，雖然在當時沒有發生作用，但回國後逐漸發生了作用，使我有走向革命方面來的可能；因爲在國民黨有七八年歷史，使我在參加了革命之後，還和國民黨的反動分子沒有一刀兩斷地斷絕關係，其中主要的〔是〕留蘇的和僞中央黨校的。

二八年上半年至三一年九一八事變，這個時期，都在僞中央

〔註 12〕《文匯報》，1957 年 9 月 11 日。

〔註 13〕郭曉蕙等編：《檢討書》，中國工人出版社 2001 年。

〔註 14〕《漢語大詞典》上卷（縮印本），漢語大詞典出版社 1997 年，第 878 頁。

通訊社當編輯。這一段經歷給我以後的影響較小。

我的報告，側重於參加革命工作以後和國民黨反動分子的關係方面。

二、在日本的時候……

三、上海時期以及和康澤的來往終始……

四、和古正綱、卓衡之的來往……

五、和曾養甫的來往……

六、見過一次張道藩……

七、從重慶出來的路上……

八、在香港的一件事……

九、整個略歷及在香港的幾件事……〔註15〕

從樣本特點看，交代側重於對過去經歷的復述、說明、解釋和澄清，在很大程度上更類似檢查，因此檢查和交代常一起連用；交代中也涉及自我認識和自我批評，比較接近檢討，但不占主要成份。也如前述概念一樣，交代和檢討之間的界線雖比較明顯，但在當時相互混用、合用的現象仍較多。郭曉蕙等在編寫郭小川在政治運動中的一些材料時就乾脆將三者同時並用，封面上直接印著：「一位黨內高級幹部的檢查交代」（輔助文字，小字號——引者注，下同）；「檢討書」（標題，大字號）。

關於交代，邵燕祥曾提供了其所在廣播事業局1951年開展「忠誠老實政治自覺學習運動」中的《交代問題注意事項》，全文如下：

本局「忠誠老實政治自覺」學習運動，即將轉入交代問題階段。所有準備交代問題的人，應注意下列幾個問題：

（壹）交代什麼。下列四類問題是要交代的：

甲、特務問題及反革命的重要政治問題

一、參加特務組織，如中統、軍統系統和特務組織；日寇的特務機關；帝國主義的間諜組織；以及參加其它反革命情報機關擔任搜集情報工作。

二、參加反革命軍警及憲兵等組織的重要部門。

三、參加其它特務性質的組織及特務外圍組織。

四、自覺幫助特務及反動派經常進行反革命活動，如破壞革命

〔註15〕《聶紺弩全集・運動檔案卷》第十卷，武漢出版社2003年。

運動、學生運動、破壞工人運動、密告或捕殺進步分子與破壞進步組織之行爲。

乙、一般政治問題及一般政治性問題

一、參加反動黨派團體；國民黨、三青團、青年黨、國社黨、民族革命同志會、復興社、勵志社以及其它反動的黨派團體；敵僞的新民會及其它反動組織。

二、參加反動的會道門及封建團體如青紅幫、一貫道、九宮道以及其它反動會道門和封建團體。

三、參加宗教團體中的反動組織如「聖母軍」、「公教報國團」。

四、曾經在一時或偶然進行過反革命的活動如進行反人民反共反蘇宣傳，參加反蘇遊行，反對或破壞各種進步的團體和運動。

五、其它一般政治問題或帶有政治性的問題。

丙、隱瞞、僞造、誇大、縮小政治性或非政治性的問題：如隱瞞和僞造自己的歷史、政治經歷、僞造或誇大自己某一時期的思想（如落後或反動的思想僞造成進步思想），僞造或誇大自己的社會關係的進步性，僞造自己參加革命及共產黨、青年團的時間，僞造自己參加進步團體甚至參加共產黨，僞造家庭出身、本人成份，陞降年齡，以及僞造其它政治性問題或非政治性問題而自己認爲需要交代的問題。

丁、社會關係，下列四類的社會關係要交代：

一、陷害自己或使自己參加反動組織和活動的人。

二、自己知道的參加各種反革命組織反動黨團會道門、進行各種反革命活動的人。

三、對自己的思想行爲有重要影響的人。

四、瞭解自己各階段歷史、活動情況的人。

（貳）交代問題的標準、要求和態度：交代問題的唯一標準，就是使自己講的和寫的歷史、經歷、思想、行爲（活動）社會關係完全合乎實際情況，也就是說交代的情況是完全眞實的。交代問題要求眞實（不縮小也不誇大）、明確（不含糊）、徹底（不留尾巴）。交代問題的態度是忠誠老實，自覺自願，主動交代。

（三）交代的方式方法：寫成書面材料，在會上或會後交代。

廣播事業局學習分會

七月十三日（1951 年）〔註 16〕

以上簡單梳理了檢討與檢查、交代等相關的概念，目的是爲了「求同」而非求異。與檢討相關的還有心得體會、思想彙報、思想總結、自傳、學習總結等諸多表述，這裏不一一闡釋和辨析。因爲作爲一種大體的描述，以及日常使用習慣不同和特定政治環境等，各詞彙之間的意義差別在實際生活中並沒有嚴格限定，相互混用、亂用的現象很普遍，所以本書在籠統的意義上都以「檢討」代之。

（二）檢討溯源

「檢討」在中國傳統文化中有一席之地。《論語》有「見不賢則內自省」、「過則勿憚改」，曾子曰：「吾日三省吾身」，晉時的王導曾痛悔：「吾雖不殺伯仁，伯仁由我而死」，〔註 17〕西漢的楊雄還特地爲「檢討」定了標準，即「天下有三檢：眾人用家檢，賢人用國檢，聖人用天下檢」。〔註 18〕相關的「檢討」文本便是通常所見到的「罪己詔」、「謝罪表」、「陳情表」、「伏辯」或「內省」。這種「檢討」大多是由內而外的、無外力直接脅迫的自我責備和悔過，或是爲過錯而勇於承擔責任，屬於修身、自省等道德和行爲規範。這其中，漢武帝的《輪臺罪己詔》就是較有代表性的文本，其中寫道：

> 乃者貳師敗，軍士死略離散，悲痛常在朕心。今請遠田輪臺，欲起亭隧，是擾勞天下，非所以優民也。今朕不忍聞。大鴻臚等又議，欲募囚徒送匈奴使者，明封侯之賞以報忿，五伯所弗能爲也。且匈奴得漢降者，常提掖搜索，問以所聞。今邊塞未正，闌出不禁，障候長吏使卒獵獸，以皮肉爲利，卒苦而烽火乏，失亦上集不得，後降者來，若捕生口虜，乃知之。當今務在禁苛暴，止擅賦，力本農，脩馬復令，以補缺，毋乏武備而已。郡國二千石各上進畜馬方略補邊狀，與計對。〔註 19〕

對於漢武帝的「罪己」，司馬光在《資治通鑒》中評說：劉徹之所以還能

〔註 16〕邵燕祥：《自傳及交代材料提綱（1951）》，《天涯》，2000 年第 1 期。
〔註 17〕司馬光：《資治通鑒・晉紀十四》，中華書局 1956 年，第 2904 頁。
〔註 18〕《揚子法言・修身卷三》，《諸子集成》第七冊，中華書局 1954 年，第 9 頁。
〔註 19〕《漢書》卷 96《西域傳下》，中華書局 1962 年，第 3913～3914 頁。

被稱爲「好皇帝」就在於他「有亡秦之失，而免亡秦之禍」。〔註 20〕毛澤東也評價說：「倒是漢武帝雄才大略，開拓劉邦的業績，晚年自知奢侈、黷武、方士之弊，下了罪己詔，不失爲鼎盛之世。」〔註 21〕其實，皇帝作檢討是不值得如此誇讚的，也犯不上大書特書，因爲那畢竟是自家的事，說到底也不過是爲了延長自家的統治，算不得聖賢行爲。

作爲臣民的檢討範文，當屬「文起八代之衰」的韓愈當年被貶潮州後給唐憲宗上的《潮州刺史謝上表》。爲直觀起見，這裏不妨節錄如下：

> 臣以狂妄戇愚，不識禮度，上表陳佛骨事，言涉不敬，正名定罪，萬死猶輕。陛下哀臣愚忠，恕臣狂直，謂臣言雖可罪，心亦無他，特屈刑章，以臣爲潮州刺史。既免刑誅，又獲祿食，聖恩弘大，天地莫量；破腦刳心，豈足爲謝！臣某誠惶誠恐，頓首頓首。
>
> 臣以正月十四日蒙恩除潮州刺史，即日奔馳上道，經涉嶺海，水陸萬里，以今月二十五日到州上訖。與官吏百姓等相見，具言朝廷治平，天子神聖，威武慈仁，子養億兆人庶，無有親疎遠邇；雖在萬里之外，嶺海之陬，待之一如畿甸之間，輦轂之下。有善必聞，有惡必見，早朝晚罷，兢兢業業，惟恐四海之內，天地之中，一物不得其所：故遣刺史面問百姓疾苦，苟有不便，得以上陳。國家憲章完具，爲治日久；守令承奉詔條，違犯者鮮；雖在蠻荒，無不安泰。聞臣所稱聖德，惟知鼓舞讙呼，不勞施爲，坐以無事。臣某誠惶誠恐，頓首頓首。
>
> 臣所領州，在廣府極東界上，去廣府雖云纔二千里，然來往動皆逾月。過海口，下惡水；濤瀧壯猛，難計程期；颶風鰐魚，患禍不測；州南近界，漲海連天；毒霧瘴氛，日夕發作。臣少多病，年纔五十，髮白齒落，理不久長；加以罪犯至重，所處又極遠惡，憂惶慙悸，死亡無日。單立一身，朝無親黨，居蠻夷之地，與魑魅爲羣，苟非陛下哀而念之，誰肯爲臣言者？
>
> 臣受性愚陋，人事多所不通，惟酷好學問文章，未嘗一日暫廢，實爲時輩所見推許。臣於當時之文，亦未有過人者。至於論述陛下

〔註 20〕司馬光：《資治通鑒·漢紀十四》，中華書局 1956 年，第 747～748 頁。
〔註 21〕吳冷西：《新聞的階級性及其他——毛澤東幾次談話的回憶》，《緬懷毛澤東》（上），中央文獻出版社 1993 年，第 206 頁。

功德，與《詩》《書》相表裏；作爲歌詩，薦之郊廟；紀泰山之封，鏤白玉之牒；鋪張對天之閎休，揚厲無前之偉蹟；編之乎《詩》《書》之策而無愧，措之乎天地之間而無虧，雖使古人復生，臣亦未肯多讓！〔註22〕

顯然，韓愈已將那種修身、自省的道德和行爲規範作了發展和更新，更多地表現了臣民對於皇權的畏懼和效忠。不過，這樣的檢討雖然不乏功利心，但在很大意義上仍是自己主動、自願的。

作爲一種檢討的範本來看，韓愈在文中卻是做到了極致，如果將其作必要的技術處理而換到另一歷史語境中，或許其價值遠不止於此，因爲在其字裏行間已經能夠嗅出後來的「檢討」味道了。如1939年8月，劉少奇在延安馬列學院講演《論共產黨員的修養》時就曾提及儒家的「吾日三省吾身」，號召黨員通過「內省」，加強黨性鍛鍊。1942年5月23日《解放日報》發表社論《一定要反省自己》，要求參加整風的革命同志「一定要反省自己」，這是「掌握文件精神和實質的必要條件」，只有經過這一階段，才能徹底清除靈魂深處的「小資產階級的散漫性和自由主義的習氣」，「建立起無產階級的思想方法和工作作風」，「眞正瞭解文件，實行文件中所包含的道理」，更好地實現整風的目的。1942年8月16日《解放日報》發表題爲《反省》的社論，其中這樣寫道：「反省用不得『恕』字，尤其不可先有成見，在胸腔裏做擋箭牌。古時賢人曾子說過『吾日三省吾身：爲人謀而不忠乎？與朋友交而不信乎？傳不習乎？』……錯誤總是有的，沒有錯誤，到（倒——引者）是怪事；反省越深刻，改正越努力，發見錯誤的也越多，這就是一步步地上進。……」「反省，等於古人說的『夜氣』，白天做的，晚上睡在枕上一想，良心發現，懺悔了；或者靈光一閃，懂得了。馬上把它捉住，『操則存，捨則亡』。這不是件易事，必有空明的腦子（無成見），充分的時間（不煩忙），相當的知識（文件看懂了），才能有好的反省。它不是爲給人看而反省，而是爲著眞正自己的修養。」陳伯達在論述自我反省的文章中，認爲馬列主義本來「並不是甚麼神秘的東西」，只要人們樂於進行批評和自我批評，都有「得道」的可能，因爲按照孟子的說法：「人皆可以爲堯舜」。〔註23〕

當然，本書所論的「檢討」畢竟與傳統的「檢討」不同，它的源頭雖然

〔註22〕《韓昌黎文集校注》，上海古籍出版社1987年，第616～619頁。
〔註23〕《思想的反省——學習隨筆之二》，《解放日報》，1942年8月28日。

可以追溯至馬克思、恩格斯那裏，但作爲一種較爲成熟和普遍應用的黨內鬥爭的方法，則歸功於列寧和斯大林，尤其是斯大林。

《眞理報》在社論《論批評與自我批評》中特意強調：「批評與自我批評是共產黨的工作方法，是激發群眾的創造性，提高工作水平的方法。……批評與自我批評是蘇維埃社會的特殊規律和動力，這是天才的斯大林同志所發現的。」〔註 24〕

不錯，斯大林的一個癖好就是聆聽列寧的「戰友們」在黨代會上「強忍屈辱，像神魂顚倒的教徒一樣鞭笞自己」〔註 25〕。不僅如此，他還在理論建設和輿論宣傳上大作文章。在 1928 年《反對把自我批評口號庸俗化》的一文中，斯大林提出：「自我批評是一種特殊的方法，是以革命發展底精神一般來教育黨底幹部和一般工人階級的布爾什維克的方法。」他進一步明確說：「自我批評底開端是在我國布爾什維主義出現開始時起的，即在布爾什維主義作爲工人運動中一種特別的革命派而誕生出來的最初幾天起的。」〔註 26〕

關於自我批評，斯大林還有一些重要的言論。在蘇共十五大上，他強調說：「至於說到家醜外揚，這是胡說，同志們。我們從不害怕而且將來也不害怕在全黨面前公開地批評自己和自己底錯誤，布爾什維克底力量特別是在於他不害怕批評並在批評自己的缺點中吸取更向前進底能力。」〔註 27〕1930 年 1 月 17 日，斯大林在給高爾基的回信中寫道：「我們沒有自我批評是不行的。無論如何也是不行的」，「沒有自我批評，機關底停滯、腐朽，官僚主義底生長，工人階級底創造的首倡性之被損害，就會不可避免。當然，自我批評會給敵人以材料。在這一點上你是完全正確的。但是它也給我們材料（和推動力）來推進我們，來發動勞動群眾底建設力量，來展開競賽，來加強突擊隊等等。壞處是可以被好處抵消和蓋過的。」但是，他同時也強調說，「可能我們的報紙刊物過分地捧出了我們的缺點，有時候甚至（無意地）像廣告一樣把它們揭示出來。這是可能的，甚至是會有的。這當然是不好的。」〔註 28〕

〔註 24〕《人民日報》，1950 年 1 月 9 日。

〔註 25〕德・安・沃爾科戈諾夫：《勝利與悲劇——斯大林政治肖像》第一卷，世界知識出版社 1990 年，第 368 頁。

〔註 26〕斯大林：《反對把自我批評口號庸俗化》，《眞理報》，1928 年 6 月 26 日；本文引自《人民日報》，1950 年 3 月 29 日。

〔註 27〕卡爾寧：《批評與自我批評——布爾什維克底培養幹部的方法》，《布爾什維克》第十四期，1949 年 7 月 30 日；本文引自《人民日報》，1949 年 11 月 28 日。

〔註 28〕斯大林：《給高爾基的信》，《人民日報》，1950 年 6 月 11 日。

可見，在斯大林那裏，自我批評不但有內外之分、門戶之見，也有輕重之別。在斯大林的領導下，1934 年，批評和自我批評被寫進蘇共黨章中，完成了制度化。

隨著蘇聯和「第三國際」的革命輸出，「自我批評」被舶來中國，並歷經1920 年代的初步實踐、1930 年「蘇區」的進一步演進，至 1940 年代初，經毛澤東的大力推動，正式成為黨的「三大作風」之一。

1942 年 2 月 8 日，毛澤東在《反對黨八股》的報告中說：「從前許多同志的文章和演說裏面，常常有兩個名詞：一個叫做『殘酷鬥爭』，一個叫做『無情打擊』。這種手段，用了對付敵人或敵對思想是必要的，用了對付自己的同志則是錯誤的。……不能用同一手段對付偶然犯錯誤的同志；對於這類同志，就須使用批評和自我批評的方法。」〔註 29〕1942 年 3 月 9 日，由胡喬木撰寫並經毛澤東修改的《教條和褲子》作為社論在《解放日報》發表，文中要求每個黨員對照毛澤東的講話，勇敢地解剖自己，與舊我告別，即所謂的「脫褲子，割尾巴」。1942 年 4 月 3 日，經毛澤東修改發佈的《中共中央宣傳部關於在延安討論中央決定及毛澤東同志整頓三風報告的決定》（「四三決定」），進一步提出參加整風運動的幹部「每人都要深思熟慮，反省自己的工作及思想，反思自己的全部歷史」〔註 30〕。1942 年 4 月 20 日，在中央學習組會議上，毛澤東講話說：「各個機關也可以或多或少按照情況停止一些不緊要的工作，就是除了日常必要的工作外，要把二十二個文件的討論、研究，以及工作檢查、思想檢查，放在第一位。」「康生同志在前天動員大會上講的批評與自我批評，批評是批評別人，自我批評是批評自己。批評和自我批評是一個整體，缺一不可，但作為領導者，對自己的批評是主要的。」〔註 31〕《在延安文藝座談會上的講話》中，毛澤東著重指出：「對於革命的文藝家，暴露的對象，只能是侵略者、剝削者、壓迫者及其在人民中所遺留的惡劣影響，而不能是人民大眾。人民大眾也是有缺點的，這些缺點應當用人民內部的批評和自我批評來克服，而進行這種批評和自我批評也是文藝的最重要任務之一。」他強調說：「必須對於自己工作的缺點錯誤有完全誠意的自我批評，決心改正這些缺點錯誤。共產黨人的自我批評方法，就是這樣採取的。」〔註 32〕康生在

〔註 29〕《毛澤東選集》第三卷，人民出版社 1991 年，第 835 頁。
〔註 30〕《解放日報》，1942 年 4 月 7 日。
〔註 31〕《毛澤東文集》第二卷，人民出版社 1993 年，第 413～414、418 頁。
〔註 32〕《毛澤東選集》第三卷，人民出版社 1991 年，第 872、874 頁。

1942年4月18日中央直屬機關和軍委直屬機關聯合舉行的整風學習動員大會上重申必須「運用文件反省自己」，「學習委員會有權臨時調閱每個同志的筆記」。〔註33〕這期間，毛澤東命令所有參加整風的幹部必須寫出具有自我批判性質的反省筆記，並且建立起抽閱幹部反省筆記的制度。5月23日，《解放日報》發表社論《一定要寫反省筆記》。

因爲毛澤東的大力倡導，自我批評被廣泛運用於延安「整風－審幹－搶救」運動中，某種意義上說，自我批評也完成了馬列主義的中國化進程。

1945年「七大」會議上，毛澤東在《論聯合政府》的報告中指出：「有無認眞的自我批評，也是我們和其他政黨互相區別的顯著的標誌之一。……對於我們，經常地檢討工作，在檢討中推廣民主作風，不懼怕批評和自我批評，實行『知無不言，言無不盡』，『言者無罪，聞者足戒』，『有則改之，無則加勉』這些中國人民的有益的格言，正是抵抗各種政治灰塵和政治微生物侵蝕我們同志的思想和我們黨的肌體的唯一有效的方法。以『懲前毖後，治病救人』爲宗旨的整風運動之所以發生了很大的效力，就是因爲我們在這個運動中展開了正確的而不是歪曲的、認眞的而不是敷衍的批評和自我批評。」他還說：「許多同志作了自我批評，從團結的目標出發，經過自我批評，達到了團結。這次大會是團結的模範，是自我批評的模範，又是黨內民主的模範。」〔註34〕

自我批評與檢討作爲統一思想的方式之一，在實踐中得到很好的貫徹。黨內最早形成規模的自我批評與檢討運動形成於1940年代之初。

1938年六屆六中全會後，毛澤東在斯大林和共產國際的授意下逐漸取得了黨內核心領導權。爲了肅清所謂張聞天、王明、博古等「國際派」和周恩來、彭德懷等所謂「經驗主義派」在黨內「宗派」集團和異己勢力，毛澤東上任後即開始了黨內高級幹部的整風工作。

1941年著名的「九月會議」上，重壓下的張聞天第一個檢討說：「我個人的主觀主義、教條主義極嚴重，理論與實際脫離，過去沒有深刻瞭解到。自己雖是對這個問題說得、寫得都很多，但瞭解並不清楚。原因是行動方面誇誇其談，粗枝大葉漫畫式、一般的瞭解問題，而不是很具體清楚瞭解後再提問題，所以得出的結論是主觀的。」他接著說：「我們的錯誤路線不破產，毛主席的正確路線便不能顯示出來。」最後他說：「我過去處境順利，自視

〔註33〕延安整風運動編寫組編：《延安整風運動紀事》，求實出版社1982年，第107頁。
〔註34〕《毛澤東選集》第三卷，人民出版社1991年，第1096、1101頁。

太高，釘子碰得太少，經過毛主席的教育與幫助，使我得益極大。今後應當努力克服自己的弱點。不能希望一下做得很好，但是要向這個方向堅定去做。」〔註 35〕可以說，張聞天一開始便將檢討上陞到一定高度，堪稱後來的檢討典範。

1942 年 5 月，張聞天在整頓三風座談會上接著檢討道：「要認識到自己毛病很重 —— 三風不正。知識分子知道的實際東西太少（特別是群眾的生活與活動），反而以為知道的很多，誇誇其談。其實天下便宜的事情是沒有的。用力多，則得的多。用力少，則得的少。要不怕出力出汗，種瓜得瓜，種豆得豆。要決心克服自己的弱點，做馬、恩、列、斯、毛的好學生，做群眾的好學生。」〔註 36〕

1943 年張聞天在農村調查中被強行調回，〔註 37〕並在第二個「九月會議」上再次檢討道：「主觀主義、教條主義曾經使我們犯了無數的錯誤，使我們受到過極大的損失，如果我從這裏能夠得到什麼教訓的話，那就只有無情的同主觀主義、教條主義做堅決的鬥爭，把自己的一切工作，放在堅固的唯物論的基礎之上。」「我並不慚愧，因為我原是一個初學射箭的人。我也並不著慌，因為我還準備長期的從容不迫的射下去。人患無『自知之明』，一旦知了，他就會把自己放在一個適當的地位，盡他的力量，來好好的工作下去吧。」〔註 38〕

1943 年 12 月，張聞天在《反省筆記》中歷數了自己自蘇區以來的各種錯誤，並檢討說：「對於我個人來說，遵義會議前後，我從毛澤東同志那里第一次領受了關於領導中國革命戰爭的規律性的教育，這對於我有很大的益處。」「在遵義會議上，我不但未受打擊，而且我批評了李德、博古，我不但未受處罰，而且還被擡出來代替博古的工作。這個特殊的順利環境，使我在長久時期內不能徹底瞭解到自己的嚴重錯誤。」〔註 39〕

博古也承認了錯誤。1941 年的「九月會議」上他兩次發言檢討說：「1932 年至 1935 年的錯誤，我是主要的負責人。遵義會議時，我是公開反對的。後

〔註 35〕《張聞天選集》，人民出版社 1985 年，第 313～314 頁。

〔註 36〕《整頓三風要聯繫實際》，《張聞天文集》第 3 卷，中共黨史出版社 2012 年，第 117 頁。

〔註 37〕何方：《黨史筆記——從遵義會議到延安整風》（修訂本）（上冊），利文出版社 2010 年，第 124～125 頁。

〔註 38〕《張聞天文集》第 3 卷，中共黨史出版社 2012 年，第 132、143 頁。

〔註 39〕《從福建事變到遵義會議——整風筆記片段》，《張聞天文集》第 3 卷，中共黨史出版社 2012 年，第 150 頁。

來我自己也想到，遵義會議前不僅是軍事上的錯誤，要揭發過去的錯誤必須從思想方法上、從整個路線上來檢討。我過去只學了一些理論，拿了一套公式教條來反對人家。……當時我們完全沒有實際經驗，在蘇聯學的是德波林主義的哲學教條，又搬運了一些蘇聯社會主義建設的教條和西歐黨的經驗到中國來，過去許多黨的決議是照抄國際的。在西安事變後開始感覺這個時期的錯誤是政治錯誤。到重慶後譯校《聯共黨史》才對思想方法上的主觀主義錯誤有些感覺。這次學習會檢查過去錯誤，感到十分嚴重和沉痛。現在我有勇氣研究自己過去的錯誤，希望在大家幫助下逐漸克服。」〔註 40〕

1943 年 7 月博古在題爲《在毛澤東的旗幟下，爲保衛中國共產黨而戰！》中再次檢討道：「異常重要的：我們有黨的領袖，中國革命的舵手——毛澤東同志，他的方向就是我們全黨的方向，也是全國人民的方向，他總是在最艱難困苦之中，領導黨和人民走向勝利與光明！」〔註 41〕

1943 年 9 月的第一階段會議上，博古表態說：「抗戰時期黨的路線問題，我同意毛主席提出有兩條路線，一爲毛主席爲首的黨的正確路線——布爾什維克路線；一爲王明在武漢時期的錯誤路線，這是孟什維克的新陳獨秀主義。武漢時期是否有兩條路線，過去有過爭論。我認爲有兩條路線。我參加了長江局的領導，根據今天的認識作自我反省，認識到存在這個問題。」〔註 42〕博古還承認「各蘇區肅反的錯誤，在政治路線之左，因之發展到使許多幹部遭受摧殘」，「中央蘇區退出時，由於對形勢——游擊戰爭的形勢及其困難的估計不足」，造成一些「幹部遭受犧牲」等問題，自己都負有重大責任。〔註 43〕

1943 年 11 月的整風第二階段中，據胡喬木講，博古在第二遍檢討時表示，「在教條宗派中，除王明外，他是第一名；在內戰時期，他在國內是第一名；抗戰時的投降主義，以王明爲首，他是執行者和讚助者。然後，他檢討教條宗派形成的歷史和個人的錯誤。博古個人檢查和別人插話，以及大家討論提意見，共花了兩天時間」。〔註 44〕同時，在發言中他也承認「長

〔註 40〕《胡喬木回憶毛澤東》，人民出版社 1994 年，第 195～196 頁；另見黎辛、朱鴻召主編：《博古，39 歲的輝煌與悲壯》，學林出版社 2005 年，第 413 頁。文字略有刪節。

〔註 41〕《解放日報》，1943 年 7 月 13 日。

〔註 42〕《胡喬木回憶毛澤東》，人民出版社 1994 年，第 284 頁。

〔註 43〕博古延安時期的筆記手稿。黎辛、朱鴻召主編：《博古，39 歲的輝煌與悲壯》，學林出版社 2005 年，第 163～164 頁。

〔註 44〕《胡喬木回憶毛澤東》，人民出版社 1994 年，第 295 頁。

征軍事計劃全錯的，……因有遵義會議，毛主席挽救了黨，挽救了軍隊。」〔註 45〕

這其中，王稼祥、李維漢、任弼時、康生、陳雲、朱德、林伯渠、凱豐、葉劍英、劉伯承、聶榮臻、楊尚昆、彭德懷、陳毅以及其他黨的高級幹部，也先後在大庭廣眾之下「脫褲子，割尾巴」，不斷檢討、坦白，方得以過關。

1943 年 9 月，由重慶回延安的周恩來，認清形勢，參加「九月會議」。這期間，周恩來寫作大量反省筆記，接連不斷地檢討自己。據胡喬木回憶：「11 月 27 日，恩來同志在會上作整風檢查。自 11 月 15 日始，恩來同志就在準備檢查的發言提綱。光是提綱，就寫了兩萬多字。他在政治局會議上的發言，是整個會議中講得最細、檢查時間最長的發言。」「恩來同志的發言分『自我反省』和『歷史檢討』兩大部分，並以『歷史檢討』爲主線，從大革命後期的五大講起，一直講到當時。」在對歷史承認錯誤並承擔責任後，周恩來表示：「今後應好好讀幾本馬列的書，特別是要將毛主席的全部文獻好好地精讀和研討一番，提高思想方法。同時，在工作上要改變事務主義作風，深入實際，從專而精入手，寧可做一件事，不要包攬許多；寧可做完一件事，再做其他，不要淺嘗輒止；寧有所捨，才能有所取；寧務其大，不務其小。這才能做出一點成績，才能從頭到尾懂得實際，取得經驗，總結教訓，才會少犯錯誤。」〔註 46〕儘管如此，周恩來仍遭到毛澤東、劉少奇、康生等人的嚴厲批判，甚至指責他是「叛徒」，這個舉動後來被記錄在《周恩來年譜》中，不過用語要委婉得多：「受到不公正的和過火的指責與批評」。〔註 47〕

即便是拒不認錯的王明，也由其夫人孟慶樹代筆、本人簽名作了書面檢討，其中寫道：「關於過去已經毛主席和中央書記處同志指示我的錯誤和缺點問題，雖然我現在沒有精力詳加檢討和說明，但我認爲有向此次政治局會議作原則上的明確承認之必要……我願意做一個毛主席的小學生，重新學起，改造自己的思想意識，糾正自己的教條宗派主義錯誤，克服自己的弱點。」〔註 48〕

此後，自我批評和檢討隨著黨內運動的開展，被廣泛內地運用於普通幹

〔註 45〕黎辛、朱鴻召主編：《博古，39 歲的輝煌與悲壯》，學林出版社 2005 年，第 165 頁。

〔註 46〕《胡喬木回憶毛澤東》，人民出版社 1994 年，第 295～297 頁。

〔註 47〕中央文獻研究室：《周恩來年譜（1898～1949）》修訂本，中央文獻出版社 1998 年，第 581 頁。

〔註 48〕《胡喬木回憶毛澤東》，人民出版社 1994 年，第 298 頁。

部和一般群眾身上。

在延安整風運動中，檢討還被確定爲整風運動的一個固定程序，即在第一步建立人事檔案的過程中，每個人都需要塡寫「自我概述」、「政治文化年譜」、「家庭成份與社會關係」、「個人自傳與思想變化」和「黨性檢討」等。在最後一項的「黨性檢討」中，主要內容是交代思想意識、言論、工作態度、日常生活、待人接物等方面是否有反黨性的行爲；在思想意識方面，還要交代入黨和入伍後是否計較個人利益、是否借黨的工作達到私人的目的、是否對革命前途有過動搖、戰鬥中是否有怕死思想等。在整風的第二個階段中，根據要求，每個幹部必須寫關於思想認識的反省筆記和自傳，供組織審查，其中具有典型意義的文本還要選登在《解放日報》等公開媒介上，如王若飛的《粗枝大葉自以爲是的工作作風是黨性不純的第一個表現》〔註 49〕、吳玉章的《以思想革命來紀念抗戰五週年》〔註 50〕、曹里懷的《改造自己的作風》〔註 51〕、王思華的《二十年來我的教條主義》〔註 52〕、何其芳的《改造自己，改造藝術》〔註 53〕、周立波的《後悔與前瞻》〔註 54〕等都是當時較爲典型的文本。對此，王明在 1971 年撰寫的「內部發行」的《中共 50 年》中也曾有過剖析：

> 按照毛澤東的這些指示，在各機關進行「整風」的領導和幹部沒完沒了地召開各種各樣的大小會議，在會上迫使每個人做「自我批評」並「批評」別人；要求不斷寫、反覆寫「交代材料」。可是，一個人不管「批評了」自己多少次——又是口頭的又是書面的，反正一樣，總認爲他還「沒有完全認清自己的罪過」，「沒有徹底清算自己」，他必須一次又一次地作嚴厲的自我批評。這樣持續到人們既失去了共產黨員和革命者的面貌，也簡直失去了人的面貌爲止；即便如此，他們仍然被認爲批評自己「不夠深刻」、「不徹底」。用這樣的辦法，把人們弄到神志不清和疲憊不堪的地步。〔註 55〕

〔註 49〕《解放日報》，1942 年 6 月 27 日。
〔註 50〕《解放日報》，1942 年 7 月 7 日。
〔註 51〕《解放日報》，1942 年 7 月 13 日。
〔註 52〕《解放日報》，1942 年 8 月 23 日。
〔註 53〕《解放日報》，1943 年 4 月 3 日。
〔註 54〕《解放日報》，1943 年 4 月 3 日。
〔註 55〕徐小英等譯，東方出版社 2004 年，第 60 頁。

雖然，自我批評作爲黨內「民主」的重要手段之一，卻並非具有普世的意義，至少在毛澤東那裏卻是一個例外。

一則，他沒有做過比較正式的、標準的檢討，即便檢討，也主要集中在兩個事例上：

其一是，1940 年代初的「整風——審幹——搶救」運動後，面對延安知識界的怨聲載道，他適時抓住機會，不無誠懇而又輕鬆地在不同場合做了檢討。

如 1944 年元旦，中央軍委所屬的通訊部門負責人王錚，帶著 1000 多被搶救成「特務」的幹部在毛澤東的窯洞口整齊地站著拜年。毛澤東心裏明白，於是他安慰說：「這次延安審幹，本來是讓你們洗個澡，結果灰錳氧放多了，把你們嬌嫩的皮膚燙傷了，這不好。今天我向你們敬個禮，你們回去要好好工作，你們還有什麼意見？如果沒意見，也向我敬個禮！」〔註 56〕

1944 年 2 月，毛澤東在邊區大禮堂出席西北局系統幹部大會上又說：「審幹運動取得了很大成績，查出了問題，但也搞得過火了，誤傷了許多同志。我現在代表黨向受委屈的同志賠禮道歉。」說著，摘下帽子向臺下鞠躬敬禮。〔註 57〕

1944 年 5 月 22 日，延安大學等校合併舉行開學典禮，毛澤東到會講話說：整風是好的，審幹也做出了成績，只是在搶救運動中做得過分了，打擊面寬了些，傷害了一部分同志，戴錯了帽子。現在給你們行一個脫帽鞠躬禮。之後，會場上頓時沸騰起來，先是經久不息的熱烈掌聲，接著不約而同地唱起《東方紅》。特別是那些受委屈的同志，一面高聲歌唱，一面流著激動眼淚。〔註 58〕

1944 年 10 月，在中央黨校幹部會上毛澤東又說：「去年審查幹部，反特務，發生許多毛病，特別是在搶救運動中發生過火，認爲特務如麻，這是不對的。去年搶救運動有錯誤，誇大了問題，缺乏調查研究和分別對待。這都已經過去了。」〔註 59〕

1945 年 2 月「七大」召開前，毛澤東再次說：「這兩年運動有許多錯誤，整個延安犯了許多錯誤。誰負責？我負責。因爲發號施令的是我。戴錯了帽

〔註 56〕李逸民：《參加延安「搶救運動」的片斷回憶》，《革命史資料》，1981 年第 3 輯。
〔註 57〕金城：《延安交際處回憶錄》，中國青年出版社 1986 年，第 187 頁。
〔註 58〕王雲風主編：《延安大學校史》，陝西人民教育出版社 1994 年，第 95 頁。
〔註 59〕《胡喬木回憶毛澤東》，人民出版社 1994 年，第 280～281 頁。

子的，在座有這樣的同志，我陪一個不是。凡是搞錯了的，我們修正錯誤。」〔註 60〕

1945 年 3 月 25 日，在軍委係統幹部大會上，毛澤東首先講：「對不起！大家受委屈了。你們是上海、北京來延安山溝鬧革命，受到從頭到腳的審查。要我看，是應當的，但太狠了。」〔註 61〕然後他給與會者行了個軍禮。

1945 年 4 月 23 日至 6 月 11 日「七大」召開期間，會上有人提出保障人權的意見，毛澤東又一次說：「審幹運動無非是對大家人權不尊重嘛，我代表黨中央在黨的代表大會上作賠禮道歉。錯了的中央負責，請大家不要計較。」他把手舉在帽沿上向大家敬禮，並說:「你們如果不諒解，我的手就不放下來。」於是，全場一陣掌聲。〔註 62〕

就這樣，作爲攪得延安雞犬不寧、地覆天翻的始作俑者，毛澤東以一種「勝似閒庭信步」的方式完成了自己的「檢討秀」，儘管如此頻繁地檢討在他以後的人生履歷中是不多見的。

其二是 1960 年代「大饑荒」導致幾千萬人非正常死亡。1961 年 6 月 12 日中央北京工作會議上，毛澤東在天怒人怨的背景下，不得不象徵性地檢討說：「凡是中央犯的錯誤，直接的歸我負責，間接的我也有份，因爲我是中央主席。我不是要別人推卸責任，其他一些同志也有責任，但是第一個負責的應是我。」隨後，他在 1962 年初召開的擴大的中央工作會議（即「七千人大會」——引者注）上再次重複了上述言論，並且故作姿態地說：「同志們，我們是幹革命的，如果眞正犯了錯誤，這種錯誤是不利於黨的事業，不利於人民的事業的，就應當徵求人民群眾和同志們的意見，並且自己作檢討。這種檢討，有的時候，要有若干次。一次不行，大家不滿意，再來第二次；還不滿意，再來第三次；一直到大家沒有意見了，才不再作檢討。」〔註 63〕但這話僅僅停留在「說說而已」的限度，在實踐中並沒有兌現過。梁漱溟 1953 年就曾當面質疑過毛澤東：「領導黨常常告訴我們要自我批評，我倒要看看自我批評到底是眞是假。」「我的意思是說主席有沒有自我批評的這個雅量……」〔註 64〕王力還曾針對毛澤東的「檢討」總結說：「毛澤東以詩人的浪漫性和軍

〔註 60〕《胡喬木回憶毛澤東》，人民出版社 1994 年，第 281 頁。

〔註 61〕趙海編：《毛澤東延安紀事》，陝西人民出版社 1993 年，第 188 頁。

〔註 62〕朱鴻召：《延安文人》，廣東人民出版社 2001 年，第 180 頁。

〔註 63〕《建國以來毛澤東文稿》第十冊，中央文獻出版社 1996 年，第 20 頁。

〔註 64〕汪東林：《梁漱溟問答錄》，湖北人民出版社 2004 年，第 173 頁。

事家的決斷性來處理經濟問題，多次造成比例失調和經濟危機，而在受到客觀規律懲罰以後，並不檢討自己，反而責怪『階級敵人』搗亂。」〔註65〕

如果將毛澤東上述的兩個檢討與他親自指揮炮製的「模範檢討文本」相比照的話，簡直是天淵之別，所以，在嚴格意義上說，他的所謂自我批評或檢討因未「觸及靈魂」，與標準的自我批評或檢討是存在巨大差距的。看來，田家英等說毛澤東只「喜歡讓人寫檢討」而「從不罪己」的言論是屬實的。

二則，從結果和實踐來看，一個顯著的現象是：大凡做過自我批評或檢討的，結局都不是很理想，無論黨內還是群眾。這一點，歷史上的諸多事例可以作證，這裏無需贅述，而只有毛澤東在檢討後地位不但穩若泰山，而且威信和權勢卻大增。正如彭眞所言：「毛主席的威信不是珠穆朗瑪峰，也是泰山，拿走幾噸土，還是那麼高。」〔註 66〕甚至連「三起三落」的鄧小平，還在 1992 年審閱黨的十四大報告時爲其開脫說：「像『七千人大會』這樣，黨的主要領導人帶頭做自我批評，主動承擔失誤的責任，這樣廣泛地發揚民主和開展黨內批評，是從未有過的。」〔註67〕

可見，毛澤東在面對自我批評和檢討時，眞的是達到了「化腐朽爲神奇」的程度。這一點，無論是陳獨秀、瞿秋白、李立三、張聞王明、秦邦憲，還是劉少奇、周恩來、朱德、彭德懷、陳雲、鄧小平都無法與之媲美。直至今天，也不得不歎服毛澤東在複雜政治鬥爭中的「道高一尺，魔高一丈」。

爲何毛澤東如此大力倡導和要求別人做自我批評和檢討，而自己卻又從來不肯眞正地檢討呢？除了當時特定的政治文化背景外，毛澤東說過的一段話，或許能夠揭開這個「潘多拉的盒子」。據胡耀邦講，毛澤東曾對毛遠新說：「我們不學胡志明，任何時候我都不下罪己詔。」「歷代皇帝下罪己詔的，沒有不亡國的。」〔註 68〕不敢想像，那些曾經心甘情願、篤信不渝的檢討者，如果聽到這樣的話，會做出怎樣的反應？

權且不論檢討在最高領袖那裏是如何享有特權、如何化腐朽爲神奇，一

〔註65〕毛澤東的秘書田家英說：「毛澤東常有出爾反爾的事……很難伺候。今天跟上去了，也許明天挨批，他還喜歡讓人寫檢討。」轉引自沙葉新：《「檢討」文化》，《隨筆》，2001 年第 6 期。

〔註66〕薄一波：《若干重大決策與事件的回顧》下卷，中共中央黨校出版社 1993 年，第 1026 頁。

〔註67〕薄一波：《若干重大決策與事件的回顧》下卷，中共中央黨校出版社 1993 年，第 1029 頁。

〔註68〕轉引自沙葉新：《「檢討」文化》，《隨筆》，2001 年第 6 期。

個事實是，進入 1949 年後，作爲共產黨的「一大法寶」的自我批評和檢討，被推崇到無以復加的程度。

僅《人民日報》便在 1949 年 9 月 10 日轉發了《瓦爾加的自我批評》、11 月 28 日轉發了卡爾寧的《批評與自我批評——布爾什維克底培養幹部的方法》、1950 年 1 月 9 日轉摘《眞理報》社論《論批評與自我批評》、1 月 15 日轉摘了《文學報》社論《批評與自我批評是蘇維埃文學發展的法則》、3 月 14 日轉摘了《眞理報》社論《如何對待批評與自我批評》、3 月 29 日轉發了斯大林的《反對把自我批評口號庸俗化》、6 月 7 日刊發了《貫徹正確的批評和自我批評》和轉摘了《布爾什維克》上的文章《論地方報紙的批評和自我批評》、6 月 11 日轉發了斯大林的《給高爾基的信》等多篇關於自我批評的理論文章。這期間，中共中央於 1950 年 4 月 19 日做出了《關於在報紙刊物上開展批評和自我批評的決定》，新聞總署也隨之在 4 月 23 日做出了《關於改進報紙工作的決定》。

在這些理論介紹和法規出臺的同時，自我批評和檢討這一本來是黨內「民主」的鬥爭方式，開始運用到黨外，成爲普遍性的群眾運動。特別是在思想改造運動時，以《人民日報》爲示範，各媒介先後開設「用批評和自我批評的方法開展思想改造運動」等專欄，大量刊發各界特別是知識文化界著名人士的檢討文章。檢討，成爲知識分子思想改造的最鮮明的標誌，而知識分子的思想改造也隨著檢討的不斷發展走向深入。

二、思想改造與檢討浪潮

（一）思想改造

「改造」成爲主流意識形態話語，與毛澤東的大力推廣也是分不開的。

1939 年 12 月 1 日，中共中央發佈毛澤東起草的《大量吸收知識分子》中指出：一切戰區的黨和一切黨的軍隊，都要大量吸收知識分子，但是「應該好好地教育他們，帶領他們，在長期鬥爭中逐漸克服他們的弱點，使他們革命化和群眾化」。〔註 69〕1941 年，毛澤東在《改造我們的學習》的報告中指出：「共產黨領導機關的基本任務，就在於瞭解情況和掌握政策兩件大事，前一件事就是所謂認識世界，後一件事就是所謂改造世界。」〔註 70〕

〔註 69〕《毛澤東選集》第二卷，人民出版社 1991 年，第 619 頁。

〔註 70〕《毛澤東選集》第三卷，人民出版社 1991 年，第 802 頁。

1942年，毛澤東在《反對黨八股》的報告中強調：「小資產階級革命分子的狂熱性和片面性，如果不加以節制，不加以改造，就很容易產生主觀主義、宗派主義。」〔註71〕《在延安文藝座談會上的講話》中，毛澤東則集中闡釋了改造對知識分子的重要性：

> 他們在鬥爭中已經改造或正在改造自己，我們的文藝應該描寫他們的這個改造過程。
>
> 拿未改造的知識分子和工人農民比較，就覺得知識分子不乾淨了，……我們知識分子出身的文藝工作者，要使自己的作品爲群眾所歡迎，就得把自己的思想感情來一個變化，來一番改造。沒有這個變化，沒有這個改造，什麼事情都是做不好的，都是格格不入的。
>
> 小資產階級出身的人們總是經過種種方法，也經過文學藝術的方法，頑強地表現他們自己，宣傳他們自己的主張，要求人們按照小資產階級知識分子的面貌來改造黨，改造世界。……只能依照無產階級先鋒隊的面貌改造黨，改造世界。
>
> 我相信，同志們在整風過程中間，在今後長期的學習和工作中間，一定能夠改造自己和自己作品的面貌。〔註72〕

1942年9月，總政作了「關於部隊中知識分子幹部問題的指示」，其中提到，軍隊中的知識分子政策可以概括爲「容」、「化」、「用」三個方面，「所謂『化』者，就是轉變知識分子的小資產階級思想意識，使他們革命化，無產階級化。」〔註73〕

至此，對知識分子的改造成爲毛澤東思想及其統御術的一個組成部分，並被廣泛運用於具體「革命」實踐中，延安整風便是其中最鮮明的一個實例。革命元老謝覺哉曾深有體會地說，改造，就是「把自己完全變個樣」，「好比生肉煮成熟肉：『五個月』學習是緊火煮；『長時期思想上教育與行動上實踐』（四三決定）是慢火蒸。……煮過了，並不就算『熟』，還得長時期的熬煉，一直到要『而今而後，吾知勉夫！』」謝覺哉還賦詩一首刻畫出自己如何脫胎換骨：

〔註71〕《毛澤東選集》第三卷，人民出版社1991年，第833頁。
〔註72〕《毛澤東選集》第三卷，人民出版社1991年，第849、851～852、875～876、877頁。
〔註73〕《中共中央文獻選集（1942～1945）》，中共中央黨校出版社1986年，第142頁。

緊火煮來慢火蒸，煮蒸都要工夫深。
不要捏著避火訣，學孫悟空上蒸籠。
西餐牛排也不好，外面焦了內夾生。
煮是暫兮蒸要久，純情爐火十二分。〔註74〕

關於知識分子的改造，在接下來的革命實踐中得到持續不斷地貫徹。

1948年1月15日，中共中央東北局發佈的《關於知識分子的決定》中指出：「中国共產黨對待知識分子的政策，一貫的是採取爭取、教育、改造的方針，引導他們與工農兵結合，爲工農兵服務，重視他們在革命中及各種工作中的作用。」〔註75〕

隨後，中共中央在1948年7月3日做出《關於爭取和改造知識分子及對新區學校教育的指示》中再次強調：「爭取和改造知識分子是我黨重大的任務，爲此應辦抗大式的訓練班，逐批地對已有的知識青年施以短期的政治教育。要大規模的辦，目的在爭取大多數知識分子都受一次這樣的訓練。」〔註76〕後來著名的華北大學、中央革命大學、東北革命大學、華東革命大學等便是這個政策的產物。

1949年9月29日，中原中央局專門提出「爭取、團結、改造、培養知識分子——這是全解放區目前的重要任務之一」〔註77〕的方針。這個方針一直沿用到1949年以後，並在此基礎上發展成「團結、教育、改造」的方針。

作爲毛澤東思想體系的一個部分，改造的核心就是進行思想改造。邵荃麟在1948年針對胡風所作的《論主觀問題》一文批評說，所謂「思想改造」，就是「希望他們能夠摧毀其原來階級的思想感情，進而取得無產階級與人民大眾的思想感情」，它「是一種意識上的階級鬥爭，有如毛澤東所說的『長期地無條件地全心全意地到工農兵群眾中去』，小資產階級意識必須向無產階級『無條件的投降』。它不是對等的鬥爭，而是從一個階級走向另一個階級的過程」。〔註78〕

「思想改造」作爲專有名詞，是在1949年後開始確立，並迅速成爲廣泛流行的常用詞。爲了普及、傳播和進行規範的馴化教育，1950 年代出版的新

〔註74〕煥南：《拂拭與蒸煮》，《解放日報》，1942年6月23日。
〔註75〕江平：《當代中國的統一戰線》上，當代中國出版社1996年，第126頁。
〔註76〕中共中央政策研究室編：《政策彙編》，中共中央華北局印1949年，第245頁。
〔註77〕《新文化・新教育》，新民主出版社1949年，第53頁。
〔註78〕《邵荃麟評論選集》（上），人民文學出版社1981年，第229、231頁。

知識詞典都對其作出過明確解釋。其中《新知識辭典・續編》是這樣解釋的：

> 一定的階級，產生一定的反映其階級利益的思想，如資產階級思想，小資產階級思想等。凡是其他階級出身的人參加無產階級革命，必須具有無產階級思想。這種使思想轉變的方法過程，叫做思想改造。〔註 79〕

《人民學習辭典》中的解釋爲：

> 一定的階級產生一定反映本階級利益的思想。例如：資產階級思想、小資產階級思想工人階級思想等。只有工人階級的思想體系——馬克思列寧主義的哲學和社會科學最能反映客觀眞理。凡是其它階級出身，願意追求眞理的人，都應當放棄自己階級的立場、偏見，站在工人階級的立場，改造自己的思想。凡是站在工人階級立場排除非工人階級思想，使思想轉變的方法過程，叫做思想改造。〔註 80〕

胡平對思想改造進行了不同的學理闡釋：

> 第一，和一般控制人心的手段不同，思想改造不僅意味著要輸入一套觀念，它首先是要改變一套既有的觀念。因此思想改造勢必包含著相當自覺，相當明確的觀念與觀念之間的衝突。
>
> 第二，嚴格地講，思想改造必須限制人們的自由選擇，因而它只有在一個封閉社會中才可實行。
>
> 第三，從另一方面講，思想改造又唯有經過被改造者的某種自願才名副其實。因此徹底的強制，例如勞改、監禁、由於它完全剝奪了對象的自由，反而不足以說明問題。
>
> 思想改造，是指世界觀的改造。所謂世界觀，按照馬克思主義，實際上是一套認識——價值評判體系，也就是認爲甚麼是對的、甚麼是錯的，甚麼是好的，甚麼是壞的，甚麼是正確的，甚麼是錯誤的，甚麼是「進步的」，甚麼是「反動」的，如此等等。〔註 81〕

歸結來說，思想改造就是以無產階級的思想取代所謂的資產階級、小資產階級的思想。展開來說就是，以馬克思、列寧、斯大林、毛澤東等人的思

〔註 79〕《新知識辭典・續編》，上海北新書局 1952 年，第 259 頁。
〔註 80〕《人民學習辭典》（三版增訂本），廣益書局 1953 年，第 224 頁。
〔註 81〕《人的馴化、躲避與反叛》，亞洲科學出版社 1999 年，第 6～7、17～18 頁。

想、立場、觀點和方法，以無產階級的愛國主義（事實上這一說法是不成立的，因爲無產階級是無祖國的）、國際主義和集體主義，以毛澤東式的工農群眾的革命實踐，來改造和取代所謂的資產階級、小資產階級的個人主義、自由主義、民主主義、客觀主義、好人主義、唯心主義和超政治超階級的純業務主義，即「人在頭腦裏自己革自己的命」，是「今日之我不惜與昨日之我宣戰」〔註 82〕。

對知識分子的思想改造自軍事上取得絕對優勢之時就已經開始了，其中包括吸收知識分子參加各種各樣的政治大學、革命大學、政治訓練班和學習班的政治運動在各佔領區已經普及開來。1949 年後的土改、「抗美援朝」運動中對崇美思想的清理、批判《武訓傳》、批判陳鶴琴的活教育、清理「中層」運動、思想改造運動、忠誠老實運動、批判俞平伯《紅樓夢》研究、批判胡適、批判梁漱溟、批判「胡風反革命集團」、批判「丁、陳反黨小集團」、「反右」等及至「文革」、「清污」、「反自由化」等，都可以歸到思想改造的範疇中。也可以說，思想改造作爲一項意識形態鬥爭，與大陸中國社會主義最初的發展和建設始終是如影隨形的。

歷史地來看，思想改造一方面確實實現和達到了執政者統一、控制思想的目的，但另一方面也嚴重戳傷了知識分子的身心。吳宓的《名教授一首》（改稿）就是當年的一個縮影：「卅年教授有微名，解放潮來盡倒傾。急卷詩書隨吶喊，初工色笑巧逢迎。課程精簡難新樣，薪級評低恥舊榮。留美昔吾尤恨美，學生今吾是先生。」〔註 83〕當下中國存在的反智現象、校園虐殺教師現象、告密現象以及低俗文化大行其道、主流政治文化愚蠢蠻橫等變態現象，不能說與這些政治運動沒有淵源和關聯。

直至 1978 年，鄧小平在全國科技大會開幕式上的講話中宣稱：知識分子的「絕大多數已經是工人階級和勞動人民自己的知識分子」，〔註 84〕在一定意義上宣佈對知識分子的思想改造暫告一段落。隨後，胡耀邦在 1978 年 10 月 31 日中共中央組織部召開的落實黨的知識分子政策座談會上發表題爲《爲什麼對知識分子不再提團結、教育、改造的方針》的講話：「我國知識分子隊伍

〔註 82〕范文瀾：《科學工作者應怎樣展開「新我」對「舊我」的鬥爭——在中國科學院研究人員學習會上的講話》，《光明日報》，1952 年 1 月 6 日。

〔註 83〕吳宓著，吳學昭整理：《吳宓詩集・渝碚集上》（增訂本）卷十八，商務印書館 2004 年，第 457 頁。

〔註 84〕《知識分子問題文獻選編》，人民出版社 1983 年，第 29 頁。

的狀況已經發生了一系列根本的變化，因此，我們黨在建國前後提出來的，以舊社會過來的知識分子爲主要對象的團結、教育、改造這個方針，現在已經不適用了。」〔註85〕雖然主流政治此後不再公開提「思想改造」，但其餘波在稍後的「清污」和「反自由化」運動中仍不時擡頭，直至鄧小平南巡講話後方從公眾視野中隱去。

（二）思想改造運動

關於思想改造及相關運動，當事人曾有過記述。楊絳在小說《洗澡》的「前言」中說：「思想改造——當時泛稱『三反』，又稱『脫褲子、割尾巴』。這些知識分子耳朵嬌嫩，聽不慣『脫褲子』的說法，因此改稱『洗澡』，相當於西洋人所謂『洗腦筋』。」〔註86〕文中所言的「西洋人」，大概主要是指美國記者亨特（Edward Hunter）和心理學家利夫頓（Robert Jay Lifton）等人，因爲前者曾在1951年出版了Brainwashing in Red China: The Calculated Destruction of Men's Mind〔註87〕，1956年又出版了Brainwashing: The Story of Men Who Defied It〔註88〕；後者在1961年出版了Thought Reform and the Psychology of Totalism：A Study of "Brainwashing" in China〔註89〕。

學者劉青峰認爲，「洗腦筋」是指蘇聯肅反的事，與中國的思想改造不盡相同，胡平和一些西方研究者則認爲「洗腦筋」指的就是思想改造。在黨的正式文件、講話和書稿中，沒有發現相關字樣，但諸如「洗澡」、「脫褲子」、「割尾巴」之類的說法比較常見，艾思奇甚至說過「『脫褲子』要徹底，把最後的遮羞布也要去掉」〔註90〕的話。

另一個問題是，在楊絳的表述中，確實模糊了「思想改造」、「思想改造運動」及「三反」之間的關係。因爲「思想改造」與「思想改造運動」是兩個各自獨立的概念。從時間開始的先後來說，是先有「思想改造」，後有「思想改造運動」；從時間的歷時來說，「思想改造運動」大體上發生於1951年秋至1952年秋，而「思想改造」則是馬克思主義政黨的自身屬性，屬於一項長期的意識形態灌輸和鬥爭，不是指某一個具體的政治運動。「思想改造運動」

〔註85〕《知識分子問題文獻選編》，人民出版社1983年，第48～49頁。
〔註86〕《楊絳文集·小說卷》1，人民文學出版社2004年，第210頁。
〔註87〕New York: The Vanguard Press, 1951.
〔註88〕New York: Farrar, Straus & Cudahy, 1956.
〔註89〕England: Penguin Books, 1961.
〔註90〕《學習觀念的革新》，《文匯報》，1949年8月25日。

與「三反」運動等都是「思想改造」的一個個具體實例。

所謂思想改造運動，直接的觸發點是為了整肅教育界歐美派的知識分子，以確立無產階級思想和黨委在學校中的領導地位。起源是 1951 年 9 月 11 日，毛澤東在馬寅初致周恩來的信上作了贊成在北大開展「政治學習運動」的批示後，教育部聞風而動，隨即成立「京津高等學校教師學習委員會」，並於 9 月下旬發起 20 多所高校、3000 多名教師參與的政治學習運動。

1951 年 9 月 29 日，周恩來應邀在北京、天津高等院校教師的學習會上作了題名為《關於知識分子的改造問題》的報告，以自身的經歷和經驗闡釋了思想改造的意義和必要性。10 月 23 日，毛澤東在全國政協一屆三次會議上為這一運動定了調子，他說：「在我國的文化教育戰線和各種知識分子中，根據中央人民政府的方針，廣泛地開展了一個自我教育和自我改造的運動，……思想改造，首先是各種知識分子的思想改造，是我國在各方面徹底實現民主改革和逐步實行工業化的重要條件之一。」〔註 91〕同日，《人民日報》發表短評《認眞展開高等學校教師中的思想改造學習運動》，掀起高校思想改造運動。

1951 年 11 月 26 日，中共中央根據中宣部《關於文藝幹部整風學習的報告》發出《關於在文學藝術界開展整風學習運動的指示》，要求全國各地「仿照北京的辦法在當地文學藝術界開展一個有準備的有目的的整風學習運動，發動嚴肅的批評和自我批評，克服文藝幹部中的錯誤思想，發揚正確思想，整頓文藝工作，使文藝工作向著健全的方向發展」。〔註 92〕這樣，文藝界的思想改造運動便在整風的旗幟下全面展開。

1951 年 11 月 30 日，中共中央發出《關於在學校中進行思想改造和組織清理工作的指示》，要求「必須立即開始準備有計劃、有領導、有步驟地於一年至二年內，在所有大中小學校的教職員和高中學校以上的學生中，普遍地進行初步的思想改造工作」，「在大中小學校的教職員和專科學校以上（即大學一級）的學生中，組織忠誠老實交清歷史的運動，清理其中的反革命分子」。〔註 93〕

正當思想改造運動如火如荼之時，高崗在東北發動了針對前政權在各行

〔註 91〕《建國以來毛澤東文稿》第 2 冊，中央文獻出版社 1988 年，第 482～483 頁。

〔註 92〕《建國以來重要文獻選編》第 2 冊，中央文獻出版社 1992 年，第 461 頁。

〔註 93〕《中共黨史教學參考資料》（第 19 冊・社會主義改造時期），中國人民解放軍國防大學 1986 年，第 378 頁。

各業中的公職留守人員的「反貪污、反浪費、反官僚主義」運動受到毛澤東的重視，加之中共內部出現的天津劉青山、張子善貪污腐敗案的影響，於是「三反」運動（也稱「打虎」運動）便在 1951 年 12 月間應運而生、普及全國，並一度引領了思想改造運動的方向，成爲其核心內容。

1952 年 1 月 5 日，政協全國常務委員會也相應做出《關於展開各界人士思想改造的學習運動的決定》。1952 年 1 月 22 日，中共中央發出《關於宣傳文教部門應無例外地進行「三反」運動的指示》，稱「『三反』運動是目前最實際的思想改造，故教育界、文藝界的思想改造學習未開始者應由『三反』開始，已經開始者亦應轉入『三反』，在『三反』鬥爭中解決資產階級思想問題，然後再回到原定計劃」。又稱：「一般地說，使這些人物（指學校的校長、教師們——引者注）在群眾鬥爭中洗洗澡，受受自我批評的鍛鍊，拿掉架子，清醒謙虛過來，對他們自己或今後工作都是有利的。」〔註 94〕

正是在「三反」運動的促動和脅迫下，思想改造運動由先前的溫和方式轉變爲激烈的思想與政治批判。《新華日報》在「社論」中爲此強調說：「這是思想領域中的階級鬥爭，和平改造是不可能有任何效果的，必須經過一番痛苦才能放下包袱而感到輕鬆愉快。……像毛主席教育我們要經常掃地，經常洗臉一樣。」〔註 95〕3 月 13 日，中共中央在《關於在高等學校中進行「三反」運動的指示》中進一步明確規定：「對各學校中嚴重存在著的各種具體的特別是典型的資產階級思想應該充分揭露，並予以徹底批判；每個教師必須在群眾面前進行檢討，實行『洗澡』和『過關』。」〔註 96〕

因此，從這時開始，思想改造運動與「三反」運動合流完成，「洗澡」運動也隨之廣爲流傳開來。

客觀地說，無論是發端於教育界的思想改造運動、「忠誠老實運動」，文藝界的整風運動，黨政機關的「三反」運動以及針對工商界的「五反」運動，還是此前開展的「清理中層」運動〔註 97〕，規模和聲勢都是全國性的。如此

〔註 94〕《建國以來重要文獻選編》第 3 冊，中央文獻出版社 1992 年，第 49 頁。

〔註 95〕《思想改造是知識分子對人民祖國的責任》（社論），《新華日報》，1951 年 12 月 9 日。

〔註 96〕《建國以來重要文獻選編》第 3 冊，中央文獻出版社 1992 年，第 118 頁。

〔註 97〕《中共中央關於在高等學校中批判資產階級思想和清理「中層」的指示》：各中央局、分局：

（一）北京各高等學校在「三反」運動中進行了批判資產階級思想的運動，收效很大。各地高等學校中的「三反」運動，在中央三月十三日指示後，

也陸續開始轉入批判資產階級思想的階段，這個運動對於高等學校來說，是政治改革的一個重大步驟，這個運動的目標是：

（1）徹底打擊學校中的封建、買辦、法西斯思想（如崇美、親美、恐美、反共、反蘇、反人民的思想），劃清敵我界限；

（2）暴露和批判教師中的資產階級思想（如宗派主義、自由主義、個人主義等），劃清工人階級和資產階級的思想界限，初步樹立工人階級的思想領導；

（3）肅清學校中的貪污浪費現象，樹立愛護公共財物、廉潔節約的新風氣；

（4）具體瞭解高等學校教師的政治情況與人事情況，以打好在學校中進行清理「中層」工作和進行教育改革的基礎。根據北京和上海兩地的經驗，在這次運動中，可以而且應該讓百分之六十到七十的教師，在作了必要的自我檢討以後迅速過關。百分之十五到二十五的教師，是要經過適當批評以後再行過關，百分之十三左右的教師，是要經過反覆的批評檢查以後始予過關；只有百分之二左右是不能過關，需要作適當處理。這樣的比例大體上是合適的。這樣做，我們就能做到爭取、教育多數教師，孤立和打擊少數壞分子，以達到團結改造高級知識分子的目的。各地可參考北京、上海經驗，掌握適當比例，防止「左」或右的偏向。

（二）具有嚴重政治問題或思想十分反動不能過關的教師，人數既甚少（根據北京、上海情形約百分之二左右），情況又各人不同，對他們的處理辦法，應視各人具體情況、社會地位、檢討程度、業務能力等等條件，分別考慮決定，有些人並可留待清理「中層」時處理，但這些人除一部分可以仍留校教書外，決不能讓其繼續擔任校內各種行政領導職務（關於北京各大學處理此類教師的經驗另行通報你們以供參考）。屬於此類教師的處理應經中央局批准，其中校長、副校長、院長、系主任及全國著名之教授的處理，應經中央批准。

（三）在批判資產階級思想運動完畢以後，各地可以選擇很少數的重點學校，集中幹部力量，接著即轉入清理「中層」的工作。北京的燕京大學、輔仁大學已經這樣做了，根據他們的經驗，只要事先做好準備工作，轉入清理「中層」工作是很自然的，而且可以迅速收效。學校清理「中層」工作的方針，除照去年十一月三十日《中央關於在學校中進行思想改造和組織清理工作的指示》執行外，並須注意下列各點：

（甲）必須有充分準備（包括幹部、材料、計劃、步驟等），集中力量搞完一兩所學校以後，再抽出力量轉入其他學校；

（乙）除依靠學校黨團和群眾力量外，當地黨委必須選派一些得力幹部，並密切配合公安部門人員，組成工作組到學校中去實際領導這一工作。工作組並可吸收其他高等學校（尚未進行清理工作的學校）的少數黨員幹部參加，以便他們取得經驗，回到本校去進行清理「中層」工作；

（丙）交代歷史應先從黨、團員開始，動員黨團員帶頭，樹立模範然後推及黨外；

（丁）每個學校清理工作時間不要太長，以三個星期左右爲宜。爲了集中全校力量，進行清理工作，在必要時，並經過當地教育部（廳）批准學校可以暫時停課，但時間不宜太長。在進行工作中應首先將大多數無問題或問題不大的人迅速解放，以便集中力量來處理較少數問題複雜的人。對於學校中有政治問題的人，除了極少數有血債或嚴重的現行活動的反革命分子（這種人不是每校都有的）以外，其餘都不必逮捕，而儘量採取改造和教育的辦法來處理，這樣更爲有利；

（戊）進行清理「中層」的工作必須堅持不追不逼，啓發自覺的原則，這是保證清理工作不發生偏向的主要關鍵。另外，又要保證清理工作的嚴肅性，認眞負責地把應當弄清楚的問題盡可能審查清楚，不能潦草從事。做好學校清理「中層」的工作，除開正確的領導外，一方面要依靠校內群眾的發動，一方面要依靠公安機關的配合和協助，二者不可缺一。

（己）對於校長教授等處理的批准權與第二項規定同。

清理學校「中層」工作是改革高等學校的重要關鍵，必須認眞做好這件工作。

（四）估計經過「三反」運動，批判資產階級思想運動和清理「中層」工作以後，學校中的反革命分子肅清了，資產階級思想的實際支配地位被打倒了，對教師學生的政治情況我們獲得充分的瞭解了，學校中黨的威信大大地提高了，教師學生的政治覺悟也大大地提高了，就需要進一步考慮在高等學校中建立革命的政治工作制度和機構，以便加強黨的領導作用，鞏固和擴大高等學校中馬克思列寧主義思想的陣地，並在這樣基礎上來貫徹高等教育的改革。因此希望你們在進行批判資產階級思想運動和清理「中層」工作的過程中考慮下面兩個問題：

第一，在清理「中層」工作中，加強學校中執行這個工作的機構（一般稱學習委員會辦公室），充實它的幹部，準備在清理工作完畢以後，選擇少數幾所條件較好的學校，首先將這種辦公室轉變爲屬於學校行政系統之內的經常性的政治工作機構，這種機構的名稱，可以爲「政治輔導員辦公室」，將來可以發展爲「政治輔導處」。它的任務是管理全校的政治工作，包括領導思想學習，掌握教師學生政治情況，歷史材料，主持畢業學生政治鑒定，領導全校教職員工社會活動等等。這種政治工作制度目前尚無經驗，須從工作中去逐步創造。首先是重點試驗，然後逐步推廣。北京燕京大學準備首先試行。希望通過這種機構逐漸培養出一批得力的學校行政幹部。

第二，在清理「中層」工作完畢以後，應該在教師中開始建立有系統的政治理論學習，一時尚不能進行清理「中層」工作的學校中，在批判資產階級思想運動結束以後，亦須布置一定的思想學習，這些工作必須有計劃和準備。

對於上述兩個問題，請你們研究後向中央提出意見。

今年暑假前，希望在全國各主要大學中，大體上完成清理「中層」工作，

眾多的群眾性運動都集中在1951～1952年這一段時間內，無論從時間上還是從任務上，都可以說是既緊張又緊湊，歷史學家顧頡剛在日記中記載道：「本年三反、五反、思想改造三種運動，剛無不參與，而皆未眞有所悟。所以然者，每一運動皆過於緊張迫促，無從容思考之餘地。」〔註98〕可見，在這種情況下產生認識上的錯誤也是有情可原的。

況且，這些運動既相對保持自身「主體性」又統一到思想改造運動中，各地、各單位在開展的時間上、進度上、側重點上也都很不一致，或者同一運動中又包含有多重內容，這種你中有我、我中有你、交錯複雜、頻繁多變的運動態勢，別說普通民眾，就是當時執行政策的各級政治官員要嚴格區分他們之間的界限也不是都能做到的。如針對當時各地運動中出現的一些混淆概念問題，中宣部特地發佈了《有關教師思想改造和組織清理的幾個問題》，文中指出：「山西、平原等地一度把教師思想改造運動稱爲整風，河南省委宣傳部岳明同志在思想改造運動的報告中把這一運動稱爲知識分子的思想解放運動與精神健康運動，武漢大學曾一度提出三查即查思想、查政治、查教學，並提出『打思想老虎』的口號，都是不妥當的。」文中特別強調，「中央屢次指示把全國高等、中等學校在三反運動基礎上所進行的肅清封建法西斯思想、批判資產階級思想的運動稱爲思想改造運動，各地應一致採用這一正確的提法，無須另立其他名稱。」同時指出：「這個運動的目標主要是：肅清封建、買辦、法西斯思想，劃清敵我思想界線；批判資產階級思想，劃清資產階級思想與工人階級思想的界限；在學校中樹立工人階級的思想領導。」〔註99〕

上述文件的內容一方面明確了思想改造運動的概念和目標，另一方面也揭示出當時思想改造運動認識的混亂。因此，釐清上述相關概念是必要的。

（三）檢討浪潮及其特點

在極權政治的直接推動下，領導黨針對知識分子的思想改造不斷「由勝利走向勝利」。檢討作爲思想改造的伴生物，其發展脈絡也因政治運動的興起

其中極少數學校，並可試行建立政治輔導員制度，其他學校的清理「中層」工作可在暑假中進行。一部分條件較差的學校亦可推遲到下學期或寒假中去進行。

各地接到此指示後，望詳細研究，並將意見和進行的步驟計劃報告中央。

中央

一九五二年五月二日

〔註98〕顧潮：《顧頡剛年譜》，中國社會出版社1993年，第347頁。

〔註99〕《宣傳通訊》第25期，1952年8月7日。

與更替呈現出漲落有致、高潮叠起的特點，即在每次思想改造政治運動中，檢討也都隨之以群體性、規模性的運動形式而存在，形成一次次的「檢討浪潮」。

1949～1957 年轉型期的檢討浪潮大體上可歸結爲：(1)1949 年 2 月至 1950 年下半年，以高校（含華北大學、中央革命大學等性質的學校）、中小學教師政治學習運動爲標誌，形成第一次檢討浪潮；(2) 1951 年 4 月到 7 月間，以批判武訓和《武訓傳》爲標誌，形成第二次檢討浪潮；(3) 1951 年 9、10 月至 1952 年秋，以思想改造運動爲標誌，形成第三次檢討浪潮；(4) 1954 年，以批判《紅樓夢》研究和胡適爲標誌，形成第四次檢討浪潮；(5) 1955 年以批判「胡風反革命集團」和「肅反」運動爲標誌，形成第五次檢討浪潮；(6) 1957 年下半年，以「反右」爲標誌，形成第六次檢討浪潮。在主角上，這些檢討浪潮都是以知識群體爲主。在程度上，第一次、第二次和第三次的前半期大體是以「和風細雨」爲特點，程度相對較弱，其餘則較粗暴，特別是自第五次「胡風反革命集團」案開始，由於國家暴力機器介入，檢討開始融進更複雜、血腥的內容。

這些檢討浪潮除自身具有規模性和群眾性的特點外，還具有三個明顯的特點，即頻繁性、相關性和連帶性。

所謂頻繁性，即指檢討運動之多，時間間隔之短，平均差不多一年多一次，有的時候幾乎是接踵而至。這種走馬燈似的政治運動對於一個剛剛經歷過十幾年戰爭的國家來說，無論發起運動的理由有多麼充分，動機和目的是多麼理想，其結果都是大傷元氣、違背潮流，甚至可以說是有百害而無一利。更何況動機和目的本身就不具備正當性。

正是在這些頻繁的運動中，所謂「寧左勿右」、「越左越革命」的邏輯成爲社會主流，科學和理性被徹底邊緣化以致完全拋棄，知識群體所賴以生存的良性秩序不復存在，社會和政治進入一種無法可依、無理可講的動亂中，知識分子和普通民眾的生存境遇當然也就每況愈下，基本人權都無從談起。同時，這種頻繁性還呈現出一個「起落有序」的特點，即一個運動由高潮走向低潮後，另一個運動隨之興起，所謂六次檢討浪潮，正是這種頻繁的運動群眾的產物。

所謂相關性，即每個浪潮雖都具有獨立性，有些浪潮與浪潮之間也不存在明顯的因果關係，但是如果以歷史的視角來看，幾乎每個浪潮之間都存在著千絲萬縷的關係。這一現象最典型的莫過於 1952 年前後的思想改造運動、院系調整運動、忠誠老實運動、「三反」運動、「五反」運動與文藝界的整風運動，這些前後左右、接連上演的政治運動以及由此形成了檢討浪潮的接踵而至、交相輝映等特點。

而且，這些相互關聯的檢討浪潮中，還產生很多共通的經驗。比如思想改造運動形成檢討浪潮後，教師不得不接受學生的「幫助」，並向學生作毫無隱私可言的思想檢討，還要接受學生的考評和批准，開了「學生整老師」的先河。山東大學和復旦大學具有開創之功，其他大學也並不落後。或者說，在整治大學教授這一相同革命目標下，積極要求進步的學生 —— 群眾們，使出的辦法和招數雖各具特色但又大同小異。如燕京大學當年領導思想改造運動的夏自強曾回憶說：「在運動中，啓用了不少宣傳工具，如出版《新燕京》刊物外，還有『三反快報』，舉辦『美帝文化侵略罪行展覽』，以造聲勢，提高認識。在運動中，由於群眾的義憤，也出現了過火鬥爭的情況，如砸毀了燕大各主要建築的匾額，在大會上讓一些總務行政部門負責人下跪〔註 100〕。在會上，有人揭發，因辱罵領袖被稱之爲『罵人團』的成員，被『群眾專政』，實行隔離審查。」〔註 101〕這就是「文革」中，爲什麼「資產階級反動學術權威」在運動一開始便迅速向紅衛兵、革命小將俯首稱臣的原因所在。

所謂連帶性，即在上述檢討浪潮中本來有些運動是針對某一群體或現象的，一些無關的、間接的部門或群體可以不參與，但在頻繁的群眾運動的促使下，那些本來可以不參與的人也被捎帶進運動中來，使得局部運動演變成全民運動。如批判《武訓傳》運動後又連帶引發了批判陶行知及其倡導的「生活教育」、批杜威、批陳鶴琴及其倡導的「活教育」，與此相關聯的人都要作檢討。另如批判俞平伯及其《紅樓夢》研究開始後，隨即開始了對胡適的批判；「胡風反革命集團」事件發生後，「丁、陳反黨小集團」事件便呼之欲出了。

除運動的連帶性外，在具體問題上也存在這個現象。如批判《武訓傳》

〔註 100〕作爲燕京大學第一批回到北京接收的負責人之一，王漢章在 1951 年「三反」運動中被當作「大老虎」抓去批鬥。據其子女回憶，在「如電閃雷鳴的傾盆暴雨」批鬥中，王漢章「不容分說被拉到貝公樓跪在臺上批鬥」。轉見陳遠：《燕京大學 1919～1952》，浙江人民出版社 2013 年，第 246 頁。

〔註 101〕《傑出的愛國者和教育家陸志偉》，燕京大學校長陸志韋編寫組編：《燕京大學校長陸志韋》，2006 年，第 39 頁。

後，電影的編導孫瑜和主要演職人員趙丹等、《武訓畫傳》作者、周恩來和朱德、郭沫若等觀看並讚賞影片的高級領導、1949 年前後稱讚過武訓及《武訓傳》的文化界人士、夏衍等文化管理人員，像一根藤上的瓜一樣，都被納入到檢討行列中來。個人連帶的問題中，最突出的莫過於「胡風事件」了。據統計，胡風一案共有 2100 多人受到直接牽連，92 人被捕，78 人被定爲「胡風反革命分子」。可以看出，所謂的「連帶」就是一種現代的「連坐」，古語將其形容爲斬草除根、一網打盡，在階級話語裏叫純潔隊伍。

爲了便於說明問題，這裏以思想改造運動爲例作進一步闡述。

翻看當時的《人民日報》、《光明日報》、《文藝報》、《人民教育》以及各省、市的主流媒介，可以發現，金克木、蔣蔭恩、華羅庚、何定傑、鄧家棟、馬大猷、戴芳蘭、周金黃、張維、葛庭燧、王家揖、林傳鼎、侯仁之、藤大春、白壽彝、黎錦熙、李宗恩、虞書愚、秦牧、趙承信、陳垣、陳士驊、李寶震、錢偉長、黃玉珊、吳於廑、蔡翹、溫公頤、夏開儒、孫華、崔炳恒、黃念田、喻德洲、張德馨、趙克東、李方訓、鍾興正、黃祝封、柯召、黃嘉德、馮友蘭、賀麟、梁漱溟、張東蓀、沈從文、樓邦彥、鍾敬文、周一良、黃藥眠、羅常培、茅以升、董渭川、朱光潛、王淑明、光未然、老舍、曹禺、舒蕪、蕭也牧、魯媒、程千帆等知名人士都撰寫和發表了檢討，有的還不止一份、兩份、三份。

1952 年 7 月出版的《批判我的資產階級思想》一書中就收錄了費孝通、傅鷹、游國恩、滕大春、羅常培、錢端升、金岳霖、蔣蔭恩、陳鶴琴、周培源、梁思成、鄭君里、賀綠汀等 30 位文化界人士的檢討。該書「編者的話」中介紹說：這些檢討者「是在各方面具有一定的代表性的，他們有哲學家、科學家、教育工作者、出版工作者、文藝工作者、翻譯工作者、美術工作者、音樂工作者、電影工作者、新聞工作者、農業工作者、醫務工作者……」〔註 102〕當然，這也只是公開發表檢討的一部分，未被列出的仍不計其數。

爲了更直觀顯現思想改造運動中的檢討浪潮「盛況」，這裏開列其中的一組數據：由於實行人人「洗澡」過關，教育界檢討的人數應不低於 60 萬，其中高校教師應在 18 萬左右。〔註 103〕文藝界僅北京實際參加就有 1228 人，

〔註 102〕《批判我的資產階級思想》，五十年代出版社 1952 年，第 2 頁。

〔註 103〕1950 年代初，全國大中小學教師約爲 80 萬，大學教師 19500 人，參加運動的

上海 1500 人左右〔註 104〕。在個人來說，南京師範學院蕭丞說，自己當時檢討 15 次而不得過關；清華大學教授金岳霖、潘光旦都檢討了 12 次之多才得以勉強過關；費孝通的第三次檢討長達 11000 字，全面而細微，自責嚴重，卻仍不能過關；潘光旦的一份檢討「摘要」就達 28000 字；嶺南大學校長陳序經在全校師生大會上檢討 4 個小時，老淚縱橫，仍不得通過；山東大學的童書業 9 次檢討皆未通過；廈門大學中文系教授、著名作家徐霞村在全校大會上檢討 3 個小時仍不能通過，最後只得向領導表示自己不配當人民教師，願意離開廈大自謀生路；中國著名科學家、北方交大校長茅以升在檢討時給自己扣了英雄主義等 13 頂大帽子；爲了幫助老師「進步」，學生到老師家談話達 8 小時。

有學者統計，《人民日報》發表帶有批評性的報導或文章 1949 年爲 347 篇，1950 年爲 753 篇，1951 年爲 1749 篇，1952 年爲 1741 篇，1953 年爲 1027 篇。其中 1951 年至 1953 年，日均 4 篇。〔註 105〕黃平曾對思想改造運動中《人民日報》、《光明日報》發表的文章做過統計，表格中的自我批評一項即爲檢討文章的數量：

思想改造運動中發表在兩報的按內容分類的有關文章〔註 106〕

	一般性闡釋與號召	批評與自我批評		
		批評	自我批評	反批評
《人民日報》	28	9	41	0
《光明日報》	44	21	82	2
小計	72	30	123	2
%	31.72	68.28		

資料來源：《人民日報》，《光明日報》，1951.9.30～1952.10.26。

如果回到歷史現場，可以發現，這些數據僅是冰山一角，更多的實例還在海平面以下，但即便是這些可統計的數據，已經足以達到觸目驚心的程度

高校教職員達 91%，中等學校教職員達 75%。本文據此推算，得出文中數據。

〔註 104〕夏衍致周揚信，引自徐慶全：《名家書劄與文壇風雲》，中國文史出版社 2009 年，第 48 頁。

〔註 105〕方漢奇編：《中國新聞傳播史》，中國人民大學出版社 2002 年，第 343 頁。

〔註 106〕《有目的之行動與未預期之結果——中國知識分子在 50 年代的經歷探源》，許紀霖編：《20 世紀中國知識分子史論》，新星出版社 2005 年，第 411 頁。

了。如果將「六次檢討浪潮」的數據全部羅列出來，不知道該是怎樣的情形。

沙葉新先生在《「檢討」文化》一文中總結道：「在中國，凡是在那風雨如晦、萬馬齊喑的年代生活過的人，他很可能從沒受過表揚，但不可能沒做過檢討；他也很可能從沒寫過情書，但不太可能沒寫過檢討書。……上自國家主席、政府總理，中及公務人員、知識分子，下至工農大眾、普通百姓，更別說『地富反壞』、『牛鬼蛇神』了；無論你是垂死的老者，還是天眞的兒童，只要你被認爲有錯，便不容你申辯，眞理始終掌握在有權說你錯的領導和自認永遠對的領袖手中，自己只得低頭認罪，深刻檢討，少有幸免者。」〔註 107〕

作爲毛澤東的好學生，江青曾吩咐新影廠的造反派：「陳荒煤、夏衍、蕭望東……白天讓他們勞動，晚上要他們寫材料交待罪行，每天交一份。」〔註 108〕

與此呼應的還有一些流行的「另類表達」，如「順口溜」：控不完的敵人，清不完的隊；做不完的檢討，請不完的罪。類似的還有：做不完的檢討，站不完的隊，擦不完的眼淚，請不完的罪。因《李慧娘》而獲罪的孟超自編自唱的「歌謠」：早請示晚彙報，夜裏還得假檢討；請不完的罪，站不好的隊，我究竟犯了什麼罪？「文革」中身陷囹圄的夏衍則仿照清末「剃頭歌」作文云：聞道人需整，如今盡整人。有人皆可整，不整不成人。人自由他整，人還是我人。試看整人者，人亦整其人。

這樣的描述並不存在文學誇張的成分，而完全是客觀的寫實，這一點只要詢問當年的親歷者，或者翻看當事人的日記，便可得到確認。當然，此情此景並非 1949 年後首創，延安整風時自殺未遂的胡徵就曾寫過開先河之作《感懷》：

坦白白坦坦白白，坦坦白白坦不白；
不坦不白白不了，坦白白坦坦黑白。

撕開肝膽全無用，不問忠奸一口嚼；
敲破頭顱説不出，如何解決便如何。〔註 109〕

〔註 107〕沙葉新：《「檢討」文化》，《隨筆》，2001 年第 6 期。
〔註 108〕《1967 年 2 月 1 日江青、戚本禹對中央新聞紀錄製片廠群眾代表的講話》，《江青十年講話彙編：1966～1976》，自印書，第 226 頁。
〔註 109〕冷夢：《滄海風流》，四川文藝出版社 1996 年，第 170 頁。

三、檢討的文化意蘊

（一）本質：真、假共存

理論上說，在極權政治的歷史情境中，檢討只存在「深刻」與否的問題，不應存在眞假的問題。因爲前者是認識程度上的問題，後者是立場、態度上的問題，檢討者可以接受領導和群眾「檢討不夠深刻」的批評，但無論如何不敢承認自己在做假檢討，因爲那樣無異於公開宣佈與組織唱對臺戲，要被打上愚弄革命幹部和群眾的罪名，其後果是不言而喻的。

但是，當時的確存在眞誠檢討與虛假應付的問題。所謂虛假是指檢討當事人在時過境遷後，對當時的檢討予以澄清、更正或翻供。

如張東蓀在 1951 年 6 月時還動輒發牢騷說：「思想問題，狗屁！……民主個人主義誰沒有？不過程度不同而已。Only difference in degree not in quality, not in nature。」〔註 110〕他也曾對葉篤義信誓旦旦地說要保持「沉默的自由」〔註 111〕，但待到 10 月份好友王正伯被捕後，驚慌失措中的他急忙撰文檢討說：「我早承認馬克思對於資本主義分析及其預測。」「我們知識分子要面對這個事實……今天應該明白中國已經有了出路，不必再找了。共產黨已經替中國找著了出路，好像治病的藥方一樣，中國不但已經得到了藥方，並且在這個短短的二年中服了下去，已經大大見效了。今後只有再繼續服這個藥，使中國由病癒而強壯。這就是大家所歡呼的毛主席的英明領導。全國人民該在他的領導下繼續前進。」〔註 112〕顯然，張東蓀是怕受牽連，爲了自保，不得不放棄此前堅持的自由主義者的立場而虛與委蛇、假裝投誠。

另如北京大學化工系主任傅鷹在「洗澡」運動中發表的《我認識了自己的錯誤》一文中說：「我要控訴美帝國主義。巴特爾利用我求名的願望，施一些小恩小惠，使我爲美帝國主義忠心耿耿地服務了五年。他不僅買了我的勞力，還買了我的感情。我不分冬夏，整天工作，廢寢忘食地爲他製造論文。……這是巴特爾以小恩小惠將我變成了美帝國主義的奴隸的惡果。」〔註 113〕然而在 1957 年的「雙百」期間，他在不同場合多次發表激烈的「翻供」言論：「我

〔註 110〕北京市統戰室：《張東蓀、劉王立明、羅隆基、曾昭掄、章伯鈞、薛愚對民盟等問題的意見》，1951 年 7 月 11 日。

〔註 111〕葉篤義：《雖九死其猶未悔》，北京文藝出版社 1999 年，第 83 頁。

〔註 112〕《讀了梁漱溟先生的文章談談知識分子思想的改造》，《光明日報》，1951 年 11 月 15 日。

〔註 113〕《人民日報》，1952 年 4 月 5 日。

最討厭『思想改造』，改造兩字，和勞動改造聯在一起。有了錯才要改，我自信一生無大錯，愛國不下於任何黨員，有什麼要改？」〔註114〕可見，傅鷹1952年的《我認識了自己的錯誤》是爲了「過關」而作的假檢討。

再如顧頡剛起初參加思想改造運動，爲與「適之先生」劃清界限，「及時」撰寫並發表《從我自己看胡適》，在 1954 年「批胡」高潮黨的全國政協第二屆全體會議上又當眾批評胡適的實驗主義研究方法「乃是腐朽的資產階級唯心論的方法，他的一切學術工作乃是替封建勢力和美帝國主義服務、轉移青年目標、進行反革命活動的手段」，自己「是在一定程度上替他造成他的虛名和聲勢的一個人」。〔註115〕待到1958年在民進中央會議的發言中，他卻承認，當時積極檢討是爲了能「在大學教書」。他還說：「思想而能改造」，在自己的「舊腦筋裏簡直是一件不能想像的奇事」。自己自從「入了社會，就只知道發展個性，過自由散漫的生活，永遠『稱心爲好』，不知道有什麼服從領導、集體生活、群眾路線這些事情」，現在要「捨己從人」，拋卻「原有的看家本領而唯黨是從」，於心不甘。〔註116〕

最有趣的是童書業。據趙儷生講，1955 年山東大學「肅反」尾聲時，童書業因爲寫了厚厚的一本《童書業供狀》，其中說大陸有一個隱藏很深的、以研究歷史地理繪製地圖爲幌子的受美國情報局指揮的反革命集團，其最高首領是顧頡剛，各地分設代理人，上海是楊寬、山東是王仲犖、東北是林誌純，自己和趙儷生也是其中成員。這份交代材料上交後，童書業很是後悔，但自己害怕，不得已想通過高昭一（趙儷生夫人）要回這份編造的材料，並且不知情地跪在午睡的高昭一床前。後來是趙儷生出面找了組織部門領導，當著童書業的面銷毀，童書業從此才釋然。〔註117〕顯然，還未等運動結束，童書業就已經反悔當初寫交代檢討的行徑了。

像張東蓀、傅鷹、顧頡剛、童書業等違心檢討者，在浩如煙海的檢討中是不勝枚舉的，限於篇幅只能如此了。

其實，檢討就眞意味著思想改造好了嗎？這個問題，最直接的回答莫過於山東大學的許老師當年譏諷曾仇蘇親美、批評「中共認蘇聯爲祖國」、中共就是實行蘇聯法西斯獨裁政治而到1949年後迅速由「實驗主義史學」、「疑古

〔註114〕龔育之：《在漩渦的邊緣》，河南人民出版社1998年，第154頁。

〔註115〕《顧頡剛委員的發言》，《人民日報》，1954年12月25日。

〔註116〕顧頡剛：《從抗拒改造到接受改造》，《光明日報》，1958年12月14日。

〔註117〕《趙儷生高昭一夫婦回憶錄》，山西人民出版社2010年，第173～174頁。

學派」轉向馬列主義史學的童書業教授時所說的：「童先生！不要進步太快吧！年輕人進步是正常的，中年以上的人進步，是假的，是反常的。」〔註118〕王學典也曾爲 1954 年前後大規模批判胡適的運動總結道：「面對一道又一道難關，那些『從舊社會過來的知識分子』，爲了解脫自己，不惜犧牲師友。而且，從批判胡適運動來看，誰過去的成就越大，現在的表態和表現就越積極，過去的聲名、影響越高，現在批判起別人來就越賣力。對多數人來說，公開場合的積極和賣力，並不說明他們『立地成佛』了，很可能是他們的一種生存策略，一種掩蓋，一種對自我的洗刷，一種自我防護。」〔註119〕

這其中有一個問題需要明確，即如此功利性的虛假檢討，難道「眼睛雪亮的」革命群眾會聽之任之、視而不見嗎？或者說，那一個個積極要求進步的把關人（gatekeeper），怎能容忍檢討者以虛張聲勢、花言巧語、暗度陳倉等方式蒙混過關？

要回答這個問題就要釐清「過關」的眞正含義。

事實上，「過關」這個詞本身就是一個形式意味極濃厚、功利性極強的詞。無論改造者還是檢討者，都以「過關」爲目的，即改造者設「關」，並要求被改造者「過關」；被改造者需要過「關」，並希望順利「過關」。「過關」便是「雙贏」，皆大歡喜。這樣，改造者與檢討者之間便達成一種默契，或者說是一個秘而不宣的潛規則，即雙方的注意力都集中在「過」這一環節上，至於如何過、過後怎樣等眞正的問題卻被淡化或忽略了。這種形式主義必然導致改造者和檢討者都只注重表面文章，因此也就形成檢討本身的意義和目的遠大於檢討內容的結局。

其實，這種流於形式的結局也並非是有意造成的，它是檢討的原教旨意義決定的。說到底，檢討就是讓人承認錯誤、放下架子、放棄自尊，就是要讓人聽話，讓人服從。1952 年 2 月底北京市委給華北局和中央的「喜報」中就寫道：北大的湯用彤、馬大猷、羅常培、錢端升和清華的葉企孫、周培源、潘光旦、錢偉長等都「不得不自動地或被迫地放下臭架子，進行自我檢討，……都在群眾面前檢討了自己的宗派主義、本位主義、自私自利思想，或崇美、親美思想。檢討好的，群眾讓他們過關；檢討不深刻的，群眾就不讓他們過關。潘光旦已檢討了五次，並且哭了一場，仍未過關……經過這一

〔註118〕歷史系學生三反學習代表團整理：《把歷史唯物主義的思想樹立起來》，山東大學校刊編輯室編：《山東大學思想改造文集》，1952 年，第 200 頁。

〔註119〕《顧頡剛和他的弟子們》（增訂本），中華書局 2011 年，第 188 頁。

番鬥爭，大學裏的思想發生了顯著的變化。過去一般教授和學生們崇拜的所謂名校長、名教授如葉企孫、陸志偉、潘光旦等倒下去了……許多學生很幽默地說：在『三反』鬥爭中，我們的旗幟倒了。」〔註 120〕

爲了達到這一功用和目的，至於思想究竟改造成純正馬恩主義的，還是列寧和斯大林式的馬克思主義或者巴枯寧——「大兵營」式的共產主義〔註 121〕、毛澤東式的中國化的馬克思主義以及「封建主義」的，事實上並不是那麼重要。

關於這個問題，韋君宜晚年在《思痛錄》中寫道：有位同學曾在延安搶救運動中被錯打成特務，後來在平反大會上哭訴當時受冤屈的心理狀態時竟說：「我眞後悔當時爲甚麼要背叛我的家庭出來革命！我眞應該跟著我的父親跑的。當時我就想過，如果能再見到我的父親，我就要對他說：把這些冤枉我的人都殺掉吧。」韋君宜聽了，只覺「心驚膽顫，如冷水澆頭」。因爲這位女同學的父親當時是一個國民黨的專員，韋君宜「怕的是她這樣驚人的坦率，把心裏動過的這些念頭都公然在大會上說出來，這得了嗎？光爲這句話，就可以把她又逮捕起來的啊！即使今天不捕，這筆賬記上，以後遇上『運動』隨時都可以要她的命！」〔註 122〕對此有學者分析說：「韋君宜當時還只二十幾歲，就有這樣老成持重的念頭，就希望自己的同學和朋友對黨不要坦然說出自己的眞實想法，而要學會在運動中僞裝自己，那麼，對於那些在革命熔爐中久經考驗的革命者來說，無疑更會對黨隱藏自己的眞實想法了。因爲大家清楚，倘若不能僞裝自己的眞實念頭，倘若不能根據當時意識形態的需要而說點迎合時勢的話，那麼就有可能隨時導致生命的危險。或許在這個意義上，說謊已經成了那個時代和那種情境中的人們（自然包括延安文人和知識分子）面對外部及內心世界的壓力所具有的一種進行自我防禦的應對機制。當然，如果把說謊僅僅理解爲出自生命本能的應對機制，那還並不完全符合延安政治文化語境所固有的實情。其實在一定程度上，它也是當時黨的審幹、搶救

〔註 120〕轉引自郭德宏等主編：《中華人民共和國專題史稿》第一卷，四川人民出版社 2004 年，第 348 頁。

〔註 121〕馬克思批評巴枯寧式的「兵營式共產主義」：多勞動少消費，吃公共食堂，住公共寢室，還包括教育、勞動時間、兒童扶養、免除發明家的勞動等人類的一切行動和生活都做了詳細規定，作爲最高統治者的是「我們的委員會」。見馬克思：《社會主義民主同盟和國際工人協會》，《馬克思恩格斯全集》第 18 卷，人民出版社 1964 年，第 470～471 頁。

〔註 122〕韋君宜：《思痛錄》，北京十月文藝出版社 1998 年，第 16～17 頁。

政策縱容和鼓勵的結果。」〔註 123〕

學者徐賁在爲父親編輯文集時曾深有感悟地說：「我父親日記的檢查交代中充滿了貌似眞誠的虛僞表述，儘管具體的事情都是眞的。我把這些檢查交代拿到文印店去打字，打字小姐校對原稿時，我偶然問她：你看這些是眞話嗎？她說：依我看，是假的。那些命令我父親寫這些日記的人員，他們難道眞的不知道里面說的是言不由衷的假話？是什麼迷障了他們的眼睛？又是什麼使他們不能像那位打字小姐一樣，用一個普通人的常識判斷？如果誰還懷疑整個中國社會曾經存在於何等荒謬的集體謊言、非理性和神志失常之中，我父親的那些日記就是一個見證。」徐賁還比較了西方宗教的懺悔與大陸中國的檢查。他說：「在中國，檢查是在決不保密的制度下進行的，因爲它本身就是以摧毀人的尊嚴爲前提的。檢查必須當眾宣讀，檢查的材料放在個人檔案袋裏，供任何『有關人員』隨時調閱。『懺悔封口』要求的是眞誠的懺悔，沒有眞誠便不能產生眞正的懺悔，而公開檢查要求的則是演示降服，沒有眞誠也照樣可以製造以儆效尤的威懾效果。檢查根本不需要檢查人和監管者之間有任何信任關係。但是，檢查人卻又偏偏不得不做出對監管者非常信任、無限感激的樣子，因爲他害怕監管者手中掌控著的權力。以這種注定只能製造虛僞和謊言的機制索取『眞心悔過』，檢查成爲一種誅心的酷刑和精神折磨。」〔註 124〕

這就是假檢討能夠滋生並得以存在和興盛的緣由，也是一部分檢討書如出一轍、空話連篇、語言貧乏、帽子亂飛的癥結所在。

不過，假檢討也要把握火候，力爭做到恰如其分，否則出現陰溝翻船、弄巧成拙的結局就不好收場了。季羨林曾回憶說：思想改造運動中，「有一位洗大盆的教授，小盆、中盆，不知洗過多少遍了，群眾就是不讓通過，終於升至大盆。他破釜沉舟，想一舉過關。檢討得痛快淋漓，把自己罵得狗血噴頭，連同自己的資產階級父母，都被波及，他說了父母不少十分難聽的話。群眾大受感動。然而無巧不成書，主席瞥見他的檢討稿上用紅筆寫上了幾個大字『哭』。每到這地步，他就嚎啕大哭。主席一宣佈，群眾大嘩。結果如何，就不用說了」。〔註 125〕

〔註 123〕袁盛勇：《眞誠與說謊：延安文人心態的特殊變奏與有機化形成》，《二十一世紀》，2004 年 11 月號。

〔註 124〕徐幹生：《回歸的素人：文字中的人生・編者序言》，新星出版社 2010 年。

〔註 125〕《我的心是一面鏡子》，《東方》，1994 年第 5 期。

類似的事例在丁耶的《檢討春秋》、楊絳的小說《洗澡》、尤鳳偉的小說《中國：一九五七》、從維熙的《走向混沌》、王小波的《黃金時代》中都有所涉及。

還有一種檢討值得關注。例如 1950 年 2 月，上海市召開第一屆文代會。會前，文化系統領導指定要女作家趙清閣作爲「白專典型」在大會上公開進行「自我批判」，但被拒絕。於是，有關領導派了趙清閣的朋友、戲劇家熊佛西先生和另一位朋友一起去到她家，進行說服工作。熊佛西甚至最後說：「我要『求』你了！你不肯，我不好交帳。」雙方僵持到近淩晨，最終趙清閣被迫同意檢討。第二天，趙清閣滿腔委屈地上了臺，一直眼淚不止地做著「檢查」。不過，這個哭，也並非是眞心認錯，而只是委屈。對此戲劇家洪深的女兒洪鈐在《梧桐細雨清風去——懷念女作家趙清閣》中評述道：「臺下聽的不少人，還以爲她是因爲檢查『深刻』而哭。眞是陰差陽錯哭笑不得。」〔註 126〕

這樣的事例並非是個案。再如，潘光旦兩次檢討而未獲通過，而且歷史問題被上綱上線到政治問題。爲了「幫助」潘光旦過關，已經過關獲得認可的張奚若、金岳霖等先後登門相勸或嚴加批評後，他又兩三次在系、館、哲學小組會和民盟支部會上進行檢討，甚至當場哭了起來。但是仍然未能過關，並遭到群眾的斥責：「潘不是暗流，實際上他是用『自由主義』來對抗共產黨的。在清華領導民盟也是如此，盟員都像吳晗那樣，他領導誰？所以要發展一些落後分子以樹立自己勢力，使自己不致孤立。」〔註 127〕

假檢討自然很多，但也確有大量「眞檢討」存在。

邵燕祥在《人生敗筆》的序言中不無酸楚地說：「從 1959 年到 1966 年間，我是力求『緊跟』，以示曾爲『右派』者改造的決心已經付諸行動；凡是 1957、1958 兩年裏批判我時提到過的，那些觸犯時諱的思想和文字，都不復見於我的筆下」。他還說：「唯其『緊跟』，到了最需要緊跟的時刻，在我也渴望投入的革命狂潮中」。〔註 128〕在《沉船》中，他更是愧悔地反思說：當時「我想像我所迎接的『審查』，像我從文件上和老同志口中瞭解的延安整風運動一樣，是一件十分莊嚴的事情。我自己搜腸刮肚地翻檢出『靈魂深處』的一切，讓親愛的黨根據『治病救人』的原則來審查、診斷、療救。」「我甚至急不可待

〔註 126〕《香港文學》，2009 年 10 月號（上）／11 月號（下）。
〔註 127〕《清華大學教授張奚若在三反中的情況》，1952 年 4 月 2 日。
〔註 128〕《人生敗筆——一個滅頂者的掙紮實錄・序》，河南人民出版社 1997 年版，第 2 頁。

地拾起大家走散時遺留的解剖刀，在自己身上橫一刀、豎一刀地施行手術。而這一切是爲了挽救自己啊！」可以想見，這些體現著「一個幼稚而眞誠的革命者渴求改造、渴求修養得完善而表現出的狂熱的」文字，是多麼的純潔、眞誠，即便是在審查由黨內擴大到黨外，由小會轉爲大會，由質詢、追問變爲批判和鬥爭的情況下，自己竟然想都沒想過：「世界上有沒有哪個『治病救人』的醫生，是這麼處心積慮地逼迫他的病人承認自己有病，而且是病越多越好，越重越好」，就像陀思妥耶夫斯基那樣，「要從乾淨的靈魂上拷打出肮髒，再從肮髒的靈魂拷打出潔白來」。〔註 129〕由此可見，邵燕祥所謂的「盈筐充篋」、幾乎「等身」的檢討材料都是眞誠的。

與邵燕祥的精神世界一樣單純、幼稚的還有郭小川。看他在檢討中不厭其煩、絞盡腦汁地辯解和澄清問題的用意和心機，便可理解作爲「反右」號角的《人民日報》社論《這是爲什麼》發表後，他在當天的日記中會寫下「這一天終於到來了！」的激情話語；可以理解他「急就」寫成的：「今天／當右派分子／還在奮力掙扎的時候，／用我這由於憤怒和慚愧／而發抖的筆／發出我的第一槍。／而明天／只要有一個頑固分子／不肯投降，／我們的／擦得油光嶄亮的子彈／就決不離開槍膛」〔註 130〕等令現在的人讀來仍顫慄的詩句；也可以理解他在「蹲牛棚」時還認眞收集和學習江青關於樣板戲的各種講話版本，盛讚「紅都女皇」「確實懂得文藝」，自己從中「得到不少教益」的反常之舉。〔註 131〕

這樣的眞誠在當時的確不是做秀，而是實實在在的。

季羨林晚年憶及「洗澡」運動時說，在自己檢討被大會通過後，「感動得眞流下了眼淚，感到身輕體健，資產階級思想彷彿眞被廓清」。〔註 132〕

1966 年 5 月 17 日晚，鄧拓在遺書中寫道：「只要對黨對革命事業有利，我個人無論經受任何痛苦和犧牲，我都甘心情願。過去是這樣，現在是這樣，永遠是這樣。」〔註 133〕

〔註 129〕邵燕祥：《沉船》，遠東出版社 1996 年，第 14、29、28、15 頁。

〔註 130〕《射出我的第一槍》，《郭小川全集》（1），廣西師範大學出版社 2000 年，第 260～261 頁。

〔註 131〕郭曉蕙等編：《檢討書——詩人郭小川的另類文字》，中國工人出版社 2001 年，第 254 頁。

〔註 132〕季羨林：《我的心是一面鏡子》，《東方》，1994 年第 5 期。

〔註 133〕袁鷹：《玉碎》，《歷史在這裏沉思：1966～1976 年記實》卷 3，華夏出版社 1986 年，第 126 頁。

巴金在「文革」後的《隨想錄》中也曾坦言，自己當初眞心以爲自己「是在官僚地主的家庭里長大的，受到舊社會、舊家庭各式各樣的教育，接觸了那麼多的舊社會、舊家庭的人」，因此「很有可能用封建地主的眼光去看人看事。越想越覺得『造反派』有理，越想越覺得自己有罪。」他接著說道：「說我是地主階級的『孝子賢孫』，我承認；說我寫《激流》是在爲地主階級樹碑立傳，我也承認；一九七〇年我們在農村『三秋』勞動，我給揪到田頭，同當地地主一起批鬥，我也低頭認罪；我想我一直到二十三歲都是靠老家養活，吃飯的錢都是農民的血汗，挨批挨鬥有什麼不可以！……我完全用別人的腦子思考，別人大吼『打倒巴金』！我也高舉右手響應。這個舉動我現在回想起來，覺得不大好理解。但當時我並不是作假，我眞心表示自己願意讓人徹底打倒，以便從頭做起，重新做人。我還有通過吃苦完成自我改造的決心。我甚至因爲『造反派』不『諒解』我這番用心而感到苦惱。」〔註 134〕不過，巴金要比邵燕祥、郭小川「老道」一些，他在 1969 年時便看出一些「破綻」，漸漸擺脫了迷藥的效力，〔註 135〕開始挖空心思地編造百份以上的《思想彙報》〔註 136〕，做起假檢討來。

然而，對於那些眞誠的檢討者來說，歷史彷彿在跟他們開玩笑。因爲在理論上說，既然檢討者是眞誠檢討和悔過，就應該得到諒解，應該被納入到革命隊伍中來，這才符合改造者的初衷。但是現實卻往往並非如此，即檢討者無論怎樣眞誠、怎樣悔罪，始終也得不到改造者的認可，即便是勉強「過關」，也得背個異己的身份，待到下一次運動到來時，仍免不了繼續檢討的宿命。要解釋這個現象，最重要的就是探究改造者的心理。徐賁曾爲此分析說：「監管人員手執生殺大權，可以讓檢查人過關，也可以不讓他過關。」「中國的檢查也是『神聖』的，因爲檢查人一定要『觸及靈魂』、『深挖深揭』、『向毛主席請罪』。檢查人必須向替黨（和毛主席）行事的監管人員悔悟罪行，以爭取『重新做人』，『回到黨和人民的懷抱』。但是，檢查人所『坦白』之罪往往非但得不到免罪，而且還會被拿來當做供詞給他定罪。天主教士視懺悔人爲兄弟姐妹，而監管人員則視待檢查人爲『階級敵人』，以仇恨和暴力代替了同情和憐憫。」〔註 137〕

〔註 134〕《眞話集》，人民文學出版社 1986 年，第 45 頁。
〔註 135〕《眞話集》，人民文學出版社 1986 年，第 48～49 頁。
〔註 136〕《探索集》，人民文學出版社 1986 年，第 88 頁。
〔註 137〕徐幹生：《回歸的素人：文字中的人生．編者序言》，新星出版社 2010 年。

爲何會有這種弔詭的結果呢？這其中有兩種情況應該值得注意：

一是改造者無意這樣做。就是說，改造者以眞誠、純粹、盲目的革命意識和心理來對待檢討者，這就決定了他們的格外嚴格和不寬容，即所謂眞誠地整人，且以革命和正義爲名，從而導致檢討者墜入接連不斷地挨整的尷尬局面。不過，今天看來，這種情況的可信度値得推敲。或者可以說，這種情況只適用於個別腦殘的人而不適用於普遍。因爲人之爲人，都會有自己做人的底線，起碼的良知和是非判斷力是不可能完全喪失的。錢鍾書在《幹校六記・小引》中對此曾有過一段値得人深思的話：「現在事過境遷，也可以說水落石出。……有一種人，他們明知道這是一團亂蓬蓬的葛藤賬，但依然充當旗手、鼓手、打手、去大判『葫蘆案』。」〔註 138〕這話，對於那些歷次運動的整人者來說，可謂是一針見血。

二是改造者是有意如此的。就是說，改造者原本就不希望檢討者重新回到革命隊伍中來。在運動不斷而又必須存在被改造對象的前提下，一種潛在的可能或規則就是，如果被改造者都要回歸改造者的隊伍，那改造者現有的權利和空間將受到威脅，所以對於那些深諳「整人哲學」的人來說，誰都不願看到這樣的結局。尤其是那些「歷史不夠清白者」，更要通過積極努力、毫不留情等革命行徑以證明自己的改過自新、不斷進步，進而維護現有的改造者地位。至於那些人品極差者、心理陰暗者、缺乏教養者，則更不必多說了。

在這種意識或潛在意識的支配下，改造者看重的始終是自己如何保持改造者、整人者的地位，至於檢討者眞誠與否的問題則是不重要的。當然，改造者還要給檢討者留以依稀的希望，他們知曉自己的權利來自檢討者，離開這些「理想的」革命對象，自己存在的價値和作用就會大打折扣，因此，在適當的時候，他們也會作些讓步，形成一種一鬆一緊、張弛有度、若即若離的鬥爭策略和效果。而檢討者一般意識不到這些，在打一巴掌吃個甜棗的循環往復中，一廂情願或者說是糊裏糊塗地被戲耍著，且大都幻想以自己眞誠的思想改造和實踐行動去感動和感化高高在上的改造者，有朝一日可以重新回到革命隊伍中。理解這個規則，也就找到了所謂眞誠的檢討者何以「屢敗屢戰」、「撞上南牆不知回頭」的根源了。

對於那些眞誠的、執著的檢討者自身來說，如果事後一旦發現「黑匣子」的秘密，他們都會爲自己的「可恥記錄」（邵燕祥語）懊悔和痛恨不已。這也

〔註 138〕楊絳：《幹校六記》，中國社會科學出版社 1992 年。

就是很多當事人在眞相大白之後，爲何不能、也不願接受劉紹棠、王蒙等人的「娘打孩子論」〔註 139〕的原因所在。

（二）現象：奇觀變常態

因爲那樣一個變態極端的社會，必然會存在極端的變態現象。例如老詩人丁耶在《檢討春秋》一文中披露過：有位中文系的姜教授在 1952 年思想改造運動中幾次檢討不過關，經一位有延安整風經驗的校領導點撥和幫助後，不得不歪曲事實，硬把自己在白區寫進步詩文檢討爲「名利思想」，把投奔解放區檢討爲「投機革命」，把認眞教課檢討爲「和黨爭奪青年一代」，並輔之以痛哭流涕、捶胸頓足，果然順利過關。校領導於是將他樹爲樣板，讓他在全校教員中再檢討一次，再痛哭流涕一次，姜教授無奈只得按旨意行事。在全校檢討大會上，姜教授故伎重演、添油加醋地表演了一番。校領導很高興，將其封爲「檢討模範」，並號召全校教師向他學習。而姜教授卻被學生私下裏起外號，稱之爲「哭教授」。〔註 140〕

如果考察這種樹立模範的事例，可以發現，早在延安「搶救運動」時就已由康生當作經驗推廣過。當時典型的事例有：張克勤騎著高頭大馬、戴著名曰「再生花」的大紅花，坐到主席臺上邊享榮光邊作悔過經驗巡迴報告〔註 141〕；綏德一位外地來的教師，在當地舉目無親，沒有一個可供的對象，

〔註 139〕劉紹棠在恢復黨籍時曾表示：「黨是我的親娘，是黨把我生養哺育成人，雖然母親錯怪了我，打腫了我的屁股，把我趕出家門，我是感到委屈的；但是母親又把我找回來，摟在懷裏，承認打錯了我，做兒子的只能感激不盡，今後更加孝敬母親。難道可以懷恨在心，逼著母親給自己下跪，啐母親的臉嗎？那是忤逆不孝，天理不容！」參見《走在鄉土文學的道路上》，吉林人民出版社 1982 年；王蒙曾借《布禮》中鍾亦成的愛人淩雲之口說：「也許，這只是一場誤會，一場暫時的怒氣，黨是我們的親母親，但是親娘也會打孩子，但孩子從來也不記恨母親。打完了，氣會消的，會摟上孩子哭一場的。也許，這只是一種特殊的教育方式，爲了引起你的警惕，引起你的重視，給一個大的震動，然後你會更好地改造自己。」參見《夜的眼及其他》，花城出版社 1981 年，第 38 頁。

〔註 140〕丁耶：《檢討春秋》，《作家》，1985 年第 8 期。

〔註 141〕張克勤，原名樊大畏，1936 年 10 月在西安參加民族解放先鋒隊，1937 年在甘肅加入中国共產黨。後經甘肅工委和中央代表林伯渠同意送延安西北公學學習。因其父親被捕自首，本人對領導提意見偏激，與他同來延安同在「魯藝」學習的人檢舉他是特務，所以被康生下令看管起來。在關押中，年僅 19 歲的張克勤受到逼供，在經過六天六夜的「車輪戰」的肉體折磨和「假槍斃」的威脅，以及「坦白了可以保留黨籍」的誘逼後，他招出甘肅地下黨是打著紅旗反紅旗的「紅旗黨」，是國民黨「紅旗政策」的產物之類的虛假口供（他在 1979

便將自己所教的學生盡數供出，連一位剛滿 8 歲的小學生也成了「特務」，這位教師為此獲得優待；自然科學院初中部一位四川來的學生，為了吃一頓雞蛋掛麵，便說自己是劉湘直接派來的；清澗縣一名 12 歲的少年，為了吃到祖祖輩輩都沒有嘗過的「洋冰糖」，臺上坦白，臺下反供，因而吃了好幾迴心愛的「洋冰糖」。〔註 142〕

可以想見，1949 年後的檢討中出現諸如「突擊」、「爭紅旗」、「樹模範」等荒唐行為，都是大有來歷的。

這樣的事例並非偶然。

沙葉新先生的一位近四十歲的朋友向他講述了自己在「文革」中檢討的親身經歷。她說她小時候在幼兒園參加大掃除，因沒有借掃帚給另一班的小朋友，便被說成是資產階級小姐作風。幼兒園院長為了「以小見大」，樹立典型，以利於在幼兒中進行「興無滅資」的教育，便讓她向全園小朋友做檢討。院長主持檢討會時所念的「最高指示」是《毛主席語錄》中「掃帚不到，灰塵照例不會自己跑掉」那一條。由於這位朋友當時只有五歲，根本不懂什麼叫檢討，站在臺子上，嚇得直哭，急得她的班主任也哭了。萬般無奈，班主任只得一句句教她做檢討，班主任說一句，她就跟著說一句，這樣才把檢討做完。另有某幼兒園，一個小朋友不小心撕壞了毛主席畫像，被視為小反革命，被批鬥，家長跟著陪鬥。做檢討時，家長說一句孩子跟著說一句。沙葉新先生為此而痛楚地說：「世界上有哪個國家在精神上如此殘害兒童的？所有的孩子從小就接受了『與人鬥其樂無窮』的『戰鬥』洗禮，接受了戕害靈魂的政治訓練，這種非人道的獸性怎不積澱到我們民族的骨髓裏，怎不滲透到我們民族的文化中？」〔註 143〕

韋君宜在《思痛錄》中披露，在「搶救」運動中，綏德師範就有「特務美人計」一說。據說口號是：「我們的崗位，是在敵人的床上」，而且按年級

年寫給中央紀律檢查委員會的信中說，他當時並不知道「紅旗黨」、「國民黨的紅旗政策」這一類詞，全部是審訊他的人的提示）。他還胡亂編造了一通「特務」組織的成員，其中包括當初與他同來延安並揭發他是「特務」的人。對於這樣一個完全靠逼供產生的假案、錯案，康生卻如獲至寶，讓張克勤騎著高頭大馬，佩上紅花，到各機關學校作講演，介紹他的「特務」經歷和反悔過程。康生到處宣揚「紅旗政策」是國民黨對共產黨內奸政策的新政策，從而得出在國民黨統治區的黨組織不可靠，必須重新估計的錯誤結論。見高新民、張樹軍：《延安整風實錄》，浙江人民出版社 2000 年，第 371～372 頁。

〔註 142〕高傑、路平：《康生和延安審幹運動》，《黃河》，1989 年第 4 期。

〔註 143〕沙葉新：《「檢討」文化》，《作家》，2001 年第 6 期。

分組，一年級叫「美人隊」，二年級叫「美人計」，三年級叫「春色隊」。直至後來，被揪出來的特務從中學生發展到小學生，十二歲的、十一歲的、十歲的，一直到六歲的小特務。面對這樣的現實，韋君宜當時也是匪夷所思，同事爲其指點迷津說：「他（指前文中的六歲小特務——引者注）啊？你只要給他買些吃的，叫他說什麼他就說什麼！」〔註 144〕可見，1949 年後諸多可笑、荒謬的行徑是有歷史淵源的。

據一位親歷者講，有個年歲小的女同學，因爲寫不出與第一次不相同的自傳，而伏在桌上痛苦。有人爲了寫自傳，跑到東安市場書攤上買了將近十枚銀元的參考書。有些「積極分子」則向馬、恩、列、斯、毛的自傳上開刀，想挖出一點「內容」來。一本「怎樣寫自傳」的小冊子走了紅運，一天廿四個小時，都排好預約的名單，借閱的時間，由半天縮短爲兩個小時。在這樣緊張慎重的情形下，但是有些人的自傳，還是寫了九遍之多。

沙葉新披露說，當年有一位中國古典文學的研究者爲了配合形勢而編寫了一本書：《怎樣寫檢討》，據說當時很走俏，很多人曾翻閱、參考過，只可惜現在很難找到此書。沙葉新稱，該書應作爲「寶貴的文物」，珍藏於「當代政治運動史」的博物館內，其價值「不但在於以它當年的暢銷反證在那個黑暗年代裏檢討的猖獗，更重要的是它的暢銷說明檢討作爲一種政治文化已經得到整個社會的默認，成爲很有成效、很有操作性的一種政治壓迫的手段了，這才是最可怕的」。〔註 145〕

《武訓傳》被批判之後，但凡政治運動趙丹就開始寫檢討，爲此 1962 年他曾請求周恩來發給他一個「免鬥牌」。即便如此，「十年文革」，趙丹還是認了八年的罪。〔註 146〕

沙葉新還披露，在檢討極盛時期，如「思想改造」、「反右」、「四清運動」和「文革」那些年代，幾乎在中國每一城鎭郵局門口那些代寫書信的捉刀人，都與時俱進地擴大了經營範圍，新增了代寫檢討的業務，這是當年政治文化市場的一種奇特需求。據親歷者說，代寫檢討都明碼實價：普通家信一角，一般檢討兩角，保證能一次過關的深刻檢討五角。代寫檢討的出現，一方面說明中國文盲尚多，同時也說明檢討者之多，以至代寫檢討供不應求，生意興隆。而且，檢討書比家信價格要高，也正說明檢討書在當年的奇貨可居，

〔註 144〕韋君宜：《思痛錄・路莎的路》，文化藝術出版社 2003 年版，第 10 頁。
〔註 145〕沙葉新：《「檢討」文化》，《隨筆》，2001 年第 6 期。
〔註 146〕李輝編：《趙丹自述》，大象出版社 2003 年，第 88 頁。

而代寫檢討也絕對成爲世界上獨一無二的職業。〔註 147〕

這種代寫檢討的現象還不僅與此。郭小川在 1954 年 3 月創作了一首故事性詩歌《代行檢討的故事》，詩的後半部是：「這簡直是胡鬧，／怎麼可以隨隨便便寫檢討？／你還想不想幹下去？／我馬上把你的職位革掉！」／秘書的話充滿了委屈：／「這檢討是你叫我寫的，／寫完後也曾送交給你，／你沒有看就隨手發了出去。」／廠長久久沒有言語，／隨後才輕聲地把秘書申斥：／「這也還是你的錯誤呀，誰叫你寫得不能叫上級滿意！／好，過去的事讓它過去，／我要看看你這一次。／這次一定要寫得深刻，／少戴帽子，多舉事實！」。〔註 148〕

《新港》1957 年第 10 期上登載了一首名爲《「檢討」專家》〔註 149〕的小詩，在詩的「題記」中，作者張奇寫道：「一個右派分子曾經寫過一張字條：……一旦失業，便去擺個寫字攤，專門替別人寫檢討。」

關於檢討的其它奇談異聞，丁耶曾以自己的親身經歷作了描述：

> 我在幾份私商老闆送來的「檢討」中，發現個奇怪現象：這些「檢討」，不僅筆迹相同，而且那套檢討格式也一樣，什麼「社會根源」、「思想根源」，「提到原則上去認識」及「危害性」等等也都形成千篇一律的老套子。看來這些「檢討」都同出一人手筆。一句話，他們都是原則上認罪，抽象的批判，空對空的改悔。……經我追問再三他們才說了實話:「這是買來的……是小夥計從卦攤上『張半仙』那花大價錢買來的。」看來我們這個「治病救人」的檢討，也被「張半仙」、「李半仙」用作商品交易了。據一個藥店老闆說賣檢討卦攤上說「心誠則靈」，保你一次過關。有的「大老虎」還奉送給「半仙」們金戒子，送「有求必應」的金匾額。尤有甚者，有的奸商，本來幹了違法的勾當。他們也用「檢討」、「檢查」蒙混過關，逃避法辦。

丁耶還「自報家門」說：

> 自參加革命以來，不知寫過多少次檢討了，一會批「白專」，一

〔註 147〕沙葉新：《「檢討」文化》，《隨筆》，2001 年第 6 期。

〔註 148〕《郭小川全集》（1），廣西師範大學出版社 2000 年，第 62～64 頁。

〔註 149〕小詩的全文：他一手拿著「檢討」，／一手擦著乾澀的眼角，／用綿羊的聲調念道：／「我的錯誤眞不小，／反黨，反社會主義，／都是由於拒絕思想改造……」∥他在那邊念，／我們在這邊冷笑；／他的「檢討」念完了，／我們拿出那張字條問道：／「這是你自己的檢討，／還是替別人寫的檢討？」

會批「名利思想」、「自由主義」。說別的我不敢說行，要講寫這種玩意那可以說輕車熟路，手到病除。……在「文革」期間有幾位老八路，我們在一起蹲「牛棚」，他們的「認罪」檢查都是我開的「工廠」出品，我使他們都順利地闖過「造反派」那一關，「什麼大帽子底下開小差」、「化整爲零」、「蘑菇戰術」我都運籌帷幄。

丁耶繼續說道：「這種方式到了十年動亂時期又有所發展。也可以說「檢討」不僅「商品化」而且「禮品化」了。」所謂的「禮品化」，是他 1973 年插隊農村時親身經歷過的一件事，公社革委會主任拿著五糧液等重禮，爲身爲生產隊長的小舅子強姦十多名女知識青年的違法事件請求丁耶幫忙寫檢討以「保住黨票」，並爲自己的官僚主義開脫責任。〔註 150〕

牧惠的《今日的檢討》一文中也提到代寫檢討一事，可以證實代寫檢討的事在當時確實較爲普遍。爲此，沙葉新不無沉痛地說，代寫檢討成爲職業，「表現出了悲劇爆發前的那種常見的社會荒誕」。〔註 151〕

其實，這種由人間的奇觀演化成常態的現象，不但預示著悲劇的爆發，其行爲本身已成爲最大的悲劇。阿倫特說：「無疑地，只有在極權主義的世界裏，虛假和僞造的蠢事才能達到極端。」〔註 152〕

當然，教寫或代寫檢討的歷史淵源雖無從考證，但類似的事例在延安時期確曾有過。

1942 年延安整風中，毛澤東要求「不管文化人也好，『武化人』也好，男人也好，女人也好，新幹部也好，老幹部也好，學校也好，機關也好，都要寫筆記。首先首長要寫，班長、小組長也要寫，一定要寫，還要檢查筆記……要反覆研究自己的思想，自己的歷史，自己現在的工作，好好地反省一下，要做模範。一定要這樣做。」〔註 153〕爲此《解放日報》曾載發於光漢、何其芳兩人的文章，詳細介紹了記筆記的方法：

（一）摘要：即將文件中自己認爲重要的或與個人有關的地方，照原文抄下來。

（二）復述：讀完一篇之後，自己回想一下這一篇中主要的是講些

〔註 150〕丁耶：《檢討春秋》，《作家》，1985 年第 8 期。

〔註 151〕沙葉新：《「檢討」文化》，《隨筆》，2001 年第 6 期。

〔註 152〕《極權主義的起源》，林驤華譯，三聯書店 2008 年，第 454 頁。

〔註 153〕毛澤東：《關於整頓三風》，《毛澤東文集》第二卷，人民出版社 1996 年，第 416～418 頁。

什麼，然後用自己的言語，把中心意思扼要的記下來。

（三）讀後感：一篇文件讀完後，還須再翻轉來看一下，研究各段是什麼意思，全篇中心意思是什麼，哪些地方對，哪些地方不對（但要根據當時歷史條件來說），做一個有系統的批評式的總結的意見，這對於瞭解問題是很有幫助的。〔註 154〕

何其芳在文中還列舉出魯藝學習文件中的五種記筆記的方法：把全篇抄一遍、做摘要、摘錄、摘錄而附記自己的感想、自己提出問題而又自己回答，並且說：「這樣來改造我們自己，改變別人，改進工作，就是我們研究文件的目的。我們做筆記應該服從於這個目的。」「我覺得最適合於我們的目的的方法，是讀到真正心有所遇合的地方就做筆記，有時僅僅抄下那幾句或者一段原文，有時在我們最有所感的字句上加上密圈，有時簡單地附記上自己的見解、感想、疑問都可以。爲了怕犯『只見樹木，不見森林』的毛病，可以補充以讀完全篇後再思索它的全貌，分析它的主旨，做做提要。」〔註 155〕

不僅記筆記，1949 年後如何寫自傳也是很有講究的。一個親歷者曾講述過 1949 年後，單位的指導員爲了幫助大家過關，提供了寫自傳的幾點必要內容：（一）必須說出自己屬於什麼「階級」，剝削人的或是被人剝削的。如屬前者，必須寫出剝削過什麼人，怎樣剝削的；屬於後者，則要寫被什麼人剝削過和怎樣被剝削的。（二）如果是過去的政府工作人員，首先必須承認自己是「反動統治階級幫兇」。承認以後，必須再具體說出「幫過什麼凶」，做過哪些「違反人民迫害人民」的事情。假如說沒有，當然也是不可能的，因爲已經承認「幫兇」在先了。（不承認就是沒有「覺悟」，自傳當然是通不過。）（三）假如過去是學生，首先須坦白出參加過國民黨或三青團沒有，參加過的當然麻煩就更多。就是沒有參加過任何政治活動的，也要說明當時爲什麼沒有參加「反美抗日」「反飢餓」一類遊行的原因，想不出原因的至少要「認錯」，說當時因爲受「反動」宣傳的影響，沒有機會「覺悟」。（四）自傳中必須用很大的篇幅來寫「思想轉變」的經過，憑空是不行的，唯物論者要的是「事實」。比如「對人民軍隊怎樣發生好感的？」「對新政府怎樣怎樣認識的？」「對美蘇兩大陣容是怎樣看法？」一類問題的答案，都可以作爲「思想轉變」的根據。不過，答覆這些問題必須「聯繫自己思想」，說一方面好，也必須說

〔註 154〕於光漢：《關於自學的方法》，《解放日報》，1942 年 5 月 21 日。

〔註 155〕何其芳：《研究文件的時候怎樣作筆記》，《解放日報》，1942 年 5 月 21 日。

另一方面的壞，僅說好與壞是不夠的，必須具體地說「怎麼好」「怎麼壞」。假如你說「有好有壞」「不好不壞」，或者說「我只是爲生活問題來找一份工作的」「我根本沒有什麼認識」一類的話，當然絕不會被接受，而說你思想還沒有「搞通」。（五）自傳中必須包括家庭、朋友和過去學校的「批判」，對家庭做「批判」，主要對象是過去認爲一家之主的父親，讀了若干年的「大義滅親」，此時此地可以應用了，因爲不如此無足以顯示「覺悟與進步」，當然家庭的成份，生活方式和經濟來源也都在「批判」之列。（六）毫無疑義地，要非常瑣碎地記述過去的生活與經歷，每提到一件事，單純記述是不行的，必須寫出動機和造成的原因，並給予「批判」。（七）婚姻大事也是上級最關注的一件事，如果你有一個女友，你必須要坦白出「爲什麼」要愛她，愛她「什麼」，她是不是「覺悟」了？沒有「覺悟」的話，是爲了什麼？你是否還打算和她長久相愛下去？

記筆記、寫自傳與寫檢討之間雖然不完全一樣，但是在很多環節上卻有著驚人的相似或相通之處，而且更重要的是，其內在的思想和精神甚至程序和步驟都是一致的。

（三）形式：文本多樣

檢討的文本形式十分豐富，除前文已經交待過的「自我批評」、「自我批判」外，還有「檢查」、「交代」、「思想總結」、「思想彙報」、「學習總結」、「自傳」等文本形式。如馮友蘭的《一年學習的總結》、蕭乾的《我的自傳》、沈從文的《我的學習》、邵燕祥的《思想彙報》等。

另外，還有很多意在檢討而「名不符實」的「隱晦文本」，如費孝通的《我這一年》和《解放以來》、老舍的《毛主席給了我新的文藝生命》、梁漱溟的《兩年來我有了哪些轉變》、趙樹理的《決心到群眾中去》、郭沫若的《在毛澤東旗幟下長遠做一名文化尖兵》、王蒙的《偉大的起點》等。

再有一種更爲隱晦的檢討文本。即存在於當時出版的書籍「序」、「跋」、「前言」、「後記」中，如開明書店 1951 年出版的一套新文學選集叢書最有代表性。郭沫若、茅盾、老舍、巴金、艾青、曹禺、張天翼、洪深等均在「自序」中檢討自己及以往的作品。在這套叢書的「序言」中還有一個值得關注的現象，即代人檢討。

如孟超在《洪靈菲選集》中以《我所知道的靈菲》爲題作序，其中寫道：「他出身在一個貧苦破落的家庭中。他的父親是落第秀才，最初靠了課蒙爲生，後來轉業中醫。他從小就長養在農村裏邊，得到了土地的培育，也沾染了土地的氣息。……這是他最初的作品，自然這裏邊所表現的，只是一般小資產階級的思想感情，如果我們拿二十年後現在的尺度去衡量它，也許會感到不夠完整，不夠精鍊，或者與今天的要求不能完全契合。」〔註 156〕

周立波在《魯彥選集》的序中寫道：「在這小說裏，充分說明了魯彥對於舊社會的剝削階級的極端的仇恨和對於被壓迫者的深切的同情。但他是從他的正直的人道的立場來看這些個別的事例，他看不見階級與階級之間的嚴重的鬥爭，看不見工人農民的解放運動的勝利的前途。他所寫的李媽（小說《李媽》中的主人公——引者注）的反抗，只是個人的對立。李媽的希望，只是渺茫的希望，『阿寶的命運也許要好些，』只是『也許』，而不是『必然』，她看不見工農階級勝利的必然。」〔註 157〕

顯然，上述文字並非是一般意義上的序言，而是叢書選編者——「新文學選集編輯委員會」精心的安排。如果對比巴金、老舍等人在「自序」中的檢討，這些文字就有一種代已故的人做檢討的意味了。

還有一種文本形式比較特殊，就是批判、檢舉與檢討合而爲一的情況。如在批判胡適思想時，馮友蘭、羅爾綱、周汝昌、賀麟、顧頡剛、湯用彤、金岳霖等文化界名人都煞有介事地寫了融深刻的批判和「誠懇」的檢討於一爐的文章。當然，最有代表性的文字是舒蕪的《從頭學習〈在延安文藝座談會上的講話〉》和《致路翎的公開信》，兩文的共同特點就是在「自貶自辱」的基礎上，又環顧左右而言他，將禍水潑到胡風、路翎、呂熒等人身上。正是這兩篇本來名不見經傳的文章，使得胡風的問題進一步惡化，舒蕪也愈陷愈深，製造了一個綠原所說的「舒蕪方式」，直至現在也無法擺脫「猶大」的罪名。陳企霞 1957 年 8 月 3 日所作的「策反式」檢討〔註 158〕也具有這樣的性質和特點，只是當時並未公開傳播，所以影響也不是很大。

檢討書的保存形式是多樣的。從公開的角度看，有發表在報紙、雜誌等媒介的文本，其中一部分當年被編輯成書，如《批判我的資產階級思想》、《思想改造文選》、《山東大學思想改造文集》、《思想改造文輯》、《思想教育手冊》、《思想改造手冊》、《教師們的思想改造》、《知識分子思想改造的道路》、《自我批評實例》等一批 1950～1970 年代出版或各單位私自印刷的集子。

〔註 156〕《洪靈菲選集・我所知道的靈菲》，開明書店 1951 年，第 9～10 頁。
〔註 157〕《魯彥選集・序》，開明書店 1951 年，第 9 頁。
〔註 158〕陳恭懷：《悲愴人生——陳企霞傳》，作家出版社 2008 年，第 420～427 頁。

還有一部分被作者本人或編者收入「文集」、「選集」或「全集」中，是目前保存最多、最完好的資料。今天的研究，大都以此爲藍本。如《郭小川全集》（第 12 卷）、《沈從文全集》（第 12、14、27 卷）、《聶紺弩全集》（第 10 卷）、《張聞天文集》。其中，廖沫沙的《甕中雜俎》收錄的檢討交代材料就占全書的四分之三，王造時的《我的當場答覆》一書中收錄了《我的檢查》等九篇檢討性質的文字。

另外，還有向黨組織上交、當眾宣讀或在一定範圍內公開張貼宣傳的半公開文本。這些文本的數量應是最大的，但由於只在一定範圍內公開，所以流傳下來的卻很少，能夠「幸運地」被單位存檔或個人保留至今而公佈於眾的就相對更少了。目前公開出版的有邵燕祥的《沉船》、《人生敗筆——一個滅頂者的掙紮實錄》和《找靈魂——邵燕祥私人卷宗：1945～1976》，《徐鑄成自述：運動檔案彙編》，、李輝編著的《一紙蒼涼：〈杜高檔案〉原始文本》，徐賁編撰的徐幹生的《復歸的素人：文字中的人生》等少部分。

此外還有一些傳記或研究著作中有所涉及，如陳恭懷的《悲愴人生——陳企霞傳》、徐慶全的《革命吞噬它的兒女　丁玲、陳企霞「反黨集團」案紀實》、陳遠的《燕京大學 1919～1952》、王學典等人的《顧頡剛和他的弟子們》、楊奎松的《忍不住的「關懷」：1949 年前後的書生與政治》、陳徒手的《故國人民有所思》等。

還有就是私密領域內的「潛在文本」。這部分文本大體存於當事人的心得、書信和日記中，其文字雖相對較少，也未能呈現當事人檢討的全貌或具體細節，難以滿足研究和「獵奇」的需要，但即便如此，其文本價值也是不可估量的。例如《傅雷家書》、《吳宓日記》（續編）、《顧頡剛日記》、《致路翎書信全編》、《黃秋耘書信集》、《鄧之誠日記》、《譚其驤日記》、《鄭振鐸日記全編》、《吳祖光日記（1954～1957）》、《茹志鵑日記》、馮亦代的《悔餘日錄》、宋雲彬的《紅塵冷眼——一個文化名人筆下的中國三十年》、張中曉的《無夢樓全集》等。上述材料中，由於一些當年沒有發表（僅有極少部分發表過），因此「原創性」的成分也相對較純，其價值也相對較大，隨著近年來的公開出版，被學界的重視程度也更高，也是最爲期待的所在。

至於其它形式的檢討則多見於「自傳」、「口述自傳」、「回憶錄」以及「憶舊」、「懷念」和「悼念」文章中，比較散亂。

四、檢討書的主要特徵

1949 年後，應該說有三種應用文體得到了前所未有的重視和發展，即大字報、民歌、檢討書。

大字報來源於牆頭報，抗戰時期、延安整風時期、三年內戰時期、反右時期、「文革」時期等，都發揮了作用。毛澤東曾說：「大字報這個工具有利於無產階級，不利於資產階級」，「大字報是個好東西」，「是沒有階級性的」，「越多越好」，「我看要傳下去」，「一定要傳下去」。〔註 159〕「文革」初，毛澤東的《炮打司令部——我的一張大字報》吹響了大字報的總號角，「兩報一刊」成爲各類大字報的風向標和發號令，「最新指示」一經公佈，霎時間便會出現鋪天蓋地、風捲殘雲的景象。所謂「大字報滿天飛」，便是那個時代的眞實寫照。大凡經歷過那個年代的人，對此應該是記憶猶新、感受頗深的。徐幹生在記述「文革」時曾說：「大字報是中國人發明的一種文字武器。文化教育界人士是十分眼熟的，並且深知它的威力和作用。」〔註 160〕

民歌最初是與延安整風后確立的「文藝爲工農兵服務」的指導思想息息相關，在 1958 年「大躍進」中達到最高潮。可以這樣說，全民狂歡的「大躍進」中，大煉鋼鐵、公共食堂、普辦大學、糧食增產、人民公社等內容在某種意義上說都存在嚴重的「浮誇」，而唯獨民歌卻有資格說實現了「放衛星」的預期目標。來看看當年全民文藝的景觀吧：內蒙古全區要在 5 年內搜集 1 千萬首民歌，呼和浩特市決定 3～5 年內搜集 50 萬首；河北省委發起了一個 1 千萬篇詩歌的群眾創作運動，結果被保定一個地區全包了；四川省 141 個縣、市到 1958 年 10 月已經編印了 3732 種民歌冊子。翻閱當年的《人民日報》、《新華日報》、《解放日報》、《中國青年報》以及《文藝報》、《文藝月報》等報刊、媒體，像「最好的詩」；「躍進戰歌」；「口號和戰歌」；「一夜東風吹，躍進詩滿城」；「縣縣要有郭沫若」；「無人不歌詠，無人不歌唱」；「詩歌村」、「詩歌鄉」等大量口號和報導，可謂連篇累牘、不厭其煩。

相比大字報和民歌，檢討書的發展雖沒有出現那種全民「狂潮」，但也始終保持著強勁的發展勢頭，類似於股票中的「績優股」，即便是在「文革」後「大盤」走低的情況下，仍不時強勢反彈，現今中小學的學生犯了錯誤仍要寫檢討書、作檢討，連腐敗的高官在法庭的最後陳述階段也流行宣讀「悔過

〔註 159〕《毛澤東選集》第五卷，人民出版社 1977 年，第 447～448 頁。
〔註 160〕《復歸的素人：文字中的人生》，新星出版社 2010 年，第 341 頁。

書」以示眞心悔過，例如 2014 年原南京市委副書記、市長季建業被紀檢司法部門調查後，撰寫了長達萬言的《我的悔過書》〔註 161〕，並成爲中紀委反腐的樣板材料廣爲傳播。可見，這個應用文體眞正達到了經久不衰、歷久彌堅的境界，並且極具中國特色，於風政先生曾總結說檢討書是「當代中國特有的一種最有實用價值的文體」，實在是一種高屋建瓴的概括和總結。

關於檢討書，詩人邵燕祥在《沉船》「寫給女兒・代序」中寫道：「在多少年裏，懺悔代替了一切。什麼抒情、詠懷、言志都是罪過，所有的詩歌、散文、小說，都讓位於一種文體：檢查、交代、認罪，以至寫申辯材料的筆下都帶著懺悔的口吻，而且還往往是眞誠的。」〔註 162〕作爲一種「高效」的應用文體，檢討書在 1949 年後迅速走紅，並形成一種成熟的文體樣式，還有著深厚的傳統文化背景。

在傳統文化中，曾非常流行兩種公式化的文體樣本，即八股文和試帖詩。八股文濫觴於北宋，明、清時作爲考試制度所規定的一種特殊文體，一般有比較嚴格的程序和清規戒律，破題、承題、起講、入手、起股、中股、後股、束股，次序不能混亂，更不能能缺了哪一項。全文要傚仿哪位聖賢的口氣來說，並要符合朝廷的意旨，即所謂的「代聖賢立言」，且以朱子所注《四書》爲準繩。試帖詩起源於唐代律詩〔註 163〕，由「帖經」、「試帖」影響而產生，大都爲五言六韻或八韻，內容遠遠超出《四書》《五經》的範圍，一般以古人詩句或成語爲題，必須用官韻，結尾處還必須讚頌「吾皇萬歲」，程序化更爲

〔註 161〕季建業在「悔過書」中寫道：「隨著職務的提升，權力的變化，地位的提高，自己的黨性修養、人生境界沒有同步提升，相反私心雜念在靈魂深處滋生膨脹。」「剖析自己的心路歷程，我對人生、對生活的態度發生了較大變化……降低了自己作爲領導幹部的要求，忘記了自己入黨爲什麼？當幹部做什麼？做人幹什麼？忘記了當領導爲了誰，依靠誰，服務誰的問題……我頭上缺少黨紀國法這根『高壓線』，忘記了爲人爲官的底線。」「過去比革命先烈的精神多，比老一輩無產階級革命家的高尚品德多，比老百姓窮苦生活多，比出的是鬥志，比出的是精神，比出的是作風。但漸漸看到周邊的一些企業家住豪宅，坐豪車，乘私人飛機，生活奢華，財富積纍享用不盡，產生了羨慕心理。」「私念像精神鴉片，麻痹了我，使我靈魂出竅，闖下大禍；私念像脫韁的野馬拉著我奔向深淵，私念、私欲成了毀掉我人生的導火線，成了萬惡之源。」

〔註 162〕上海遠東出版社 1996 年。

〔註 163〕周作人在《關於試帖》一文中說：「我又說這些試帖詩文與中國戲劇有關係，民間的對聯、謎語與詩鐘也都與試帖相關，這卻可以算是我的發現，未經前人指出。中國向來被稱爲文字之國。關於這一類的把戲的確是十分高明的。」《周作人書話》，北京出版社 1996 年，第 144 頁。

嚴重。

陳寅恪 1951 年時曾做過一首名爲《文章》的舊體詩，詩中寫道：「八股文章試帖詩，宗朱頌聖有成規。白頭學究心私喜，眉樣當年又入時。」〔註 164〕詩歌的用意自然是意在諷刺以章士釗〔註 165〕爲代表的一批爭先表態、競相檢討的老學人，但如果作爲一種解讀方式用於檢討書，也可謂量身定做一般。

比之八股文、試帖詩，檢討書雖沒有這樣嚴格的程序，但也談不上是自由文體，它也有相對固定的模式。沙葉新曾歸納了檢討書的基本模式：錯誤事實、性質分析、歷史根源、社會根源、思想根源、階級根源、努力方向和改正措施，也大致八股。同時，他還對三者進行了頗富意味的比較：

> 試帖詩除了要求五言八韻等條件外，在結尾處還必須歌頌聖上，贊誦吾皇萬歲；檢討書發展到「文革」的鼎盛時期，也必須在開頭寫上主席語錄，如頂上懸劍，利刃逼人！八股文「代聖賢立言」，陳詞濫調，通篇假話，借歌頌以表明士子的甘心爲奴；被迫寫成的檢討爲了過關，亂戴高帽，也無眞言，借認罪以表明臣民的絕對忠誠。前者是帝王束縛天下士子思想的工具，後者是爲了使所有檢討者成爲馴服工具。〔註 166〕

檢討書自產生以來，經歷了一個不斷發展、揚棄、補充和創新的過程，在各個時期、各個問題的表現也不盡相同，但一些基本要素卻始終相生相伴的，因此稱其爲「八股」，也不爲過。這些基本要素主要包括：

（一）錯誤事實

有錯誤事實才需要檢討，要檢討就得有錯誤事實，因此檢討書中必然要有錯誤事實。這裏的錯誤事實有兩層含義：

一是指符合客觀實際、已經發生或實際存在的錯誤事實。比如華南文學藝術界聯合會主席歐陽山所做的《我的檢討》，就是針對自己工作中存在的諸如家長製作風、官僚主義、主觀主義、浪費腐敗、酗酒鬧事等實際錯誤所做的檢討。如他自己在檢討中所交代的機關貪污浪費嚴重方面的事實

〔註 164〕此詩有另一版本：八股文章試帖詩，宗朱頌聖有成規。白頭宮女哈哈笑，眉樣文章又入時。見陳美延、陳流求編：《陳寅恪詩集》，清華大學出版社 1993 年，第 68、67 頁。

〔註 165〕謝泳：《陳寅恪詩箋釋二十九則》，《名作欣賞》，2012 年第 11 期。

〔註 166〕沙葉新：《「檢討」文化》，《隨筆》，2001 年第 6 期。

有：購買汽車，購買房屋，請客招待費4億元（舊幣，下同）左右，8人貪污數額合計一千萬元以上等。個人生活腐化方面的事實包括兩年超制度支出一千二百萬元左右，購買牙膏等外國貨，酒後胡言亂語，生活作風不夠檢點等。在「資產階級的糖衣炮彈」下，進城不久的革命幹部就已經開始普遍腐化，已經是個不爭的事實，歐陽山這個來自延安的革命文藝幹部同樣淪陷。〔註167〕

二是指不符合客觀實際、未發生的、違心承認的錯誤事實。如《文匯報》主編徐鑄成所做的《我的反黨罪行》中所羅列的利用章羅集團通過浦熙修控制《文匯報》，把《文匯報》變成了章羅聯盟反黨反社會主義的宣傳工具，和黨報唱對臺戲，污蔑黨員企圖獨立爲王，排擠黨員和進步同志，破壞編委會集體領導，到處煽風點火，污蔑革命事業，對黨恩將仇報，訂出反黨宣傳綱領，同宋雲彬沆瀣一氣，同傅雷密商許多問題等「罪狀」，〔註168〕都是被迫承認的、被歪曲的錯誤事實，不符合徐鑄成1949年後思想和行動的客觀實際。另如儲安平在《向人民投降》中所提及的政治上與羅隆基「勾搭」、受羅隆基利用「向黨進攻」、「反對我國現行政治制度的討論和攻擊五年計劃的建設」，受章伯鈞「一再指示」在《光明日報》上「多登他的新聞」、「加強對他個人活動的宣傳」和章伯鈞「對國際政治也有野心，企圖通過一些國際活動來找尋帝國主義老闆」、「作進一步的國際活動創造條件」，以及他自己「對黨的領導有牴觸情緒」、「在光明日報的一套做法就完全符合章羅聯盟的要求，符合他們的政治野心」和「替章伯鈞、羅隆基開口要求副總理的職位」等，都是不實之辭，是被迫接受的「帽子」。〔註169〕

一般情況下，「錯誤事實」的公開大體上分爲以下幾種情況：

一是自己交代出來的。如潘光旦在長達近三個小時的檢討中提及「推卻了蘇聯領事的吃飯」；「拒絕在反美反蔣的宣言上簽名」；「聞一多的家屬進入解放區之前，想把聞一多同志的骨灰罐子寄放在清華圖書館裏」，自己「沒同意」等，〔註170〕顯然這些鮮爲人知的事實自己不說別人一般不會知道。

〔註167〕《人民日報》，1952年2月15日。

〔註168〕《文匯報》，1957年8月22日。

〔註169〕《光明日報》，1957年7月14日；《人民日報》，1957年7月15日；《新華半月刊》，1957年第18期。

〔註170〕《潘光旦先生的第三次檢討（摘要）》，清華大學節約檢查委員會宣傳組編：《批判潘光旦先生的反動思想》，1952年6月，第8頁。

不然，「群眾」不會當場反感並質問道：「連把聞一多先生的骨灰放到圖書館這件事你都拒絕，你不是說他是你二十多年的老朋友嗎？你這種絲毫沒人性的行爲，簡直令人髮指。」〔註 171〕金陵大學校委會主任委員李方訓在《批判我的政治思想》中談到：「一九二七年大革命時，清早革命軍進城，我方舉手高呼歡迎，忽聞人說『不好了，文懷恩（美帝國主義分子、舊金大副校長）被打死了。』我立刻就轉變對革命的態度，我想這『糟糕』。」「聽到炮聲大作，我知道是英艦從下關向南京城裏打炮，我想這是因爲革命軍不好，革命軍打了外國人，造成國際問題，不得了。」「那時對於革命軍『打倒列強』的偉大歌聲，我認爲它是自不量力。」〔註 172〕再如郭小川，在思想被高度控制之下，自己在潛意識裏或冥冥間認爲自己犯了錯，爲了向黨、向毛主席交心，自己以日記、書信或書面檢討的形式坦白出來。

二是朋友、同事、家人提供或揭發出來的。如金岳霖在《批判我的唯心主義論的資產階級教學思想》中談到：「例如：清華營建系主任梁思成先生的兒子轉系問題。……因我對他有私心，便利用我的特權，爲他活動，產生了一系列的嚴重錯誤。」〔註 173〕顯然，梁思成之子轉系的問題是清華的同事揭發出來的。家人的揭發也有很多，如燕京大學校長陸志韋的女兒陸瑤華在批判大會上義憤填膺地控訴陸志韋道：「因爲我對你過於信任，以爲你有許多事是眞不記得了，就到處給你找材料。哥哥更是幾天睡不著地幫助你。譬如我想起司徒雷登是曾派人來看過你，趙紫宸也爲營救六個美國俘虜的事來找過你。」〔註 174〕再如張東蓀第三次檢討後，燕京大學工作組公佈兩件讓其歷史問題升級的歷史資料：其一是張東蓀在抗戰前所著的《唯物辯證法論戰》一書的末頁題詞：「如有人要我在共產主義與法西斯二者中選擇其一，我就會覺得這無異於選擇槍斃與絞刑。」其二是張東蓀在中日戰爭末期與日占區的市長劉玉書和梁秋水共同擬定的國家社會黨內部提案。〔註 175〕

三是上級領導、「幫助者」或批判者根據部分事實推測、演繹、指派的。

〔註 171〕轉引自楊奎松：《忍不住的「關懷」：1949 年前後的書生與政治》，廣西師範大學出版社 2013 年，第 331 頁。

〔註 172〕《新華日報》，1952 年 5 月 28 日。

〔註 173〕《光明日報》，1952 年 4 月 17 日。

〔註 174〕轉引自陳遠：《燕京大學 1919～1952》，浙江人民出版社 2013 年，第 237 頁。

〔註 175〕《從〈提案〉看張東蓀先生的欺騙手段》，《揭穿張東蓀檢討的欺騙，張東蓀親筆題詞堅決反共》，《反貪污反浪費反官僚主義》第三十四期，1952 年 2 月 29 日。

如聶紺弩在1955年12月所作的《檢討》中關於言論方面的「錯誤」中提到：「有一篇《毛澤東與魚肝油》，是因爲有人捐錢請毛澤東買魚肝油吃而發，涉及在延安所看到的毛主席的印象，把毛主席寫成一個貌不驚人的病夫，也不會講話的樣子，污蔑了毛主席也就誣衊了黨的最高領導者，造成讀者對毛主席、對黨的不良印象。」〔註176〕這顯然是聶紺弩被點撥後，按照要求而不得不做的交代，因爲他作文時的本意不可能是這樣的。另如，燕京大學校長陸志韋在檢討書中寫道：「『三反』運動裏，群眾幫助我把這扇鐵門打開了，我認識了自己的親美思想，認識了整個美帝國主義在燕大進行文化侵略的騙局。我還只是初次跟我思想的黑暗方面見了面，還得往深裏挖，承同仁〔註177〕同學幫助我，我才醒過來，心裏很痛苦。群眾把我從前說的話、做的事，把美帝文化侵略的全部面貌給我看——特別是對美的文化侵略，我從前只看到片面，所以不能認識全貌——再跟我從前說的話、做的事連起來看，就認識了自己的罪。」〔註178〕

四是混合情況。即在通常情況下，檢討書的「錯誤事實」的來源途徑都不是單一的，兼而有之的情況比較多見。如《大公報》社長、總編王芸生在1952年9月24日向報館全體人員的正式檢查中說：「到解放區爭取大公報存在，並無明確認識，只是有『大公報』三個字就好……報名列在新聞日報之後，心裏不舒服，是爭待遇。與新民報爭收聽中央人民電臺廣播，與金仲華先生電話裏吵加張問題，是與同業摩擦。」「在解放初期，根本不瞭解解放日報是領導報紙，存在著競爭心，不願同解放日報交換發行數字，保守『業務秘密』。在版面形式上比較，以爲大公報優於解放日報。直到五反期間連犯嚴重錯誤，才知道尊重解放日報的領導。」〔註179〕

另外，承認錯誤事實的過程一般要有個思想認識轉變的過渡，即開始時認識不到錯誤和錯誤的嚴重性，經過教育或幫助後，才逐漸認識到錯誤的存

〔註176〕《聶紺弩全集·運動檔案》第10卷，武漢出版社2003年，第196頁；下劃線爲辦案人員所加。

〔註177〕據朱伯耆統計，其中參與「幫助」的同事有中文系教授高名凱、國文系教師林燾、英語副教授吳興華、歷史系教授侯仁之、勞動學系教授趙承信；學生除女兒外還有化工系的李珣、化學系的李錦梅、新聞系的陳曄、機械系的朱元哲。其他還有圖書館的職員欒淑之，宿舍工友孟宗順等。

〔註178〕轉引自陳遠：《燕京大學1919～1952》，浙江人民出版社2013年，第238～239頁。

〔註179〕《王芸生的思想檢查》，《學習》第9號，1952年9月24日。

在。如張志民在《對於〈考驗〉的檢討》中開篇寫道：「看到『人民文藝』九十四期上，李克亞同志對我的中篇小說《考驗》的批評，開始，我有些不痛快。我覺得，他不瞭解這篇小說是描寫什麼時候的事情，不看看是寫在什麼時間……在我冷靜下來後，我將這個批評重新讀了幾遍，又聯繫這理論政策，對照我那篇東西進行了檢查，才開始認識到這個批評是對的。」〔註 180〕黃藥眠在《我的檢討》中開篇寫道：「我今天是以十分沉重的心情向大家發言的。在大會開始的時候，我還以爲我在思想上犯了錯誤，後來我才知道是犯了嚴重的政治上的錯誤，是中國走資本主義道路還是走社會主義道路的最根本性的錯誤。」〔註 181〕

總之，不論事實是否屬實，錯誤是眞是僞，構成「錯誤事實」的來源途徑怎樣，認識錯誤的過程如何，檢討書中都要體現出自己事實上犯了這些錯誤，這樣才能有獲得通過的可能。如果拒不承認所指定的「錯誤事實」，輕則檢討通不過，重則要受皮肉之苦甚至牢獄之災，還要被扣上「頑固不化」、「抗拒組織」、「自絕於人民」的罪名。

（二）上綱上線

承認「錯誤事實」後，還必須有一個「上綱上線」的過程。即「認罪」不能停留在「錯誤事實」的表面上，而要將其定性、歸位，以實現問題深化和理論昇華，也即邵燕祥所說的要「拿頭找帽子」。有過延安經歷的曾任張聞天秘書的何方這樣深有體會地說過：「上綱上線是爲了過關。每次政治運動中被整的人都有個過關問題，往往是因爲所謂檢討不深刻和揭發交代不徹底而過不了關，很少聽說有因檢查過頭而受批挨整的。」〔註 182〕

如秦牧在檢討抗拒《人民教育》批評的事件中，就要說自己這種無組織無紀律的行爲不但是個人主義、自由主義的表現，而且還「是一個立場問題，一個爲個人還是爲集體的問題」，「所以剝開個人主義和自由主義的畫皮，裏面不外是一個『私』字。……腦子裏有這麼一團齷齪東西是無可否認的」。〔註 183〕

歐陽山在《我的檢討》中說：「這種頑固的小資產階級個人主義一經擡頭，

〔註 180〕《人民日報》，1951 年 4 月 15 日。

〔註 181〕《人民日報》，1957 年 7 月 19 日。

〔註 182〕《黨史筆記》（修訂版）（上冊），利文出版社 2010 年，第 135 頁。

〔註 183〕《思想改造文選》（第三集），光明日報社 1952 年，第 47 頁。

並和侵襲來的資產階級剝削思想結合之後，就使我逐漸離開工人階級立場，向著反對黨、反對人民、反對工人階級的立場方向走去。正是這種剝削階級的立場，使我產生了功臣思想、特權思想，官僚架子，主觀主義，宗派主義，和生活上的鋪張浪費，享樂腐化等現象。」〔註184〕

徐鑄成在檢討中寫道：「我辦報的思想是超階級、超政治的思想，脫離群眾的自高自大思想；對待幹部的政策是家長式的領導，是資產階級思想，而且有一部分是封建思想。」主導的思想「肯定是爲名爲利的個人主義思想，一切爲了追求和滿足自己的名利和地位。而表現的態度，是隱藏的，不是窮兇極惡的追求，而是要水到渠成的獵取。不是想高官厚爵，而是要找一個超政治的所謂社會地位，一方面滿足我的享受，一方面又顯得清高。」〔註185〕

就是說，一旦承認了「錯誤事實」，就必須「上綱上線」，否則就是對問題認識不夠深刻，「認罪」態度不夠端正。從上述事例中可以看出，較爲輕度的「上綱上線」一般是小資產階級的個人主義、自由主義、民主主義、「封建思想」、資產階級買辦思想、崇美思想、洋奴思想等，更嚴重的是反黨、反人民、反社會主義、反革命、反對毛主席。

這些「綱線」早在延安整風運動時期即已形成，後在1949年後的檢討運動中逐漸被確立的，中間也經歷了一系列的發展過程。如在最初的檢討中，檢討者通常自覺上到小資產階級這一層次，而輕易不上到資產階級層次，因爲那樣會加重自己的「罪行」。直到「洗澡」運動開始，資產階級層次也逐漸爲檢討者普遍「接受」。隨著運動的逐漸深入，「綱線」也不斷加碼。「反右」後，「反黨反社會主義」已經普遍地出現了。到了「文革」，「綱線」也達到最高峰。

詩人邵燕祥在「反右」運動中折戟後寫檢討就經歷了這樣一個思想認識過程：「十天以前我就沒有勇氣在自我檢查和交代中寫上『反黨』兩個字。勇氣來源於認識。這說明，只有短短的十天，我的認識經歷了一個飛躍。因爲指我爲『反黨』，在我似乎認爲是合乎邏輯的了。的確，思想改造靠一個人苦思冥想是成效不大的。一定要在群眾中，在鬥爭實踐中——具體地說就是在接受群眾批判鬥爭中才能取得進步。同志們對我作了多少有益的提示和啓發啊，我要循著同志們指出的思路，去挖掘靈魂深處的東西，甚至是潛意識的

〔註184〕《人民日報》，1952年2月15日。
〔註185〕《徐鑄成自述：運動檔案彙編》，三聯書店2012年，第7頁。

東西，只有這樣做，才能在這樣一個大好機會中，得到同志們的幫助，得到脫胎換骨的改造，走完這一段從痛苦到愉快的歷程。」「我不能再是我自己，那樣就會膠著在個人的『反黨』的立場上，永遠不能看清自己的廬山眞面目。我要站在黨的立場上——」〔註 186〕

在檢討過程中，還有一個技術性的問題，那就是絕不能直接坦言自己主觀上就是反黨反人民反革命，因爲那樣就等於給自己宣判了死罪。特別是「文革」中，檢討者無論怎樣無限上綱上線，也決不能坦言承認反毛主席，這是防線也是底線。邵燕祥曾對此有過一段精闢的論述：

> 在那年月，最高的境界是「無限熱愛毛主席」，「無限忠於毛主席」，因此最大的罪惡就是反對毛主席了。大字報和批鬥會，「打蛇打七寸」，竭力要讓被批鬥者承認的，就是「反對毛主席」；被批鬥者知道要害所在，堅守的最後防線，也就是「從未反對毛主席」。批鬥者進行有罪推定，證據不足則借助於「實際上」；被批鬥者不得不「順竿爬」以求解脱時，便也只承認到「實際上是反對毛主席的」爲止。有了這個「實際上」作爲過渡和緩衝，雖會帶來關於動機與效果的無窮爭論，但畢竟對被批鬥者是網開一面，批鬥者也得以「下臺階」；倘不存在一個止於推論爲「實際上是反對毛主席」的中間地帶，乾脆不折不扣地「眞正反對毛主席」，那就非抓起來判刑不可，否則必定成了右傾包庇，立場問題。〔註 187〕

一般情況下，檢討者在「上綱上線」中普遍的做法是：「避重就輕」、「避實就虛」、「就低不就高」、「就多不就少」。

所謂「避重就輕」、「避實就虛」，也不是要游離於問題，而是要在主要問題中選擇相對次要的方面，否則眾多機警的「把關人」（gatekeeper）豈能善罷甘休。

所謂「就低不就高」，就是綱線能定到小資產階級就不上到資產階級，能定到反黨小集團就不上到反革命集團，能定到反馬列主義就不上到反毛澤東思想。當然，這是一般來說，特殊人、特殊情況則恰恰相反，照搬普遍經驗則會導致罪上加罪。

〔註 186〕《沉船》，遠東出版社 1996 年，第 161 頁。

〔註 187〕邵燕祥：《人生敗筆——一個滅頂者的掙紮實錄・序》，河南人民出版社 1997 年，第 5 頁。

所謂「就多不就少」，目的是爲了避免問題過於集中而採取分散的方式，從而在策略上會降低自己的「罪行」。如綱線定到個人主義上，則與之相關的自由主義、本位主義、改良主義、唯心主義等都要儘量羅列上。綱線定到反革命上，則必然要輔之以反黨、反人民、反社會主義。

但凡事都有一個限度，火候掌握不好，尤其是欠火候的情況，通常是無法過關的。

如毛澤東針對彭眞報送的北京市高校一些重點教授所作的思想檢討材料閱後批示：「送來關於學校思想檢討的文件都看了。看來除了張東蓀那樣個別的人及嚴重的敵特分子以外，像周炳琳那樣的人還是幫助他們過關爲宜，時間可以放寬些。」〔註 188〕針對張東蓀第四次檢討，燕京大學節約委員會討論後予以否決，並在提交的相關報告中稱：「會上對於張東蓀在這次檢討中不老實地暴露他和漢奸、美帝國主義勾結的事實，並把他自己的思想說成是『雙重自由主義』、『沒有不動產的資產階級』、『舊民主』等，表示不滿；特別是對於張東蓀不『閉門思過』，反而坐著汽車，『開門活動』，表示很氣憤。學生、職員和部分教授都提出對張東蓀要嚴加處置，職工要他『勞動改造』，學生提出『三停』——停職、停薪、停車。最後一致認爲張東蓀的問題十分嚴重，檢討極不老實。」〔註 189〕

再如胡風在《我的自我批判》中不甚明智地對自己的錯誤歸結爲「這一切當然是我的小資產階級的立場沒有得到改造……」〔註 190〕，毛澤東在爲《人民日報》起草的編者按中就曾嚴厲指出：「什麼『小資產階級的革命性和立場』，什麼『在民主要求的觀點上，和封建傳統反抗的人道主義精神』，……這種種話，能夠使人相信嗎？」〔註 191〕毛澤東的這段批示在「文革」的小報上曾這樣報導：

> 毛主席還針對胡風在他的《我的自我批判》中用「小資產階級觀點」來掩蓋退卻，指出：「對胡風這樣的資產階級唯心論，反人民、反黨的思想，絕不讓他在『小資產階級觀點』掩蓋下逃跑，而予以徹底地批判。」〔註 192〕

〔註 188〕《對北京市高等學校三反情況簡報的批語》（1952 年 4 月 21 日），《建國以來毛澤東文稿》第 3 冊，中央文獻出版社 1998 年，第 422 頁。

〔註 189〕《關於張東蓀、陸志韋問題的處理情況及反應》，1952 年 8 月 15 日。

〔註 190〕《人民日報》，1955 年 5 月 23 日。

〔註 191〕《人民日報》，1955 年 5 月 23 日。

〔註 192〕李輝：《李輝文集・文壇悲歌》，花城出版社 1998 年，第 231 頁。

火候不到，固然有其弊病，但超過限度也會適得其反。如思想改造運動中，茅以升在《我的檢討》中一次性給自己扣了英雄主義、技術觀點、自由主義、個人主義、保守主義、妥協主義、適應主義、宗派主義、雇傭觀點、官僚主義、本位主義、改良主義、溫情主義等 13 頂帽子，〔註 193〕但卻沒有獲得通過，理由是帽子太多，態度極不端正，有失嚴肅，不免滑稽，無奈他只得再次作《什麼是我三十年來的主導思想》〔註 194〕的檢討。

可見，「上綱上線」不但是個手段、策略問題，還是個藝術問題，用好了，事半功倍，檢討「成功」；用糟了，事倍功半，檢討「失敗」不說，還會加重「罪行」。有人事後曾以打油詩的形式總結出檢討的秘訣：「連番運動淚沾裳，漸漸摸清鬼名堂。無關痛癢何妨講，平地拔高會上綱。」〔註 195〕

（三）追根溯源

承認自己犯有錯誤，就要深挖產生錯誤的根源。一般情況下，錯誤根源主要包括家庭出身、教育背景、社會因素、思想內容、階級範圍等。

典型文本如思想改造運動中梁思成在《我為誰服務了二十餘年》中寫道：「我的階級出身、家庭環境和所受的教育，給我種下了兩種主要思想根源。一種是我父親（梁啓超）的保守改良主義思想和熱烈尊崇本國舊傳統的思想。一種是進了清華學校又到美國留學，發展到回國後仍隨著美國『文化思潮』起落的崇美、親美的思想。」〔註 196〕

1957 年「反右」中，徐鑄成在羅列完「錯誤」的幹部政策後，分析說：「追查這錯誤行為的思想根源：主要是由於我的階級本質，我出身於沒落的小資產階級的家庭，在讀書時代，就半工半讀，憑個人奮鬥，逐步地往上爬，一心追求名利地位和個人利益，在舊社會二十二年的新聞工作過程中，也就是在二十二年『向上爬』的過程中，受盡了傾軋排擠，也學會一套自衛和排斥別人的本領。」〔註 197〕

詩人郭小川在《關於接受修正主義思潮和資產階級世界觀問題——我的第三次檢查》中說：「我接受反對個人崇拜、資產階級自由化、資產階級民主，

〔註 193〕《光明日報》，1952 年 2 月 21 日。

〔註 194〕《光明日報》，1952 年 8 月 13 日。

〔註 195〕陳四益：《檢討的秘訣》，《讀書》，1999 年第 10 期。

〔註 196〕《人民日報》，1951 年 12 月 27 日。

〔註 197〕《徐鑄成同志的思想檢查》，華東學習委員會上海新聞界分會辦公室編：《學習》第九號，1952 年 9 月 24 日。

是有深刻的階級根源的。這是堅持我的資產階級世界觀、堅持所謂個人發展、個人提高、個人前途的必然結果，是我的資產階級個人主義思想惡性發展的必然結果。正像同志們所說的那樣，在民主主義革命階段，我實際上是資產階級、小資產階級革命家，是黨的『同路人』。」〔註 198〕

家庭出身無外乎「封建」地主家庭、士大夫家庭、商人家庭、小知識分子家庭等。教育背景大體上包括「封建」家庭教育、「封建」舊式教育、資產階級啓蒙教育、留學日本、留學法國、留學歐美等教育背景。社會因素主要包括滿清沒落時期、北洋軍閥統治時期、國民黨統治時期等所謂的舊社會以及殖民地、敵佔區、國統區的社會影響。思想內容主要包括宗派主義、個人主義、自由主義、民主主義、人道主義、改良主義、本位主義、無政府主義、唯心主義、「封建主義」、官僚主義、關門主義、帝國主義、法西斯主義、修正主義、狹隘的愛國主義以及相應的名利思想、超階級思想、超政治思想、純技術觀點、爲學術而學術的思想、國際學者思想、名流學者思想、崇美親美思想等。階級範圍主要指稱小資產階級、資產階級、「封建」地主階級、買辦階級、剝削階級等。

在追溯這些根源時，檢討者一般是本著批判的態度，並且要因檢討的要求或側重點的不同而特別突出其中的某一方面或幾方面。

比如重點在強調家庭根源時，就要上溯至父輩甚至祖輩。如南京大學教授黃玉珊在《批判我的「知識商品化」的思想》中寫道：「我父親小時候比較窮苦，拼命讀書向上爬，弄到官費去日本留學。回國做了幾任事之後，就回家鄉養老，買田地，蓋房屋，租給別人；靠著剝削農民，使家庭經濟一天天的上陞。實際上在他的手上不知道要染了多少勞動人民的血汗，而他還時常自詡爲『白手起家』。因此他便極端地看重金錢，吝嗇到一毛不拔；而且自視很高，看不起那些爬得不順利的人，同情心幾乎沒有。這些對我的思想都有很大的影響。」〔註 199〕

在重點強調教育根源時，不但要深挖自己受教育的情況，同時還要結合現實申明自己的態度和認識。如美學家、北大一級教授朱光潛在思想改造運動中檢討道：「我的錯誤的根源在從洋教育那裏得來的一套爲學術而學術的虛

〔註 198〕郭曉蕙等編：《檢討書——詩人郭小川的另類文字》，中國工人出版社 2001 年，第 211 頁。

〔註 199〕《新華日報》，1952 年 4 月 2 日；另見《思想改造文選》（第五集），光明日報出版社 1952 年，第 5 頁。原文在選入時作了修改和補充。

僞超政治觀念。事實上主張超政治便是維護至少是容忍反動的統治，如果加以鼓吹，也便是反革命。」「我受過長期的英法帝國主義的教育，對於法國人和法國文化都很愛好；很看重英國文學，對英國人說不上的親愛，卻有些佩服。至於美國人和美國文化我一直都不大瞧得起。不過這只是一個小差別。概括地說，我對歐洲文化，從希臘直至現在都非常敬仰。我倒不曾想過中國文化處處不如人，不過卻曾想過西方文化在某些方面是比我們強，我的一個野心就是把文化搬運到中國來。在政治思想上，我曾醉心於英美式民主形式，也曾嚮往過應用到中國。……」〔註 200〕傅鷹在《我認識了自己的錯誤》中說：「到了米西干（即密歇根——引者注）大學，我的老師巴特爾待我極其殷勤，我心裏便非常感激。……因爲被巴特爾的小恩小惠所籠絡，又因爲在五年中在美國發表了十篇論文，使我在學術界向上爬了一步，因此我就對美帝國主義發生了感情，念念不忘，而很少想到它是我們的死對頭。……我要控訴美帝國主義。」〔註 201〕

但如沒有特別強調或不需要特別強調某一或某些根源時，這些根源一般可綜合起來說。如歐陽山的《我的檢討》中就這樣歸納說：

> 這些錯誤的思想根源在於什麼地方呢？在於我的頑固的、小資產階級的、自高自大、自私自利的個人主義。我生長在城市貧民家庭，從小就養成了自私自利的思想意識。幼年受封建教育和資產階級教育，加深了這種思想意識，後來又受到帝國主義電影、西歐資產階級文學和中國小資產階級個人主義文學的影響，使我在自私自利之外，加上自高自大，又加上我是長期從事寫作生活，更使我脱離群眾，妄尊自大。1940 年到解放區以後，即沒有經過什麼實際鬥爭的鍛鍊，又沒有系統地學過馬克思列寧主義、毛澤東思想。雖然組織上給我的教育很多，但我自己接受的很少。那保留下來的、頑固的個人主義一碰到解放後資產階級思想的猛烈攻擊，立刻就故態復萌，甚至變本加厲，逐漸向資產階級投降，成爲資產階級的俘虜。〔註 202〕

在追根溯源的過程中，還形成了一些比較固定的表達格式，如在揭示思想根源、階級根源時常以這樣的方式表達：

〔註 200〕《最近學習的幾點檢討》，《人民日報》，1951 年 11 月 26 日。
〔註 201〕《人民日報》，1952 年 4 月 5 日。
〔註 202〕《人民日報》，1952 年 2 月 15 日。

> 我的這些錯誤思想，表現於編輯工作中的，於文壇批評上面的，難道是偶而形成的嗎？不！不是的！是有其根深蒂固的思想根源的。〔註 203〕

這樣的表達方式在浩如煙海的檢討中是很常見的，而這樣做的用意也無非是爲了突出檢討者思想認識的深刻，以求得改造者的認可，保證迅速過關。

（四）思想參照

所謂思想參照就是要爲自己所犯的錯誤尋找一個「正確」的思想標杆，以此映照出錯誤本身的面目。

思想參照的形式比較豐富，從形式上說，有實踐參照和理論參照。實踐參照是指親身參與的一些現實運動，從中獲得體驗和感受。如馮友蘭在《一年學習的總結》中說：「我以前並不知道共產黨有批評及自我批評的辦法，初解放時，雖知有此辦法，還不瞭解什麼這個辦法會是一個革命的武器。後來參加過幾次共產黨員入黨及由侯選黨員轉爲正式黨員的會，看見一個黨員於入黨之前，必先在群眾面前，反覆的受人批評與自我批評。……近幾個月來，我也試行作一點自我批評，才覺得這種工夫，做下去是無窮的。」〔註 204〕

其他如「三大運動」、「三反五反」、「四清」、「文革」等，實踐性都比較強。這樣的參照往往教育效果也最直接、最有效。艾中信教授就曾深有體會地說：「在掀天動地的土改浪潮中，誰也不能視若無睹，充耳不聞，我們或者是被訴苦所感動，引起了階級仇恨；或者從清算封建剝削啓發了鬥爭情緒；或者看到了農民的高度覺悟而興奮；或者從老幹部的工作態度——全心全意爲人民服務的忘我精神，加深了對共產黨的熱愛。」〔註 205〕徐鑄成在檢討中說：「三反運動，對我大喝一聲，特別是惲逸群事件，給我一面鏡子，自己初步警惕到，這樣的壞思想發展下去，最後一定要掉到不可救藥的泥坑裏去。」「這次思想改造運動開始後，聽了首長的啓發報告，經過了兩星期多的學習，眞正認識到這是黨和政府挽救我，給我最好的自我改造的機會。同志們的幫助，在我的思想堡壘上打開了一個缺口，使我能夠逐步深入地發現我的錯誤，找出我的病根。」〔註 206〕

〔註 203〕王淑明：《從〈文學評論〉編輯工作中檢討我的文藝批評思想》，《人民日報》，1952 年 1 月 10 日。

〔註 204〕《人民日報》，1950 年 1 月 22 日。

〔註 205〕《土地改革與思想改造》，《光明日報》，1950 年 3 月 21 日。

〔註 206〕《徐鑄成同志的思想檢查》，華東學習委員會上海新聞界分會辦公室編：《學

到了「文革」，實踐參照更加豐富多樣。例如徐鑄成在 1971 年 2 月 1 日所作的《到農村接受貧下中農監督教育三個月的思想小結》中寫道：「生產隊的貧下中農，無微不至地關心我們的生活，特別是關心我們的改造。有一次，我和許多女隊員在田裏鬆土，她們看到傅雅琴同志挑著肥料走過去，大家都稱讚說：『這個赤腳醫生挑得很像個樣子了！』這種發自內心的高興，正像慈祥的母親看到自己的嬰孩能夠自己走路一樣，可見貧下中農是多麼關心知識分子的改造！他們眞正聽毛主席的話，按照毛主席的指示盡力給知識分子以再教育。他們對於像我這樣的對黨對人民犯過大罪的人，批鬥是嚴厲的，但在我勞動時，老媽媽們也處處照顧我，教我如何勞動，看到我的鋤頭不好，就設法給我換一個，我深深體會到，這是貧下中農遵照毛主席的指示，關心和幫助我徹底改造，希望能夠化消極因素爲積極因素，把我這樣的人改造過來。」〔註 207〕

理論參照在廣義上主要是指馬列斯主義、毛澤東思想。作爲宏觀背景，這些理論都是不可避免要談到的，但可以針對不同問題而有所側重；在狹義上，可以是一個講話、一個文件、一個批示等。如思想改造運動中總學委頒佈了學習運動文件包括：

斯大林：十月革命的國際性質

毛澤東：新民主義論的第三部分（中國的歷史特點）、第四部分（中國革命是世界革命的一部分）

斯大林：與英國作家威爾斯的談話（見 1951 年 11 月 14 日《人民日報》）

毛澤東：整頓學風黨風文風

毛澤東：在延安文藝座談會上的講話

毛澤東：反對自由主義

劉少奇：論人的階級性

劉少奇：黨員思想意識的修養（節錄共產黨員的修養）

列　寧：論紀律（根據整風文獻節錄）

斯大林：論自我批評（根據整風文獻節錄）

列　寧：青年團的任務

習》第九號，1952 年 9 月 24 日。

〔註 207〕《徐鑄成自述：運動檔案彙編》，三聯書店 2012 年，第 316 頁。

毛澤東：改造我們的學習

斯大林：在克里姆林宮招待高級學校工作人員宴會上演説

〔註 208〕

這些文件作爲思想改造運動期間檢討者的主要理論參照，也是日後檢討者離不開的思想指南。「文革」時期，毛澤東不論何時、何地的「最高指示」、「最新指示」則是最前沿、最有權威性的思想參照。

思想參照還有主動和被動之分。主動的思想參照是指檢討者主體主動、自覺地針對黨的各種理論、文件、講話、批示、命令等作出的反應。

如作家柳青的《毛澤東思想教導著我》就是一個比較全面、經典的文獻。文中先後寫道：「毛澤東同志《在延安文藝座談會上的講話》解決了我的許多文藝思想上的問題，而他的出色的階級觀點分明而又熱情充沛的著作《湖南農民運動考察報告》，更在我自我改造的思想鬥爭最痛苦的時候，教育了我，鼓舞了我，使我有了足夠的理智和意志堅決地改造自己，這個偉大文獻還生動具體地給我解決了一個最基本的問題，這就是階級觀點立場問題，和表現在作品裏的思想感情的問題。」「我那時在鄉村裏一讀再讀這個文件。我醒悟到我過去不僅不懂得怎樣做一個革命的文藝工作者，而且實在說不懂得革命哩。我讀著文件，腦子裏就浮起毛澤東同志偉大的影像，他好像在問我：『同志，你和這些群眾在一塊搞不下去嗎？』我慚愧了。」〔註 209〕

另如，《文藝報》編輯部在檢討中寫道：「四月二十一日，各報紙刊載了中国共產黨中央委員會的《關於在報紙刊物上展開批評和自我批評的決定》。我們讀了之後，非常興奮，在我們學習斯大林同志和毛主席的文章之後，更認清批評與自我批評在中國今天情況下的重要，因此對於我們的編輯工作，有很大的指示和啓發。」〔註 210〕

被動的思想參照是指那些有針對性的批評和檢舉。如李長之的《我在關於〈武訓傳〉的討論中獲得了教育》中說：「直到讀到賈霽同志的《不足爲訓的武訓》、楊耳同志的《談陶行知先生表揚〈武訓精神〉有無積極作用》、汪曾祺同志的《武訓的錯誤》等文，才使我從許多錯誤思想裏解放出來。」

〔註 208〕《中央關於京津高等學校教師思想改造學習的主要情況和經驗的通報》，《宣傳通訊》，1951 年 11 月 20 日。

〔註 209〕《人民日報》，1951 年 9 月 10 日。

〔註 210〕《〈文藝報〉編輯工作初步檢討》，《人民日報》，1950 年 5 月 21 日。

〔註 211〕這些批評或檢舉的文章自然就成了李長之檢討的思想參照。

馮雪峰的《檢討我在〈文藝報〉所犯的錯誤》是直接針對袁水拍在《人民日報》上的批評所作的呼應：「在十月二十八日的《人民日報》上，袁水拍同志嚴厲地批評了《文藝報》在關於《紅樓夢》研究問題的討論中所採取的錯誤態度。這個批評是完全正確的，是把《文藝報》的這個錯誤的實質和嚴重性完全揭露出來了。」他爲此檢討道：「在我的一些錯誤的思想和一些不好的作風的影響下，《文藝報》的編輯工作上就產生了許多如《人民日報》所批評的現象。」〔註 212〕

批評作爲直接的思想參照在文藝創作和研究領域運用的最爲頻繁，這一點只要翻看當年的《文藝報》，便能得到證實。

思想參照還同時存在相對穩固或不斷變化的特點。一般情況下，在理論意義上闡釋的馬列主義、毛澤東思想，相對來說比較穩固，可以隨時隨處引用，特別是在進行抽象的、空洞的理論說教時，可謂鐵打的營盤。而其他一些應用性較強的思想參照卻不是一層不變的，比如毛澤東的《新民主主義論》在 1949 年後的短暫時間內常作爲思想參照，但是到了 1958 年後，便不合時宜了。周揚、林默涵、劉白羽等「十七年」期間「一貫正確」的思想到了「文革」則變成典型的文藝「修正主義」而受到批判。「文革」中，「祝林副主席身體健康」的口號隨著「九・一三」事件的發生而變成「批林批孔」。即便是作爲毛澤東思想「窗口」的《毛澤東選集》，在出版和修訂時，也是隨著形勢的變化而增補、刪減了大量的內容，如果選取了不當和不合時宜之處，也是要擔負責任的。

（五）整改舉措

整改舉措是指檢驗檢討者對錯誤認識的程度和改正錯誤的具體措施是否得當的方法和手段，一般分爲兩個方面：

一是指具體的整改措施。如北京《新民報》在《關於發表「清除舊文藝中的色情毒素」錯誤文字的檢討》中強調，爲了挽救損失，編輯部作了如下的決定：

（1）公開檢討，承認錯誤。

（2）改進《文藝批評》的編輯狀況，決定成立一個三人小組

〔註 211〕《人民日報》，1951 年 5 月 27 日。

〔註 212〕《人民日報》，1954 年 11 月 4 日。

來編。

（3）加強對副刊工作的思想領導，提高編輯同志的思想水平。

（4）堅決反對發稿的無政府狀態，健全審稿制度。〔註 213〕

二是指改正的決心和努力的方向。如王震之在對劇作《內蒙春光》被批判後所作的檢討結尾寫道：「雖然我在寫作這個劇本時，也深感到關於民族問題的處理上要十分謹慎小心，但根據這次對於人民政協共同綱領第六章的研究，對照著影片的內容，才深感到自己的認識與共同綱領中的民族政策，和人民政府對於民族問題上所採取的謹慎方針，是有著很大的距離。我將在對《內蒙春光》的修改工作中與於學偉同志一道盡力使它更眞實更正確地反映我們民族政策執行過程中的歷史的實際情況，使這部影片在政策思想上提高一步。」〔註 214〕

金岳霖所作的《批判我的唯心論的資產階級教學思想》中的最後一部分即以「決心」爲題寫道：「我不願意只參觀革命，也不願意只參觀人民的建設事業。我要參加這個光榮的偉大的事業，不但一二十歲的人要參加，三四十歲的人要參加，五六十歲和七八十歲的人也要參加。我快六十了，我從前是對不住人民的人，是有罪過的人，從現在起，我要做一個新人，要做一個名符其實的人民教師。我要努力學習，努力工作，一年不成，兩年；兩年不成，三年；甚至於五年十年。只要我不斷的努力，我一定會成功的。」〔註 215〕

到了「文革」的疾風暴雨時期，整改舉措更是打上了「時代的烙印」。

如 1969 年 7 月 14 日，郭小川在五次檢查的基礎上所作的《向毛主席請罪　向革命群眾請罪——我的書面檢查》中，以露骨的語言表示了自己的今後努力的方向。他寫道：「我是從心裏願意檢查的，是從心裏感到必須革自己的命的；對於群眾對我的革命大批判，我眞正是心服口服的。偉大的史無前例的無產階級文化大革命，對於我這樣的人來說，也千眞萬確『是完全必要的，是非常及時的』。在偉大的領袖毛主席的號令下，革命（群眾）正伸出千千萬萬隻手，把我從劉少奇的反革命泥坑中拉回到毛主席的無產階級革命路線上來，我眞是無限感激。我確確實實是對毛主席犯了罪，我要向毛主席請罪，向革命群眾請罪！同時，我也要發出誓言：我要永遠革自己的命，革階級敵人的命，永遠跟著偉大領袖毛主席在無產階級專政下繼續革命，重新革

〔註 213〕《人民日報》，1951 年 8 月 25 日。

〔註 214〕《〈內蒙春光〉的檢討書》，《人民日報》，1951 年 5 月 21 日。

〔註 215〕《光明日報》，1952 年 4 月 17 日。

命。」〔註216〕

再如《文匯報》主編徐鑄成在1968年9月2日所寫的《思想彙報》中這樣寫道：

> 從這點認識出發，重新考慮自己對認識罪行和改造的態度，應該：
>
> （一）徹底拆毀自己的臭架子，認識自己不僅是犯下了嚴重罪行的人，而且是最愚蠢最無知識的人，應該老老實實向工人階級和其他勞動人民學習，在勞動中徹底改變自己的思想感情和立場觀點。
>
> （二）工人宣傳隊即將來我社領導鬥、批、改，今後將永遠領導我社的工作。我一定要老老實實接受工人階級、領導小組和革命群眾的鬥、批，徹底認罪服罪。〔註217〕

當然，這種抽象的描述並不一定要落實到實踐中，丁耶先生在《檢討春秋》中披露說，在自己代寫檢討給別人擬定「罪行」時，「『檢討』的主人還想不通呢，說什麼『帽子太大了，白紙黑字，將來放在檔案裏是個歷史問題呀。』我硬說服了他們，此一時，彼一時也，他們說你啥，你就承認，免受皮肉之苦，只要活著，就是勝利，我不相信他們的天下能坐多久，有一天眞理會戰勝邪惡的。」〔註218〕顯然，丁耶先生既有如此認識，那麼他自己所寫的檢討中的整改措施也自然是一種應付的產物了。

相對於理論性的整改措施，實踐性的整改措施在製定時就充分考慮了實踐性和可操作性，在隨後的實際工作中，也都得到切實的貫徹和執行，因而效果也最直接、最明顯，一般是不存在虛假和蒙混過關的現象的，因爲群眾的眼睛是雪亮的，誰也不敢光說不作，空話連篇。

（六）總結展望

一般在檢討書的結尾部分還要有表示謙虛的結語和對未來的展望或號召。結語一般要態度眞誠、老實，且有表達悔罪的決心。

如北京農業大學教授戴芳瀾在《從頭學起從新做起》的文末寫道：「這篇自我檢討，尚嫌粗枝大葉，不夠深刻。個人還有很多缺點尚未加檢討，希望

〔註216〕郭曉蕙等編：《檢討書——詩人郭小川的另類文字》，中國工人出版社2001年，第250～251頁。

〔註217〕《徐鑄成自述：運動檔案彙編》，三聯書店2012年，第126頁。

〔註218〕丁耶：《檢討春秋》，《作家》，1985年第8期。

過去和現在的同事們，新舊的同學們，朋友們不客氣的對我提出意見，幫助我的改造。讓我們大家在思想戰線上取得一個輝煌的勝利。」〔註 219〕

清華大學物理學系教授葛庭燧在《批判我的崇美思想》的文末寫道：「現在，我深刻地體會到我們新民主主義制度和社會主義制度的優越性。我們的科學技術工作和科學研究是和人民大眾的利益完全一致的。只要我們的科學技術工作者能夠掌握馬克思列寧主義的思想方法，我們的科學和技術就必然會隨著我們國家的工業建設而突飛猛進。蘇聯科學技術的光輝成就，正是鼓舞我們前進的最好榜樣。」「我自知這次所作的檢討和批判是不夠深刻的。我誠懇地希望各位同志，尤其是自然科學工作者，能夠幫助我檢查思想。我決心要通過這次學習來徹底改造我的思想，作一個人民教師和人民科學家。」〔註 220〕

「反右」運動中，張光年代表《文藝報》在全體工作人員大會上做了《我們的自我批評》，其中結尾處這樣寫道：「……這說明右傾思想也是在一定程度上侵蝕了我們的頭腦，我們並不是在每個問題上都能經得住嚴格的考驗。我們雖然一直和右派思想進行了尖銳的鬥爭，但是在有些問題上，我們犯了錯誤，辜負了黨和人民對我們的信託。同志們！絕不要灰心喪氣！現在我們的任務是，一方面拿起鋤頭，鋤掉我們親手防出來的毒草，一方面擺開陣勢，和右派分子、和右派思想展開不調和的鬥爭。讓我們在一場鬥爭中進一步地考驗自己。同志們，堅決地和黨站在一起吧！」〔註 221〕

徐鑄成在「反右」運動翻船後的檢討中這樣總結道：「黨一再挽救我，但我始終抗拒改造。黨對我這樣一個怙惡不改，這次又犯了這樣嚴重罪行的人，還耐心地幫助我，鼓勵我徹底交代檢查，把我從泥坑裏救出來。黨這樣仁至義盡，我不是木石，不能不感激涕零。」「我認識到自己罪行的嚴重，請求黨給我處分，我決心徹底悔改，重新做人，從此永遠老老實實跟著黨走。我決心在同志們的督促幫助下，努力改造，做好工作，向人民贖罪。」〔註 222〕

到了「文革」，總結的用語和氣勢自然要升格。例如徐幹生在 1966 年的《自我檢查》結尾寫道：「我這樣一個資產階級知識分子不改造是絕對行不通的，除非我準備帶著花崗石的頭腦去見上帝。否則，我現在還不足五十歲，

〔註 219〕《光明日報》，1951 年 11 月 22 日。
〔註 220〕《人民日報》，1951 年 12 月 20 日。
〔註 221〕《人民日報》，1957 年 7 月 12 日。
〔註 222〕《我的反黨罪行》，《文匯報》，1957 年 8 月 22 日。

我也不願意在精神的痛苦中挨過下半生，繼續在思想上或行動上對人民犯罪。我決心拋棄反動的資產階級立場，最後地歸順無產階級，做一個誠實的勞動者，補贖我對黨，對人民所犯下的種種罪過。」〔註 223〕徐鑄成在 1967 年所作的《鬥爭大會後我的想法和交代》中結尾這樣寫道：「經過這次鬥爭會後，我一定要繼續交代我自己的罪行，徹底交代清楚。同時，把我所知道的別人的問題，也要繼續回憶、交代揭發。我一定要心口如一，徹底認罪服罪，老實改造，爭取重新做人。」在 1968 年 10 月 3 日的《思想彙報》中總結道：「……深感我們偉大祖國眞是一片越來越好的大好形勢，農業大豐收，工業大躍進，文化大革命即將取得全面勝利，全國山河一片紅，無產階級專政空前強大和鞏固，工人階級領導一切，領導一切上層建築單位的鬥、批、改，並永遠領導文化、教育工作，對知識分子進行再教育。這都是毛主席親自領導的反修防修、永保紅色江山的偉大創舉。像我這樣沒有改造好的右派分子，應該在鬥、批、改的高潮中，老老實實接受工人階級和其他革命群眾的批鬥，進一步認罪服罪，爭取黨和革命群眾的寬大處理，爭取在群眾的專政和監督下，徹底改造，重新做人。總之，像我這樣犯了滔天罪行的人，只有徹底認罪，徹底向人民投降，眞心改悔，老實改造以爭取黨和人民的寬恕，這才是唯一的出路。」〔註 224〕

展望一般要高亢而凝重，如郭沫若《在毛澤東旗幟下長遠做一名文化尖兵》中寫道：「朋友們，請提高警惕吧！我自己是很久以來便感覺著惶恐的。我很希望能夠不斷地進行改造，徹底地『由一個階級變到另一個階級』。『要徹底解決這個問題，非有十年八年的長時間不可』，從今天起，就再來個『十年八年的長時間』吧。只要一息尚存，我總要不斷地警惕，不斷地學習，不斷地改造自己，不斷地改進自己的工作。我要努力爭取，在毛澤東旗幟下長遠做一名文化尖兵。」〔註 225〕

到了「文革」時期，總結展望還增添了許多新內容，如邵燕祥在檢討中寫道：

> 我在一個相當長的時間內，充當過反革命修正主義文藝路線放毒的工具，對黨和人民，對毛主席是犯了罪的。但我有決心用行動來改正自己的錯誤，革面洗心，重新做人，在後半生我要跟定毛主

〔註 223〕《復歸的素人：文字中的人生》，新星出版社 2010 年，第 166 頁。
〔註 224〕《徐鑄成自述：運動檔案彙編》，三聯書店 2012 年，第 35、136～17 頁。
〔註 225〕《人民日報》，1952 年 5 月 24 日。

席走革命的路。在今後工作中也許還會犯錯誤，但我一定拼盡全力避免犯方向路線性的錯誤，犯了錯誤就力求迅速徹底地改正。

關於對我應作怎樣的處理，我完全相信群眾、相信黨。

最後，我再一次衷心祝願我們心中最紅最紅的紅太陽毛主席萬壽無疆！萬壽無疆！〔註226〕

在具體檢討中，上述六條可以說是基本必備的，但因具體情況不同也會有所變異，或者重點強調其中的某一項內容而弱化其它內容，或者將其中的某一方面再細化爲兩點、三點。但無論怎樣變化，八股文風作爲檢討書在實踐中的結晶，已成爲其顯著的標誌和最重要的特點。

〔註226〕邵燕祥：《人生敗筆——一個滅頂者的掙紮實錄》，河南人民出版社1997年，第53頁。

第二章　「反動作家」：在檢討中退場

朱光潛：「從對於共產黨的新瞭解來檢討我自己，我的基本的毛病倒不在我過去是一個國民黨員，而在的過去教育把我養成一個個人自由主義者，一個脱離現實的見解偏狹而意志不堅定的知識分子。我願意繼續努力學習，努力糾正我的毛病，努力趕上時代與群眾，使我在性格中也有一些優點，勤奮，虛心，遇事不悲觀，這些優點也許可以做我的新生萌芽。」

沈從文：「對知識分子的好空談，讀書做事不認眞，浪費生命於玩牌、唱戲、下棋、跳舞的方式，我總感覺到格格不入。……學習爲人民服務，在這裏只一天間爲打掃打掃毛房，想發動大家動動手，他們就説：『我們是來改造思想，坐下來改造好了，好去爲人民服務。』我説：『一面收拾，一面才眞正好思想。』沒有一個人同意。」

蕭　乾：「由 1948 年春迄今的學習及反省，政治上的自由主義已經清算了。向上爬的念頭已被主觀努力及客觀環境壓制住了——把它消滅乾淨還需要進一步的學習。文藝上，還寄存些『技巧觀點』的殘餘，需要由情感上與工農兵結合來徹底克服。……對於《新路》，我懂得由整個革命利益去看這個事件，從階級立場去看它，當然也就憎恨那樣往人民眼中撒沙子的中間企圖。」

第一節　朱光潛：自由思想的折戟與學術的轉向

1948 年 12 月，北平被圍。在國民政府「搶救大陸學人計劃」中，朱光潛位列第三號人物。但是，朱光潛謝絕了邀請而選擇留在大陸。

關於朱光潛選擇留在大陸，他後來回憶說：「記得北平解放前夕，北大同事陳雪屏臨走時來我家力勸我走。我問他走到哪裏？他說先到南京，我又問，看形勢，南京也保不住了，下一步怎麼辦？他說，最後到臺灣。我又問，大陸這一片江山都保不住，區區臺灣孤島能保得住嗎？他說，臺灣是美國的戰略要地，美國是絕不會放棄的。我對這一點沒有他那麼大的信心，也覺得寄人籬下，仰人鼻息的生活不是個滋味。」〔註 1〕這當然是朱光潛選擇留下的一個無奈的理由，但卻並非是唯一的。

選擇留下的另一個原因大概就是隨遇而安。在大局尚未完全確定之時，朱光潛還存有一般人常有的心思和判斷：「不管什麼黨派，總要辦教育，總要有學問而安心教育的學者」，「無論時局如何變化，研究學問而不染上政治色彩，總沒有關係」。〔註 2〕這種樸素的想法再尋常不過，也是很多知識人選擇留下的共同理由，只是後來的情形實在是超乎他們的想像力。

其中還有一點比較隱晦，那就是朱光潛對共產黨的心存好感。朱光潛後來曾說：「當時也有些進步的朋友向我講共產黨對待舊知識分子的政策，說我還可以照舊教書，勸我不走，於是我就留下來了。」〔註 3〕這樣說並非毫無徵

〔註 1〕 朱光潛：《新春寄語臺灣的朋友們》，《大公報》（香港），1974 年 1 月 19 日。

〔註 2〕 王集業：《朱光潛的超然夢》，《作家・作品・人品》，〔臺灣〕集荷出版社 1981 年，第 168 頁。

〔註 3〕 朱光潛：《新春寄語臺灣的朋友們》，《大公報》（香港），1974 年 1 月 19 日。

兆，早在抗戰時期，朱光潛就曾致信延安的周揚說：「從去年秋起，我就起了到延安的念頭。所以寫信給之琳、其芳說明這個意思，……無論如何，我總要找一個機會到延安來看看，希望今年暑假中可以成行，行前當再奉聞。謝謝你招搖的厚意。我對於你們的工作十分同情，你大概能明瞭。將來有晤見的機會，再詳談一切。」〔註 4〕可見，朱光潛在做出選擇時存在著一種並不太壞的心理預期。

當然，朱光潛選擇留下，還有一個現實原因，那就是他女兒晚年在口述中談到的：「父親是更有理由離開大陸選擇到臺灣去的，很多人都不明白他爲什麼留下來。這種選擇，我想有很大一部分原因是因爲我。當時，我患有骨結核，每天被固定在石膏模型裏，病得十分厲害。」〔註 5〕這個一時無法解決的問題，或許最終促成了朱光潛選擇留下。

1949 年 1 月底，朱光潛在終日評注《道德經》的「恍恍惚惚，猶豫不定」〔註 6〕的日子裏，迎來了「解放」。

一、時運不齊：檢討之先河

（一）問題的提出

1949 年 11 月 27 日，《人民日報》第三版刊登了一篇題名爲《自我檢討》的文章，署名朱光潛。文中，朱光潛以一個思想改造初步完成者的姿態，不無愧悔地寫道：「中國人民革命這個大運動轉變了整個世界，也轉變了我個人。我個人的轉變不過是大海波浪中一點小浪紋，渺小到值不得注意，可是它也是受大潮流的推動，並非出於偶然。」他接著寫道：

> 自從北京解放以後，我才開始瞭解中国共產黨。……從國民黨的作風到共產黨的作風簡直是由黑暗到光明，眞正是換了一個世界。這裏不再有因循敷衍，貪污腐敗，驕奢淫逸，以及種種假公濟私賣國便己的罪行。任何人都會感覺到這是一種新興的氣象。從辛亥革命以來，我們繞了許多彎子，總是希望之後繼以失望，現在我們才算是走上大路，得到生機。

〔註 4〕《朱光潛全集》第九卷，安徽教育出版社 1993 年，第 19～20 頁。

〔註 5〕陳遠：《在不美的年代裏》，重慶出版社 2011 年，第 125 頁。

〔註 6〕宛小平：《朱光潛與道德經》，《邊緣整合——朱光潛與中西美學家德思想關係》，安徽教育出版社 2002 年，第 29 頁。

朱光潛在文中還談及自己已經學習了《共產黨宣言》、《聯共黨史》、《毛澤東選集》以及關於唯物論辯證法的著作，並深有體會地說：「在這方面我還是一個初級小學生，不敢說有完全正確的瞭解，但在大綱要旨上我已經抓住了共產主義所根據的哲學，蘇聯革命奮鬥的經過，以及毛主席的新民主主義的理論和政策。」他還表示願意繼續努力學習，努力糾正毛病，努力趕上時代與群眾。

翻看當年的材料可以發現，朱光潛的《自我檢討》是新政權成立以來重要媒體公開發表的第一份檢討。如果將其置於此後的檢討浪潮中，可以說，朱光潛無形中開了檢討之先河。

在舉國忙著歡慶勝利、分享勝利果實之際，作爲中共中央的機關報，在這個時候「忙裏抽閒」發表一個與國家大政方針「不相干」的人的思想心得，足見文章之重要。當然，文章之重要，是因爲文章作者的重要。

朱光潛緣何寫檢討，還要發表在《人民日報》上？原因大概是多方面的。但根據慣例判斷，他顯然是被「幫助」過，這從他《自我檢討》的模式中可以看出。至於幫助人是誰、如何幫助等細節問題已不重要。

朱光潛何以成爲檢討第一人？僅僅是因爲他曾出任虛職的國民黨中央監察委員、亦或者他被列爲「搶救大陸學人計劃」的「第三號人物」？似乎不能令人信服。因爲同樣「顯赫」甚至比他更勝一籌的人還大有人在，〔註7〕即便是與他不相上下的馮友蘭、費孝通也被安排在他之後。〔註8〕顯然，其中還

〔註7〕僅1948年當選的國立中央研究院第一屆院士81人中，留在大陸或1950年代初期回到大陸的有60人，其中周鯁生曾擔任武漢大學校長、行憲國民大會代表，茅以升曾擔任河海工科大學校長、北洋工學院院長、交通大學唐山工學院院長、國民政府交通部橋梁設計工程處處長。還有陳垣、竺可楨、吳有訓、薩本棟等都曾擔任過大學校長。此外，曾擔任國民黨西南聯大區分部執委的清華大學歷史系主任雷海宗、曾擔任國民黨西南聯大區分部候補執委歷史系教授孫毓棠，以及曾擔任擔任過國民政府考試院院長的張伯苓，衛生部部長周詒春，國民政府監察院委員高一涵，三青團中央評議員、受蔣介石接見8次之多的國民黨籍教授賀麟等名人也都留在了大陸。而朱光潛的職位僅是虛職，幾乎不參加實際活動，領導黨對此也是知曉的。

〔註8〕儘管接替梅貽琦擔任清華大學校務委員會主任、國民黨西南聯大區分部執委、中央研究院院士、文學院院長、哲學系主任的馮友蘭早在1949年10月便私下寫信給毛澤東表示自己是個「犯錯誤的人」，「願意爲社會主義做點工作」。但他的《檢察我的學習》，還是在1949年11月28日才被安排發表。其後還有1950年在《新華月報》第1卷第4期發表的《一年學習的總結》和1950年10月8日在《光明日報》發表的《「新理學」底自我檢討》。另外，費孝通的《我這一

有更深層的原因。

（二）自由主義惹的禍

1948年3月1日，《大眾文藝叢刊》第一輯《文藝的新方向》中，載有兩篇與朱光潛直接相關的文章，即郭沫若的《斥反動文藝》和邵荃麟的《對於當前文藝運動的意見——檢討·批判·和今後的方向》。

郭沫若在文中譏諷道：「國民黨是可以有一位男作家的，那便是國民黨中央監察委員的朱光潛教授了。朱監委雖然不是普通意義的『作家』，而是表表堂堂的一名文藝學學者，現今正主編著商務印書館出版的《文學雜誌》。我現在就把他來代表藍色。」接著，他有針對性地寫道：

> 當今國民黨當權，爲所欲爲地宰治著老百姓，是不是黨老爺們都是「生來演戲」的，而老百姓們是「生來看戲」的呢？照朱教授的邏輯說來，又能夠得出一個答案，便是「是也」！認眞說，這就是朱大教授整套「思想」的核心了。他的文藝思想當然也就是從這兒出發的。由他這樣的一位思想家所羽翼著的文藝，你看，到底是應該屬於正動，還是反動？〔註9〕

邵荃麟在文中批評道：「更主要的，是地主大資產階級的幫兇和幫閒文藝。這中間有朱光潛、梁實秋、沈從文等人的『爲藝術而藝術論』……這些人，或則公然擺出四大家族奴才總管的面目，或者扭扭揑揑化裝爲『自由主義者』的姿態，但同樣掩遮不了他們鼻子上的白粉。……我們決不能因其脆弱而放鬆對他們的抨擊。因爲他們是直接作爲反動統治的代言人的。」〔註10〕

這還不算，邵荃麟在《大眾文藝叢刊》第二輯中還另撰文批判道：

> 這一年來，我們看過了許多御用文人的無恥文章，但我們還找不出一篇像朱光潛在《周論》第五期上所發表的《談群眾培養怯懦與兇殘》那樣卑劣，無恥，陰險，狠毒的文字。這位國民黨中央常

年》在1950年1月3日被安排發表。當然早在1949年10月1日之前，《大公報》的王芸生爲了表示投誠的決心，已經在1949年4月10日《進步日報》上發表檢討《我到解放區來》，之後又於9月13日發表《本報自我批評》的社論。

〔註9〕郭沫若：《斥反動文藝》，《大眾文藝叢刊》第一輯《文藝的新方向》，香港生活書店1948年，第21頁。

〔註10〕荃麟：《對於當前文藝運動的意見——檢討·批判·和今後的方向》，《大眾文藝叢刊》第一輯《文藝的新方向》，香港生活書店1948年，第16～17頁。

務監察老爺，現在是儼然以戈培爾的姿態在出現了。

……我們要問一下朱光潛：當你們還騎在人民頭上的時候，當你們主子還在用達姆彈和裝甲車向徒手的人民衝鋒的時候，你這種撒嬌撒賴的做法，這種對人民群眾無恥的誣衊，是什麼作用呢？你以爲你主子的瘋狂屠殺還不夠徹底嗎？你以爲你的挑唆還不夠盡力嗎？〔註11〕

1948年8月，馬列主義文藝家蔡儀也根據指示撰寫了長文《朱光潛論》，〔註12〕將其美學和文學的理論貶斥爲「封建士大夫的舊的理論」、「把洋大爺的東西拿來撐撐腰，支持門面」，表現的是「文藝上的中體西用論」。〔註13〕郭沫若等人緣何如此兇神惡煞般地批判一個從事文學和美學研究工作的大學教授？或者說朱光潛究竟闖了什麼「禍」會令這些人如此大動干戈呢？

回顧歷史可以發現，朱光潛成爲眾矢之的的「禍源」，應該從1937年《文學雜誌》的創辦算起。

在《文學雜誌》的「發刊詞」中，身爲主編的朱光潛這樣寫道：「中國所舊有的『文以載道』一個傳統觀念很奇怪地在一般自命爲『前進』作家的手裏，換些新奇的花樣而安然復活著。文藝據說是『爲大眾』，『爲革命』，『爲階級意識』」。顯然，朱光潛在這裏批判的是左翼文藝。他還寫道：「我們用不著喊『剷除』或是『打倒』，沒有根的學說不打終會自倒，有根的學說，你就喊『打倒』，也是徒然」。在批評的同時，他還提醒說：「你如果愛自由，就得尊重旁人的自由。在衝突鬥爭之中，我們還應維持『公平交易』與『君子風度』。」〔註14〕不過，隨著抗戰爆發，《文學雜誌》被迫停刊，預期中的批評也被擱置了。

1947年6月，《文學雜誌》復刊，朱光潛在「復刊卷首語」上，再次明確《文學雜誌》復刊後的指導思想：

我們認爲文學上只有好壞之別，沒有什麼新舊左右之別。……市場上許多競爭的惡伎倆不幸久已闖進文壇，大家都想賣獨家貨，

〔註11〕荃麟：《朱光潛的怯懦與兇殘》，《大眾文藝叢刊》第二輯《人民與文藝》，香港生活書店1948年，第27～28頁。

〔註12〕蔡儀晚年坦陳，自己寫作《朱光潛論》並非出於自己的意願，而是「當時上海部分文藝工作者的學習小組所要求寫的，並在學習會上討論過的」。蔡儀：《美學論著初編・序》，上海文藝出版社1982年，第9頁。

〔註13〕蔡儀：《美學論著初編》（上），上海文藝出版社1982年，第444頁。

〔註14〕《我對於本刊的意見》，《文學雜誌》創刊號，1937年5月1日。

以爲打倒旁人就可以擡高自己，於是浪費精力於縱橫捭闔，鬧店罵街。其實這不僅是浪費精力，也顯得趣味低級。〔註 15〕

朱光潛在文中的用詞顯然是有所指的，明眼人一眼便能看出其中的究竟。這種含沙射影式的批評還體現在他的《學潮的事後檢討》中。這一次他將批判的矛頭指向政黨鬥爭的目的不純。他說：學潮中「有挾有某政黨背景而在背後操縱利用，以求達到政治鬥爭目的的」，少數操縱者「假民主的名號，作反民主精神的行動」。〔註 16〕

稍後，朱光潛又在《看戲與演戲——兩種人生理想》一文中引用了英國散文家斯蒂文森（R. L. Stevenson）在散文《步行》中的一段話：

說到究竟，能拿出會遊行來開心的並不是那些扛旗子遊行的人們，而是那些坐在房子裏眺望的人們。

然後他有感而發道：「但是我們看了那出會遊行而開心之後，也要深心感激那些扛旗子的人們。假如他們也都坐在房子裏眺望，世間還有什麼戲可看呢？」〔註 17〕

從這些綿裏藏針的話語中可以判斷出，郭沫若爲什麼會如此敏感於「看戲」和「演戲」這一形象比喻。

如果說，這幾篇文章都是朱光潛借曲筆來表達自己的一種觀點，那麼接下來的《蘇格拉底在中國（對話）——談中國民族性和中國文化的弱點》中，則直接體現了他對時局的關注和判斷。文中，他借虛擬的林、褚兩先生的口說：「國內有兩個大政黨，都不體念人民的痛苦，一味用私心，逞意氣，打過來，打過去，未建設的無從建設，已建設的盡行破壞。」「一些幹黨幹政治的人，他們利用學生們作他們的工具，叫他們宣傳呀、組織呀、發動學潮呀，以至把學校弄成不是讀書的地方，而是政治鬥爭的場所」。爲此，他借蘇格拉底的話說：「事實上確有一些宗教要人趁著熱血來朝，本著盲目的情感，去殺人，去做其他無意義的事。這是狂熱主義（fanaticism）。……我看你們中國現在許多做政治鬥爭的人們也還在蹈以往的覆轍。他們正在中宗教熱忱的毒，他們不尋求光明而在玩火。」〔註 18〕

無疑，這是朱光潛作爲一個自由主義者面對中國現狀所作的個人的思

〔註 15〕《文學雜誌》（復刊號）第 2 卷第 1 期，1947 年 6 月。
〔註 16〕《獨立時論集》第 1 集，1947 年 6 月。
〔註 17〕《文學雜誌》第 2 卷第 2 期，1947 年 7 月。
〔註 18〕《文學雜誌》第 2 卷第 6 期，1947 年 11 月。

考，而對於此刻正劍拔弩張的國、共兩黨來說，這些言論都是不中聽的。

朱光潛對於時局的態度並沒有停留在批判表面上，在《自由分子與民主政治》一文中，他將這種思考深入下去。他說：「在像中國這樣的國家裏，眞正能代表民意的是自由分子。自由分子的思想既然比較穩健純正而又富於代表性，它在一個民主國家裏就應該是一個不可忽視的保持平衡的力量。」他還說：「政治上一個難能可貴的德行是容忍，而今日中國的政黨，容忍是談不到的。你不是我的朋友，就是我的仇敵；既是我的仇敵，我就非把你打倒不可。這是在朝黨與在野黨的一致的看法。」〔註 19〕這表明，朱光潛等精英自由主義者已對國、共兩黨完全失望，而寄希望於「第三種力量」。

隨後，朱光潛又針對國內頻發的暴亂事件撰寫了《談群眾培養怯懦與兇殘》。文中，他指責那些團體分子不負責任地做「匿名揭帖」、「含沙射影」的下流事，批評他們表面上靠群眾掩護，實際卻是「怯鼠馴羊」。爲此他倡言道：「今日世界所需要的是清醒，和愛與沉著，而今日群眾所走的是瘋狂，怨恨浮躁，與怯弱的路。回頭是岸，讓我們禱祝卷在潮流中的人們趁早醒覺！」〔註 20〕正是在這篇文章的刺激下，邵荃麟才以《朱光潛的怯懦與兇殘》作出尖銳回應和批判。

在郭沫若等人拋出集束式的大批判後，朱光潛依然我行我素，先後撰寫了《給不管閒事的人們》、《談行政效率》、《思想就是使用語言》、《給苦悶的青年朋友們》、《行憲以後》、《立法院與責任內閣》、《詩人與英雄主義》、《爲「勘建委會」進一言》、《自由主義與文藝》、《國民黨的改造》等文章。甚至在戰局已發生轉變之際，他仍繼續撰寫了《世界的出路——也就是中國的出路》、《駝鳥埋頭的老故事》、《談恐懼心理》、《我要向青年說的》等系列關涉文藝、政治的文章，繼續標舉自由主義主張。

在這些文章中，最具代表性的文章是《自由主義與文藝》。文中他寫道：「我擁護自由主義，其實就是反對壓抑與摧殘，無論那是在身體方面或是在精神方面。」他還據此提出自己的文藝主張：「第一，文藝應自由，意思是說它能自主，不是一種奴隸的活動。奴隸的特徵是自己沒有獨立自主的身份，隨在都要受制於人。……藝術的活動主要地是自由的活動。……這自由性充分表現了人性的尊嚴」；「第二點與這一點正密切相關：文藝的要求是人

〔註 19〕《香港民國日報》，1947 年 12 月 22 日。
〔註 20〕《周論》1 卷 5 期，1948 年 2 月。

性中最可寶貴的一點，他就應有自由的生展，不應受壓抑或摧殘。」他接著說：

> 我反對拿文藝做宣傳的工具或是逢迎諂媚的工具。文藝自有它的表現人生和怡情養性的功用，丟掉這自家園地而替哲學宗教或政治做喇叭或應聲蟲，是無異於丟掉主子不做而甘心做奴隸。損人利己是人類的普遍的劣根性，宗教家和政治家之流要威迫利誘文藝家做他們的奴隸，或屬情理之常；而文藝家自己卻大聲嚷著：「文藝本來只配做宗教，道德和政治的奴隸；做奴隸是文藝的神聖的義務！」這就未免奴顏屈膝而恬不知恥了。〔註21〕

這些言論和行爲體現了一個自由主義者的責任和良知，卻深深刺痛了那些工具論的鼓吹者，他獲得「反動作家」的頭銜也是情理之中的了。

可見，朱光潛與左翼文藝界的交惡由來已久。而且，既然雙方如此水火不容，在即將執掌國家政權的一方來說，理所應當地將敵對者拒之於第一屆文代會和「中華全國文學藝術界聯合會全國委員會」及其所屬的「中華全國文學工作者協會」之外。特別是作爲國家未來統帥的毛澤東，在 1949 年 8 月以來接連發表了《丟掉幻想，準備戰鬥》、《別了，司徒雷登》、《爲什麼要討論白皮書？》、《「友誼」，還是侵略？》和《唯心歷史觀的破產》等多篇聲討文章，批評了對美國還存有幻想的自由主義分子和民主個人主義者。對於朱光潛來說，這種來自主流意識形態的壓力讓他有些透不過氣來。這樣，在「要求」與「需要」的「雙向選擇」中，他不得不接受「幫助」，以《自我檢討》表明態度。

二、命途多舛：向「人民」投降

（一）投降之緣由

《自我檢討》公之於眾後，朱光潛便與檢討結了緣。截至 1957 年底，他先後撰寫了《關於美感問題》、《致留美某同學》、《從參觀西北土地改革認識新中國的偉大》、《從土改中我明白了階級立場》、《最近學習中的幾點檢討》、《我是怎樣克服封建意識和買辦思想的 —— 最近的學習與自我批評》、《澄清對於胡適的看法》、《我也在總路線的總計劃裏 —— 學習總路線的幾點體會》、《我的文藝思想的反動性》、《百家爭鳴，定於一是》、《讀〈在延安文藝座談

〔註21〕《周論》第 2 卷第 4 期，1948 年 8 月 6 日。

會上的講話〉的一些體會》、《我們有了標準》、《不能先打毒針而後醫治》等檢討或類檢討的文章。「檢討」也眞正成爲他生活的一部分。

這裏有一個問題需要明確：一個文化精英和自由主義者，如何會在這麼短暫的時間裏就放棄了自己的思想而歸順主流意識了呢？考察其思想變異的原因，大概可以歸納爲以下四個方面：

其一，1949 年後國家政體外在的民主化。這種民主化的直接體現便是中央人民政府委員人員的構成：6 位中央人民政府副主席中，民主人士占一半；政務院從總理到委員、副秘書長的 26 人中，非共產黨人士占 14 人，四個副總理中，兩個不是中共黨員；56 位中央人民政府委員中，非共產黨人士幾乎占一半；其它各部、委、署、院中，非共產黨人士約占三分之一，許多民主黨派人士擔任了部長或主任。著名記者李普曾爲此描述說：「當時我國政治舞臺上爲爭取民主自由而奮鬥的知名代表人士，可謂盡在其中。」〔註 22〕而衝這一點，那些一直以爭取民主、自由爲己任的人士沒有理由不接受並擁護這個新政權。李普還追憶說：「當時到處聽得到人們讚歎不已，共產黨了不起，眞正以天下爲公！她千辛萬苦團結人民打下了江山，又眞心誠意團結其他民主黨派和無黨派民主人士來共同治理。」〔註 23〕

這可以說是當時知識分子的普遍感觸，也恰是因爲這一民主聯合政府的外在形式，促使那些心生懷疑的人迅速倒向新政權，這其中也包括朱光潛。當然，至於民主形式的內部運行機制和規則，像他這樣被閒置起來的邊緣人士是無從知曉的。

其二，國家的相對統一，政治的相對清明。1949 年後，不管國家的實際困難有多大，但戰爭畢竟結束了，社會也相對安寧了，對於任何一個經歷過 11 年戰亂的中國人來說，無疑都是值得慶賀的。作爲一個憂國憂民的現代文人，朱光潛這些年的身心也已經緊張、疲憊到了極點。他需要安定，需要修養生息，而且從短期的觀察來看，執政黨的精神狀態和樸素的工作作風要明顯好於國民黨。儘管他心底裏並不太歡迎這個新生的政權，但也只能退而求其次了。對此，他在 1950 年 2 月 27 日寫給留美同學的信中作了描述：「國內情形想有親友談及，就一般情形說，各部門均在積極革新，氣象與以前大不同；如能維持數年和平局面，努力從事生產事業，則中國轉瞬間即成一泱泱

〔註 22〕李普：《開國大典的懷念》，《文摘報》，1998 年 12 月 13 日。
〔註 23〕李普：《開國大典的懷念》，《文摘報》，1998 年 12 月 13 日。

大國矣。」〔註24〕

另外，新政權的誕生同時也意味著此前不對等的外交的結束，這對於像朱光潛這樣深受傳統文化薰陶的人來說，的確會享受到片面的振奮。因爲，在他們的精神深處，始終深藏著一段歷史屈辱感，以及由此構成了他們普遍性的自卑情結和不自覺的狹隘的民族主義情緒。儘管蘇聯在援助中國方面遠沒有達到預期，斯大林又強迫中國出兵朝鮮，但這些外來的壓力僅停留在少數高層人士那裏，朱光潛是根本感覺不到的。因此，他未能理性地思考美國等制裁中國會帶來怎樣負面的影響，也如普通工人、農民一樣，充分享受著翻身解放、揚眉吐氣的感覺，還不無憧憬地說：「像這樣健全的國家是會能戰勝一切帝國主義的反動勢力而穩步去完成她的偉大使命的。」〔註25〕

其三，親身參與土地改革，對新政權的認識有了切身體會。1950 年 12 月至 1951 年 1 月，朱光潛等被統戰部安排到農村實地生活了一個月。對於出身書香門第又長期身居城市只與知識人打交道的朱光潛來說，這種體驗既是新鮮的又是深刻的。他曾深有感觸地說：「這次參觀西北土地改革，我第一次有了機會接觸到人民政府從中央至鄉村的各級幹部，親眼看到了他們怎樣進行土地改革這件大工作，我的模糊的認識於是具體化了，明確化了，……我們接觸較多的是下級幹部，他們說話的沉著，辦事的老練，生活的刻苦，以及作風的民主，處處都叫我們這批教授不但佩服，而且慚愧。我從此看出，我們的中國現在已經有了古代政治思想家所認爲治國的兩大法寶：『治法』和『治人』，整個國家機構已成爲全面與局部息息相通的有機體，其中每個細胞都充滿著活力。這種情形不但在中國無前例，就是英美法各資本主義國家也都還差得很遠。」〔註 26〕不久他又撰文說：「我聽到農民對地主訴苦說理，說到聲淚俱下時，自己好像就變成那個訴苦的農民，眞恨不得上前打那地主一下。有時訴苦人訴到情緒激昂時，情不自禁地伸手打地主一耳光。我雖記得這算違背政策，心裏卻十分痛快，覺得他打得好。如果沒有這一耳光，就好像一口氣沒有出完就被捏住喉管兒似的。」〔註27〕

這一點，時任教育部副部長的錢俊瑞曾總結說：「中國的知識分子大多與

〔註24〕〔美〕《留美學生通訊》第四卷第二期，1950 年 5 月 13 日。

〔註25〕《從參觀西北土地改革認識新中國的偉大》，《人民日報》，1951 年 3 月 27 日。

〔註26〕《從參觀西北土地改革認識新中國的偉大》，《人民日報》，1951 年 3 月 27 日。

〔註27〕《從土改中我明白了階級立場》，《光明日報》，1951 年 4 月 13 日。注：本文未被收入《朱光潛全集》。

土地有聯繫，他們在土地革命的鬥爭中是動搖的，但是他們的立場是可以經過教育而改變的。」〔註 28〕事實也確實如此，很多思想頑固的知識人都是因為土改而扭轉思想認識的。如清華大學教授吳景超說：「在解放以後，我們也學過階級觀點和群眾觀點，但兩年的學習，其所得似不如一個月的實踐為深刻。」〔註 29〕北京大學教授汪宣也說：土改「對於知識分子，實在是理想無比的思想改造的好機會，就我個人來說，它將是我思想改造過程中的里程碑。」〔註 30〕

當然，他們不知道，正是借著土改的「東風」，隨後的思想改造運動便拉開了序幕。

其四，現實生活的擠壓。進入 1949 年以來，朱光潛的日子開始不好過起來。他先是聽說好友沈從文經受不住壓力而患上迫害狂，割脈自殺。接著，他被拒於第一界文代會及全國文聯、文協等組織之外，讓他深感不安和不平。更重要的是，對他的有組織的批評一直在持續著。1950 年 1 月 10 日，《文藝報》第一卷第八期刊出蔡儀的《略論朱光潛的美學思想》和黃藥眠的《答朱光潛的美學思想》兩篇批判文章，目標直指自己。蔡儀以新帳老賬一起算的角度批評說：「他反對文藝與實際人生中最主要一面的政治結合，所以他從來對於革命文學就是深惡痛絕地責罵，……對革命文學家，也是罵得狗血噴頭」。黃藥眠則宣判說：「朱先生的學說，是和我們今天馬列主義的藝術思想直接處於衝突地位，是和我們今天的文藝運動背道而馳。」

正是在這樣的壓力下，朱光潛不得不把自己列為「國民黨軍政人員」，於 1950 年 4 月到北京市公安局登記，接受八個月的管制，至 1950 年 12 月解禁。〔註 31〕而在此之前他的北大西語系主任也被撤換。

還有，儘管朱光潛已表示出向新政權靠攏，而且接連發表了幾篇「進步」的思想心得，但在思想改造運動中，他仍在劫難逃，先後被定為西語系和全校重點批判的對象之一。而且北大還以系列漫畫的形式搞了「朱光潛展覽室」，其中第一幅畫是他孩提時拖著一條小辮子跪在「天地君親師」的牌位前。

〔註 28〕《建國以來重要文獻選編》第 1 卷，中央文獻出版社 1992 年，第 90 頁。

〔註 29〕《參加土改工作的心得》，《光明日報》，1951 年 3 月 28 日。

〔註 30〕《我在土改工作中的體驗》，《光明日報》，1950 年 4 月 2 日。

〔註 31〕因為朱光潛及時檢討，被管制的時間僅僅是 8 個月，而不積極的雷海宗被管制了 1 年，賀麟則被管制了長達 2 年的時間。

儘管朱光潛在被問及對此事的看法時輕描淡寫地說：「很好」，〔註 32〕但這樣侮辱人格的事在誰那裏會眞的感覺「很好」呢？只是朱光潛性格比較懦弱罷了。

除了精神上的打擊外，在物質待遇和現實生活上朱光潛也頻遭重創。「院系調整」後，在 1953 年新工資方案的教師評級中，他由原北大屈指可數的一級教授降爲七級教授。而且，由於北大遷往原燕京大學的校址，朱光潛被安置在校內另一位先生的中式住宅的後竈房，且房屋破舊不堪。常風當年曾親臨拜訪目睹這一景觀。他描述說：「只見經過大雨後，屋裏紙頂棚被淋塌了下來，還有一部分拖掛在半空。臥室床上放著兩個臉盆接雨水，外間客廳在漏水。」〔註 33〕面對這樣的生活境遇，朱光潛只能默默忍受，也不得不低下頭來。

（二）投降之歷程

仔細研讀朱光潛的檢討文本，再對照 1949 年後的部分表現，可以判定他的思想的確發生了變化。不過，這種變化是複雜的，也經歷了一個漸進的過程，這一點可以從他不斷升級的檢討中看出。可以說，在第一份「自我檢討」中，朱光潛雖主動檢討了自己，但在行文中卻很難讀出政治運動的緊張感和壓迫感，相反卻有一種閒庭信步之感。例如在揭批自己的錯誤事實時，他說：「我向來胡亂寫些文章，報章雜誌的朋友們常來拉稿，逼得我寫了一些於今看來是見解錯誤的文章，甚至簽名附和旁人寫的反動的文章。」談到思想根源時，他說：「我的父祖都是清寒的教書人。我從小所受的就是半封建式的教育，形成了一些陳腐的思想，也養成了一種溫和而拘謹的心理習慣。」「假如說我有些微政治意識的話，那只是一種模糊的歐美式的民主自由主義。」〔註 34〕

這樣的感覺在稍後的《關於美感》中仍延續著。針對蔡儀、丁進的批評，朱光潛答覆說：「我的見解大半是融合當時流行的多數美學家公認的見解而成的，現在從馬列主義的觀點看，有許多地方是錯誤的或過偏的（二十年前的書有幾部能免這些毛病呢），這一點我願意坦白地承認。」但他隨即「狡辯」說：「任何書籍都難免有錯誤，我承認我的兩本幼稚的書不能例外或是

〔註 32〕常風：《回憶朱光潛先生》，《黃河》，1994 年第 1 期。
〔註 33〕常風：《回憶朱光潛先生》，《黃河》，1994 年第 1 期。
〔註 34〕《自我檢討》，《人民日報》，1949 年 11 月 27 日。

我所介紹的學者們就已經錯誤，或是我把他們介紹錯誤了。」〔註 35〕可見，此時他還能堅持「一邊……一邊」的「迂迴戰術」。

在疾風勁雨式的思想改造運動中，這種「戰術」便自動消失了，朱光潛開始眞正「觸及靈魂」了。同樣是揭示「錯誤」歷史，這時他說：「在抗戰中武漢大學教務長任內，終於加入了國民黨，又以高級職員的身份調到國民黨『中央訓練團』受過訓，接著替《中央周刊》、《周論》、《獨立時論集》之類的反動刊物寫了些反動的文章，任過僞中央委員的名義，在北京還赴過蔣介石的宴會。」在談到思想根源問題時，他說：「影響我最大的是受剝削階級的封建教育。……後來自私自利，妥協動搖，都與這封建的家教有關。」他還就自己的自由主義主張檢討說：「事實上主張超政治便是維護——至少是容忍——反動的統治，如果加以鼓吹，也便是反革命。……在革命和反革命的猛烈鬥爭中標榜『中間路線』，鼓吹『超政治』，遲早總要捲進反動政權的圈套裏去，和他『同流合污』。」〔註 36〕

可以看出，朱光潛此時的檢討其上綱上線的程度、對自我的貶損力度都較此前有了提高。常風多年後回憶說：「我沒有見過哪一位批判對象寫過他那樣認眞地檢查，厚厚一本總有幾十頁，說不來他寫過幾本。他的檢查是很全面的，他的反動立場、他的反動思想、學術觀點等等，都一一檢查到了。在寫檢查的同時，他還學習馬列著作提高他的認識水平和批判能力。思想改造後大家談論起來，都說朱先生寫的檢查是很深刻認眞地」。〔註 37〕

不知道那幾大本檢討材料現在是否還存在，如能有幸閱讀到這些珍貴的思想心得，定能更全面、更細緻地把握朱光潛當時的思想狀況。

在思想改造運動的衝擊下，朱光潛多次撰文清點自己的思想。如在談到個人與集體的關係時，他辨析說：「國家把我擺在高等學府裏擔任培養幹部的工作，這是一個極光榮的任務；肯把這任務交給我，是對我有極大的信任，是把我當做一個人。」「爲了總路線的勝利，我就必須忠心地遵守這個總計劃，盡我的一分力量，起我的一分作用。」〔註 38〕

由此可以看出，朱光潛已經開始有意識地將個體的「我」置於集體的

〔註 35〕《文藝報》一卷第八期，1950 年 1 月 10 日。

〔註 36〕《最近學習中的幾點檢討》，《人民日報》，1951 年 11 月 26 日。

〔註 37〕《回憶朱光潛先生》，《黃河》，1994 年第 1 期。

〔註 38〕《我也在總路線的總計劃裏面——學習總路線的幾點體會》，《光明日報》，1954 年 1 月 15 日。

「我們」中，他的自由主義思想已經大打折扣了，這在《我的文藝思想的反動性》一文中得到進一步的確認。文中他寫道：解放以來，自己「一直存著罪孽的感覺，渴望把馬克思列寧主義學好一點，先求立而後求破，總要有一天把自己的思想上的陳年病菌徹底清除掉」。然後他對自己過去的文藝思想從根源上、總體上作了相當全面而深刻的否定。他說：「我的文藝思想是從根本上錯起的，因爲它完全建築在主觀唯心論的基礎上」，「必然是反現實主義的，也必然是反社會、反人民的」，所謂的「移情說」、「距離說」都是「藝術即直覺」的「補苴罅漏」，無非是站在唯心主義的立場來批判唯心主義的邏輯方法。他還說：自己接觸到馬克思列寧主義感覺是「『相知恨晚』！是欣喜也是悔恨」。〔註 39〕後來，在談論「百家爭鳴」的問題時，他還斷言道：「我敢說，將來在我的思想中戰勝的不是唯心主義而是馬克思列寧主義。」〔註 40〕

看得出，朱光潛在「立」與「破」的問題上確實是做過思考的，這在《美學怎樣才能既是唯物的又是辯證的——評蔡儀同志的美學觀點》、《論美是客觀與主觀的統一》等文中又有進一步的發展。而這個探求「立」的過程在《讀〈在延安文藝座談會上的講話〉的一些體會》中得到理論的昇華。文中他刻意指出，對於像自己這樣「毛病更深沉更顯著」的人來說，「毛主席的講話簡直是個當頭棒，打得准，而且打得狠」，不但「對於過去文藝界的病根作了切中要害的診斷」，而且「對於要摧毀什麼和要建立什麼也給了切中要害的處方」。他指出：文藝界的未來是屬於新生的工農兵作家的，所以「我們絕不應把眼光放在已經有些成就的專業的作家身上，還應更多地注意培養這批新生力量」。〔註 41〕可見，朱光潛已儼然以主人翁的姿態在布道了。

還不僅於此，經歷了「反右」的鬥爭洗禮，朱光潛的思想認識愈發「深刻」起來。「反右」開始後，他意識到自己的「莽撞」，於是趕寫了《我們有了標準》一文。文中，他開篇便寫道：「毛主席《關於正確處理人民內部矛盾的問題》一文的正式公佈，是從二月底以來，我國人民和全世界人民久已渴望的一件大事。在反黨反社會主義的右派思想言論進行批判中，這篇文件的公佈是很及時的。」〔註 42〕隨後他又在《不能先打毒針而後醫治》中詳細地

〔註 39〕《文藝報》，1956 年第十二號。
〔註 40〕《從切身的經驗談百家爭鳴》，《文藝報》，1957 年第 1 號。
〔註 41〕《文藝報》，1957 年第七號。
〔註 42〕《文匯報》，1957 年 6 月 24 日。

闡述了「紅」與「專」的問題，他說：「所謂『紅』與『專』的問題也就是這兩條路線的生死鬥爭問題中的一部分。……離開『紅』而講『專』，那是什麼樣的『專』呢？很難想像，我們既然要跟著黨走向社會主義，同時還要培養出一批反黨反社會主義的『專家』，來腐蝕我們自己，消滅我們自己。」他還剖析說：「我們大多數知識分子是從舊社會移交下來的，這批人在踏上新社會以前，在不同程度上已經在資產階級制度和教育下不同程度地各有所『專』。這是脫離『紅』的『專』。到了新社會裏，脫離紅的『專』，就是資產階級路線的『專』，所以，他們如果想用他們的一技之長來爲社會主義建設服務，就不得不補課，接受社會主義教育，進行思想改造。」〔註 43〕

在這一連串的辯證分析中，不難看出朱光潛的思想確實發生了轉變。

（三）「戴罪」立功

朱光潛的進步還不僅體現在自我剖析和貶損方面，他已經逐步學會寫表態、應景的文章。在思想改造運動中，他不失時機地將胡適送上審判臺：「胡適在五四時代便已站在反動的立場。反共，維持封建，擁護帝國主義，反對愛國運動，這是他始終一貫的基本態度。」隨後，他以極大的篇幅對胡適進行了全方位的清算，深刻分析了錯誤根源，還批評自己也曾同胡適一樣犯過很多錯誤，但也同時指出：「有一點我和胡適較不同，他逃到美國，我還留在北京，向新社會學習。」他還進一步警示說：「有人或許還存幻想，以爲胡適或許還可以改造。這是不明白胡適的本質。他曾盲目到底，反動到底的。他常自比『過河小卒』，誰曾見過過河小卒能走一步回頭路？」〔註 44〕

如果說朱光潛在被迫的情況下不得不批胡適，倒還可以理解，但是如此深刻和無情的批判不能說沒有主觀上的努力。在這次經歷後，朱光潛逐步掌握了批判的「要領」。在《剝去胡風的僞裝看他的主觀唯心論的眞相》中，他對胡風的「主觀戰鬥精神」進行了深入的學理分析和闡述，並將其整個文藝思想歸結爲一個等式：「創造過程＝藝術實踐＝生活實踐＝自我擴張＝思想鬥爭＝思想改造＝現實主義的最基本的精神」。最後他總結說：胡風與自己過去所站的唯心主義是一個文藝立場，所不同者自己的「主觀唯心主義是赤裸裸的「，而胡風的「主觀唯心主義是有層層僞裝的」。〔註 45〕

〔註 43〕《不能先打毒針而後醫治》，《光明日報》，1957 年 10 月 25 日。
〔註 44〕《澄清對於胡適的看法》，《新觀察》三卷九期，1951 年 12 月 1 日。
〔註 45〕《文藝報》，1955 年第九、十號。

平心而論，在眾多批罵胡風的文章中，朱光潛的這一篇是最透徹，也是最具學理意義的幾篇文章之一。

正是在這樣的慣性中，朱光潛在接下來的「反右」運動中開始頻頻「聯繫自己，染指他人」。他在《我們有了標準》中說：「我感覺到，在我們社會主義國家裏，如果聽任章伯鈞、羅隆基、章乃器、儲安平之流橫行無忌，天下固然就會大亂；如果廣大群眾之中有很多的人都像我這樣思想模糊，『見怪不怪』，天下也未必就能安寧。」〔註46〕在論證「紅」與「專」的問題時，他說：「在科學領域裏，離開『紅』而講『專』，那就成爲錢偉長、費孝通之流的『專』，……；在文藝領域裏，離開『紅』而講『專』，那就成爲馮雪峰、丁玲之流的『專』，……」〔註47〕他批判羅隆基說：「羅隆基一再大言不慚地說自己有代表大知識分子的資格。這是對於知識分子的侮辱。要說羅隆基代表知識分子，他也只能代表知識分子的最落後的一面。」他還杜撰了羅隆基「向黨進攻」的「三大步驟」：即「招兵買馬」、「秀才造反」、「引狼入室」。最後他說：「羅隆基這一批右派分子是要利用知識分子來造反，搞資本主義復辟，其結果只是把中國帶到殖民地的道路」。〔註48〕

通過這些檢討和批判可以看出，朱光潛已基本掌握了主流話語的批評方式，他的思想意識裏已被植入了另一套思想模式。

朱光潛的思想轉變雖無奈而艱難，但是也並非沒有回報。1950年5月，他作爲特邀代表參加了北京市文學藝術工作者大會；1956年，加入中國民主同盟，並任第二、三、四屆中央委員，9月參加全國文聯和全國政協組織的參觀活動；1957年2月被增補爲全國政協委員，此後歷任第三、四、五屆全國政協委員，第六屆全國政協常務委員會委員；1957年春參加全國文聯，被「選」爲全國文聯委員、作協理事和顧問；1957年，北京大學恢復其一級教授資格；此後還擔任了中國科學院學部委員。

爲此，朱光潛曾深有所感地說：「特別是在參加了文聯和全國政協之後，經常得到機會到全國各地參觀訪問，拿新中國和舊中國對比，我心悅誠服地認識到社會主義是中國所能走的唯一道路。」〔註49〕而且，因爲他的積極表

〔註46〕《文匯報》，1957年6月24日。

〔註47〕《不能先打毒針而後醫治》，《光明日報》，1957年10月25日。

〔註48〕《羅隆基要把知識分子勾引到什麼道路上去？》，《光明日報》，1957年12月25日。

〔註49〕《朱光潛全集・作者自傳》第一卷，安徽教育出版社1987年，第6～7頁。

現，在後來統計近 320 多萬的右派〔註 50〕中，他得以超然度外。甚至在此後的歷次政治運動中，他也都沒有受到多大衝擊。

創作上，朱光潛的確沒有建樹，僅在「雙百」初期嘗試著創作了舊體詩文《別長安》以及包括《玉門油田歌》、《蘭州歌》等五部簡短作品構成的《甘肅記遊雜詩》，其創作質量很難恭維。而在《總路線合唱》一文中，已過花甲之年的朱光潛也如郭沫若等激情型的「詩人」一樣欣然「走向大眾」，眞是讓人大跌眼鏡。他對此並不以爲然，甚至還這樣描述說：「在合唱的時候，我才好像丟掉了自己，沉沒到人海的脈搏跳動的大波瀾裏，不由得掉出歡樂的淚來。」〔註 51〕

可見，作爲精英自由主義者的朱光潛，已告別個人的思想自由而加入集體的頌歌洪流和盲從隊伍之列。

三、退卻中的「防守」

（一）未泯的學人意識

作爲「五四」啓蒙精神的繼承人，且有著多年西方思想文化薰陶的自由主義者，朱光潛雖未能堅決捍衛自由主義而成爲殉道者，但也並非是「一打就倒」的「無根派」。在他思想深處，自由主義以及學人的求眞意識已經紮下了根，即便是在思想整體趨於轉向和迷失的狀態中，也還保有一份執著。在《關於美感問題》一文中，他在承認錯誤的同時也從學術本身提出：

> 在無產階級革命的今日，過去傳統的學術思想是否都要全盤打

〔註 50〕根據 2005 年解密檔案，在這一次政治洗禮中（含 1958 年反右「補課「），共有 3，178，470 人被打成右派，1，437，562 人被定爲中間偏右的「中右分子」。見郭道暉：《毛澤東發動整風的初衷》，《炎黃春秋》，2009 年第 2 期；1982 年官方公佈的改正右派數字是 552，877 人。若按照 1982 年的數據，則未被改正的右派最終剩下 96 人，其中包括中央定性的五大右派：章伯鈞、羅隆基、儲安平、彭文應、陳仁炳。林希翎的右派改正書送達本人時，被拒絕簽收，也成爲這 96 人中的一個。關於此數據，戴煌有相關佐證：1978 年「全國公職人員中被改正的『右派』五十五萬二千八百七十七人，……這還不包括留下做『樣品』未予改正的，不包括尚未納入國家幹部行列的大學生、中學生、民辦教師、原屬民族資產階級工商界、民主黨派等等不拿國家工資的『右派』；據估計，這樣的『右派』不下十萬人。此外，還有數以萬計的不戴『右派』帽子而『內控』的『右派』。」見《胡耀邦與平凡冤假錯案》，中國工人出版社 2004 年，第 17 頁。

〔註 51〕《一個幼稚的願望》，《詩刊》第六期，1957 年 6 月。

> 到九層地獄中去呢？還是歷史的發展寓有歷史的聯續性，辯證過程的較高階段儘管是否定了後面的較低階段，而卻同時融會了保留了一些那較低階段的東西呢？

隨後，他以「蒸汽」、「水電」等為例說明社會主義社會也要繼承他們，因此不應全部推翻過去的美學原理，還需要「學習古典美學和美學史的發展，認清我們所應該否定的和所應該接受的」。這還不夠，在文章結尾處，他甚至以「請馬列主義者們想一想」的語句提出了期望，或者更確切地說是委婉地發出了學術挑戰。〔註 52〕可見，這時朱光潛依然能夠秉持獨立思考的慣性。

「百家爭鳴」的方針提出後，朱光潛不失時機地說：「百家爭鳴就是『集思廣益』，就是相信眞理是要從掌握全面事實而加以周密分析才可以得到」，它「體現著眞正科學的精神」，「眞正民主的精神」。而以往學術界「最不健康的風氣就是無公是公非」，「最壞的現象是對人不對事，要壓服人而不是要解決問題。壓服的辦法是亂扣帽子」，這種「主觀教條主義和庸俗社會學恰恰都是反馬克思主義的」，是有人「打著馬克思主義的招牌，做著反馬克思主義的勾當」。〔註 53〕

這些論調是可以看作朱光潛對以往不公批判的公開抗議，而高明之處在於，他以馬克思主義為擋箭牌。此後，在環境更適宜時，他的被壓抑的自由主義也漸漸復活。

在《談思想兩棲》中，朱光潛首先批評了唯心與唯物的二元庸俗社會學觀，進而提出這其中的一個客觀事實：「有些人的思想就像蛤蟆一樣，是水陸兩棲的，時而唯心，時而唯物」。他認為，這種現象產生的原因主要是那些「始終沒有建立一個徹底的完整系統」的人在思想發展後，卻不能克服他們自身的矛盾。他還進一步揭示說：「就連愛貼簡單標簽的歷史家們之所以那樣做，恐怕也還是由於他們的思想還停留在兩棲狀態。」〔註 54〕

如果說這樣的批評還僅停留在空泛的理論上的說教，在隨後的《從切身的體驗談百家爭鳴》一文中，朱光潛開始表達自己對所遭受的不公待遇的憤怒。文中，他批評那些「想步那位回教主和秦始皇的後塵」的人對於馬列主

〔註 52〕《文藝報》第一卷八期，1950 年 1 月。

〔註 53〕《百家爭鳴，定於一是》，《人民日報》，1956 年 7 月 11 日。

〔註 54〕《新建設》第三期，1957 年 3 月。

義、對於中国共產黨缺少信心和缺乏認識，並聲言：「馬克思列寧主義竟是像他們所怕得那麼弱不勝風，一經『百家爭鳴』，就會吹倒嗎？在中國思想界站領導地位的不是馬克思列寧主義嗎？還有那樣狂妄的人想打倒馬克思列寧主義而別樹一幟嗎？」而後他又結合自身經歷批評說：「在『百家爭鳴』的號召出來之前，有五、六年的時間我沒有寫一篇學術性的文章，沒有讀過一部像樣的美學書籍，或是就美學裏某個問題認眞地作一番思考。其所以如此，並非由於我不願，而是由於我不敢。……在『群起而攻之』的形勢之下，我心裏日漸形成很深的罪孽感覺，擡不起頭來，當然也就張不開口來。不敢說話，當然也就用不著思想，也用不著讀書或進行研究。人家要封閉我的唯心主義，我自己也就非盡力自己封閉唯心主義不可。我自己要封閉唯心主義，倒是出於至誠，究竟肅清了唯心主義沒有呢？旁觀的人對於這個問題會比我自己能作出較清醒的回答。我自己咧，口是封住了，心裏卻是不服。」〔註55〕

由此可見，朱光潛儘管已表示出眞誠的愧悔，也做了不算少的檢討，但在思想意識裏，他並沒有眞正服膺強加給他的那些批判，因爲所謂的批判並非以學理爲依據，所以即使他在感情和主觀願望上已傾向新政權，但在學術思想上還沒有轉過彎來，這可以說是他未泯的學人意識決定的。

（二）學術的轉向

列奧・斯特勞斯（Leo Strauss）在《信仰迫害與寫作藝術》中曾說：所謂思想自由，就是「有可能在少數公眾發言或作者提供的兩種或多種不同觀點之中作出選擇。如果不允許這樣的選擇，很多人應該有的思想意識的獨立性就被摧毀了，而這被摧毀的正是唯一在政治上有重要意義的思想自由」。〔註56〕朱光潛表現在對於學術上的堅守，恰是這樣一種情形。

針對蔡儀的《談「距離說」與「移情說」》，朱光潛撰寫了《關於美感問題》予以答覆。儘管他在文中仍以檢討爲主，但在美感與人生的問題上仍據理力爭，提出「美感是聚精會神去觀照一個對象時的感覺」，「不一定能與馬列主義的觀點相融洽」。他還說：「我願意在對於馬列主義多加學習之後，再對美學作一點批判融貫的工作，現在還不敢冒昧有所陳述。建立新美學是一件重大的工作，我們需要更謙虛的學習和更嚴謹的批判。」〔註57〕

〔註55〕《文藝報》，1957年第1號。
〔註56〕錢念孫：《朱光潛與中西文化》，安徽教育出版社1995年，第495～496頁。
〔註57〕《文藝報》一卷八期，1950年1月。

在接到《文藝報》組織的對朱光潛美學思想批判和討論的通知後〔註 58〕，他撰寫了《我的文藝思想的反動性》。文章同樣是在檢討的基調中展開，但他並沒有趨於政治壓力而喪失學術良知，他在文中首先剖析說：浪漫主義特別強調「自我」和個人情感想像的自由延伸，康德、黑格爾、叔本華、尼采、博格森以及克羅齊等都推崇形式主義，注重表現自我，再加上自己「魏晉人」的理想，所以導致形成「超現實」的唯心主義。隨後，他從純學理層面上闡述了自己唯心主義文藝思想是怎樣具體「反現實主義」和「反人民」的本質，還將這些「基本錯誤」歸結爲「移情說」和「距離說」，並進而指向「藝術即直覺說」和「爲藝術而藝術」。〔註 59〕

可以說，在這一闡述過程中，朱光潛的淵博學識和聰明智慧得以充分體現，可謂既嚴於剖析自己思想的本質，又「時時於不知不覺中爲自己思想發展的合理性作辯護」。〔註 60〕爲此有研究者稱：「以流行的激烈的革命言辭否定和批判自己的過去，再以馬克思主義思想爲基本前提重新審視美學問題，是朱光潛當時的唯一選擇。」〔註 61〕研究中國當代文學的著名學者佛克瑪（D. W. Fokkema）據此在其名作《中國文學理論與蘇聯影響》中特意指出：當朱光潛具體說明這些問題時，「其懺悔（regret）的語調幾乎完全消失了，而代之以對克羅齊和他自己藝術觀點的詳細描述」，他的檢討「實際上爲《文藝報》讀者提供了大量他們通常接觸不到的理論知識」。〔註 62〕

事實也確實如此，特別是在涉及具體事實和問題時，朱光潛一方面顯示出態度的誠懇，一方面又在眞切地紹介和傳播西方的文藝美學知識。對此，季羨林在回憶中這樣寫道：

> 思想改造運動時，有人告訴我說是喜歡讀朱先生寫的自我批評的文章。我當時覺得非常可笑：這是什麼時候呀，你居然還有閒情逸致來欣賞文章！然而這卻是事實，可見朱先生文章感人之深。〔註 63〕

〔註 58〕朱光潛在《作者自傳》中披露：「美學討論開始前，胡喬木、鄧拓、周揚和邵荃麟等同志就已分別向我打過招呼，說這次美學討論是爲澄清思想，不是要整人。」參見《朱光潛全集》第一卷，安徽教育出版社 1987 年，第 7 頁。

〔註 59〕《文藝報》，1956 年第十二號。

〔註 60〕錢念孫：《朱光潛與中西文化》，安徽教育出版社 1995 年，第 435 頁。

〔註 61〕錢念孫：《朱光潛與中西文化》，安徽教育出版社 1995 年，第 433 頁。

〔註 62〕錢念孫：《朱光潛與中西文化》，安徽教育出版社 1995 年，第 436 頁。

〔註 63〕季羨林：《他實現了生命的價值——悼念朱光潛先生》，《文匯報》，1986 年 3 月 14 日。

當然，目前尚無證據表明，朱光潛此舉是有意爲之，而從他檢討的眞誠度中來判斷也確無此意，但他的這種無心插柳恰表現出一個學人的學術勇氣和對學術眞理的道德持守。當然，還可以從另一方面來做理解，他太天眞了，天眞地以爲這次美學大討論是「在『百家爭鳴』的號召之下」〔註 64〕開展的，所以在整個論爭中他仍堅持「爲學術而思想」，卻不知這是文藝界在貫徹和落實中央「展開對資產階級唯心主義思想的批判」〔註 65〕的工作部署。

朱光潛的學術態度是認眞的，這表現在諸多問題的認識和維護上。如在回答「美究竟是什麼」的問題上，他指出：「馬克思列寧主義的美學對於這個問題的解決指示了一些總的原則，首先是列寧的反映論以及關於藝術的黨性和藝術的人民性的一些指示。但是如何運用這些總的原則來解決美的具體問題，就我所看到的蘇聯關於這方面的論著來說，好像也還是正在探討中，還沒有作出很圓滿的結論。我認爲對複雜的問題過早地作簡單化的結論是無助於科學進展的。」〔註 66〕

這樣精彩、到位的點評，是朱光潛以 55 歲的年齡從 1952 年以托爾斯泰的《戰爭與和平》的原版本和中譯本開始學習俄文以來的成績檢驗。他的這種學術思想的追求也體現在《從切身的經驗談百家爭鳴》一文中，針對以往批評者對自己的不公批評，他毫不客氣地回敬說：「在美學上要說服的人就得自己懂得美學，就得拿我所能懂得的道理說服我。單是替我扣一個帽子，儘管這個帽子非常合適，是不能解決問題的；單是拿『馬克思列寧主義美學認爲……』的口氣來嚇唬我，也是不解決問題的，因爲我心裏知道，『馬克思列寧主義美學』還只是研究美學的人們奮鬥的目標，還是待建立的科學；現在每人都掛起這面堂哉皇哉的招牌，可是每人葫蘆裏所賣的藥卻不一樣。在『馬克思列寧主義美學』這面招牌下，就已有『百家在爭鳴』著了。」同時他還指出，批評者對於美學的認識水平很低，雖然都引用馬克思關於「人化的自然」那一段話，但「都有點像在捉迷藏，甚至對藝術是意識形態一個基本原則也還是茫然的」。〔註 67〕

〔註 64〕《從切身的經驗談百家爭鳴》，《文藝報》，1957 年第 1 號。

〔註 65〕文中寫道：「在過去幾年中，還沒有對資產階級思想，特別是資產階級哲學——唯心主義思想進行有系統的批判，而這個任務現在是必須著手了。」參見《展開對資產階級唯心主義思想的批判》，《人民日報》（社論），1955 年 4 月 11 日。

〔註 66〕《文藝報》，1956 年第十二號。

〔註 67〕《文藝報》，1957 年第 1 號。

後來朱光潛還在《論美是客觀和主觀的統一》中批評說：那些教條主義的人，「只是片面看問題，在未消化的概念上兜圈子，所以在基本精神上都是違背馬克思主義的。他們還對於馬克思主義本身作了一些曲解和不正確的應用。這些都是美學前進路上的大障礙。」〔註68〕並詳細闡述了「曲解」和「不正確」應用的三種情況。可見，朱光潛研究馬克思主義完全是從學理本身出發，因而也能抓住問題的要害。對此錢偉長和陶大鏞曾談及說：「由於朱老勇於追求眞理而又不人云亦云，由於他學習馬克思主義的態度是實事求是而不是敷衍了事，使他在馬克思主義著作的研究中避免了教條主義。」〔註69〕

研究者還指出，朱光潛這種對於學術的持守，一定意義上也抵制了那時流行的庸俗社會學和機械教條主義，並間接「起著帶動大家不斷前進之作用，從而大大促進了美學研究空前普遍的蓬勃發展」，〔註70〕同時「爲當時壓抑鬱悶的美學界乃至整個思想文化界，吹進了縷縷清新的學術空氣」〔註71〕。雖然，在政治高壓下，他不得不檢討，但卻沒有污辱他的高貴的品格和心靈。不過話說回來，朱光潛的學術態度和精神是值得尊敬的，但他拿眞學問與「極左」政治的偏狹學問爭鳴，是很有些堂吉訶德的味道的。

縱觀朱光潛1949年後的思想發展，可以說他一方面在向馬列主義及其文學、美學「思想」靠攏，確立了「美是主客觀的統一」、「『物甲』、『物乙』說」，以至後來發現並肯定所謂馬克思的人道主義，甚至宣稱：「我不是共產黨員，但是一個馬克思主義者」〔註72〕；一方面他又在有意無意地持守著學人本色，並借助於學術研究來適時表達自己的聲音。可以說，朱光潛雖未能實現他的「人生藝術化」的理想，卻意外地換來「人生學術化」的現實。他是在不經意間完美地演繹了自己曾深惡痛絕的「思想兩栖」現象，只是他比蕭乾、沈從文等自由派作家做得更具理論化、抽象化、完美化一些。不知道這究竟算他的幸還是不幸？因爲作爲自由主義的文藝家，朱光潛已淡出了文藝界和思想界。

〔註68〕《哲學研究》第四期，1957年8月。

〔註69〕錢偉長、陶大鏞：《不厭不倦，風範長存——沉痛悼念朱光潛同志》，《人民日報》，1986年3月21日。

〔註70〕洪毅然：《悼朱老》，《朱光潛紀念集》，安徽教育出版社1987年，第68頁。

〔註71〕錢念孫：《朱光潛與中西文化》，安徽教育出版社1995年，第435頁。

〔註72〕胡喬木：《記朱光潛先生和我的一些交往》，《朱光潛紀念集》，安徽教育出版社1987年，第24頁。

第二節　沈從文：在沉默中「謙退」

與朱光潛的相對鎮定比起來，沈從文則是在一種極端恐懼之中等待「解放」的。

1948 年 12 月，沈從文的舊友、時任中華民國代理教育部長的陳雪屏抵達被包圍的北平，同樣規勸沈從文攜家小南下，但被婉言謝絕。沈從文沒有走的原因是多方面的，其中，中共地下黨員樂黛雲和左翼學生李瑛、王一平等人爭先上門挽留；左翼作家樓適夷託黃永玉寫信，說共產黨不會把他怎樣，勸他留在北京；他的老朋友朱光潛、楊振聲等在此前的商議中都已表示不走；考慮到孩子們未來的教育和成長問題，即如他自己所說：「我不向南行，留下在這裏，本來即是爲孩子在新環境中受教育，自己決心作犧牲的！」〔註 1〕還有，他也確信丁玲、何其芳、吳晗等這些在共產黨內有一定地位的朋友，在關鍵時刻會拉自己一把。而且他以爲自己既不跟國民黨「反動派」走，又不到美國去，已經表明自己在向共產黨和廣大「人民」靠攏了。

總之，沈從文留下來了，至於原因，或許並不那麼重要，因爲不管哪個黨來，他與大多數的知識人都不會走，這是一代人的宿命，是眞正的「特殊國情」。當然，他也預感到會有一個清算的過程，並做了最壞的打算，還將一些可能不宜留存的書分送給朋友和同學，還說：「我這個人也許該死，但是這些書並沒有罪過，不應該與我同歸於盡。」〔註 2〕

在這樣矛盾而忐忑的不安中，沈從文被「解放」了。

〔註 1〕《沈從文全集》第 19 卷，北嶽文藝出版社 2002 年，第 17 頁。
〔註 2〕馬逢華：《懷念沈從文教授》，《傳記文學》第二卷第一期，1957 年。

一、「雨未來，風滿樓」

（一）進入夢魘

歷史進入到 1949 年 1 月，在中國社會和政治局勢急轉直下之際，北平的戰事已進入到最後階段。已過不惑之年的沈從文，也隨著這一刻的到來，開始步入別一樣的人生天地，他在許多私密文字中記錄下了自己的心境：

> 我應當休息了，神經已發展到一個我能適應的最高點上。我不毀也會瘋去。〔1949 年 1 月初，題於《綠魘》校正本文末。〕〔註 3〕

> 城，三數日可下，根據過往恩怨，我準備含笑上絞架。〔1949 年 1 月上旬，致黄永玉信。〕〔註 4〕

> 我沒有前提，只是希望有個不太難堪的結尾。沒有人肯明白，都支吾開去。完全在孤立中。孤立而絕望，我本不具生存的幻望。〔1949 年 1 月 30 日，在張兆和來信中所作的批語。〕〔註 5〕

> 但如果工作和時代游離，並且於文字間還多牴牾，……即有些些長處，也不免游離於人群的進步思想以外，孤寂而荒涼。這長處如果又大多是「抽象」的，再加上一些情緒糾纏，久而久之，自然是即在家庭方面，也不免如同孤立了。平時這孤立，神經支持下去已極勉強，時代一變，必然完全摧毀。〔1949 年 3 月 13 日，致親屬張以瑛信。〕〔註 6〕

在這些透著極度悲傷和絕望的「囈語狂言」中，可以發見，沈從文面臨著巨大的壓力。在這種壓力之下，他不時出現精神恍惚，陷入瘋癲狀態，老是懷疑有人監視他，慢慢的患上了類似迫害狂狀的病症。如果將沈從文這一段夢魘般的日子與他的以「魘」爲題的六篇作品相比照，不妨在《綠魘》、《黑魘》、《白魘》、《赤魘》、《青色魘》、《橙魘》等文外，再加一個「夢魘」，那時再結集爲《七色魘集》〔註 7〕，當是名副其實了。

看來，沈從文眞的與「魘」有緣，而他的這個無意選擇，是否也在冥冥

〔註 3〕《沈從文全集》第 14 卷，北嶽文藝出版社 2002 年，第 456 頁。
〔註 4〕吳世勇編：《沈從文年譜》，天津人民出版社 2006 年，第 308 頁。
〔註 5〕《沈從文全集》第 19 卷，北嶽文藝出版社 2002 年，第 10～11 頁。
〔註 6〕《沈從文全集》第 19 卷，北嶽文藝出版社 2002 年，第 19～20 頁。
〔註 7〕沈從文曾以《七色魘集》爲書名，編成一部作品集，除上文的六篇外，還包括《水雲》。

之中預示著自己由此轉向「魘」般的生活呢？今天再細讀這些文字，又感覺沈從文的「囈語」卻一定意義上又是清醒和深刻的。即如汪曾祺後來所說：他的「一些話常有很大的預見性。四十年前說的話，今天看起來還很準確」。〔註8〕當然，作爲先覺者，自然要比別人超前感受痛苦了。

面對這樣的遭際，人們不禁要問，作爲享譽文壇的著名京派作家，何以如此自我折磨呢？

（二）「黑雲壓城」

沈從文之所以在此刻預感到自己的結局，並爲此而痛苦，並非是庸人自擾。因爲進入 1948 年以來，直接針對他的壓迫式批判就已經接連出現了。

最先發出批評之聲的是郭沫若在 1948 年 1 月 3 日作的一個題爲《一年來中國文藝運動及其趨向》的演講，其中羅列了四種所謂的「反人民的文藝」，即「茶色文藝」、「黃色文藝」、「無所謂的文藝」和「通紅的文藝，托派的文藝」，沈從文被置於「茶色文藝」中。郭沫若聲稱：「他們有錢有地盤，更有厚的臉皮。硬是要打擊他們才行」。而且，「要消滅他們，不光是文藝方面的問題，還得靠政治上的努力」。〔註9〕

隨後，邵荃麟在《二丑與小丑之間——看沈從文的「新希望」》一文中批評說：

> 他們顯然是想拾起那幅破爛的「中間路線」旗幟，來「黏合」一些對「中間路線」尚存幻想的份子。而沈從文則在這裏不過是扮演一個二丑以下的角色。但是由於他技術的低劣，卻反而更清楚地露出他們的嘴臉了。〔註10〕

接著，郭沫若在《斥反動文藝》中將沈從文定性爲「作文字上的裸體畫，甚至寫文字上的春宮」的桃紅色作家，說他「存心不良，意在蠱惑讀者，軟化人們的鬥爭情緒」，「一直是有意識的作爲反動派而活著」，並對他的「與抗戰無關論」、「反對作家從政」、「民族自殺悲劇」及其倡導的「新第三面」和「第四組織」等主張作了清算，將其描畫爲「看雲摘星的風流小生」和「摩

〔註 8〕汪曾祺：《沈從文轉業之謎》，王珞編：《沈從文評說八十年》，中國華僑出版社 2004 年，第 123 頁。

〔註 9〕《華商報》，1948 年 1 月 7 日。

〔註10〕荃麟：《二丑與小丑之間——看沈從文的「新希望」》，《華商報》，1948 年 2 月 2 日。

登文素臣」。〔註 11〕

馮乃超在《大眾文藝叢刊》中撰文批判沈從文的《芷江縣的熊公館》說：

> 地主階級的弄臣沈從文，爲了慰娛他沒落的主子，也爲了以緬懷過去來欺慰自己，才寫出這樣的作品來；然而這正是今天中國典型地主階級的文藝，也是最反動的文藝。〔註 12〕

此外，沈從文批評聞一多的「第三黨」運動以及與在西南聯大時期參與投稿《戰國策》，更加重了他的政治「罪責」。夏衍晚年回憶說，沈從文不能參加第一次文代會「原因據說是周揚認爲沈從文和戰國策派陳銓他們關係密切：『沈從文的問題主要是《戰國策》，這就不是一個簡單的問題了。那個時候，刊物宣揚法西斯，就不得了。再加上他自殺，這就複雜了。這個問題，不僅是郭沫若罵他的問題』」。〔註 13〕

這些來勢洶洶的批判與以往的文墨官司顯然不同，更多的是政治性的興師問罪、提前審判，因爲批判方的背後有強大的軍事、政治力量。沈從文感覺到黑雲壓城，他深知自己當初的批評原本指向的是文學家，並不曾想到這些人如今都變成了政治家，而攻擊政治家的結果他早就知道：「他會起訴，會壓迫出版者關門歇業，會派軍警將人捉去殺頭。」〔註 14〕

然而這僅僅是開始，更嚴厲的批判還在後面。

1948 年「五四」紀念會上，激進的北大同學當眾朗誦了郭沫若的檄文。1949 年 1 月上旬，北大校園出現用大字報轉抄的《斥反動文藝》，教學樓內掛出了「打倒新月派、現代評論派、第三條路線的沈從文」的大幅標語。〔註 15〕北大的「民主牆」上有些壁報指責他作品中的「落伍意識」，有些則痛罵他是一個沒有「立場」的「妓女作家」。他還收到恐嚇信，其中一封的「信箋上畫了一個槍彈，寫著『算賬的日子近了』」。〔註 16〕1949 年 2 月 15 日，北平的《新

〔註 11〕郭沫若：《斥反動文藝》，《大眾文藝叢刊》第一輯，香港生活書店 1948 年，第 19 頁。

〔註 12〕乃超：《略評沈從文的〈熊公館〉》，《大眾文藝叢刊》第一輯，香港生活書店 1948 年，第 86 頁。

〔註 13〕李輝：《與夏衍談周揚》，《搖蕩的秋韆——是是非非說周揚》，海天出版社 1998 年，第 41～42 頁；吳世勇：《沈從文年譜》，天津人民出版社 2006 年，第 226 頁。

〔註 14〕《政治與文學》，《沈從文全集》第 14 卷，北嶽文藝出版社 2002 年，第 252 頁。

〔註 15〕〔美〕金介甫：《鳳凰之子·沈從文傳》，符家欽譯，中國友誼出版公司 2000 年，第 411～412 頁。

〔註 16〕馬逢華：《懷念沈從文教授》，《傳記文學》第二卷第一期，1957 年；吳立昌：

民報》刊登了《莫辜負了思想自由——訪問沈從文先生》。文章不無反諷地說：「這一切本都該從頭好好想想才對，誰也不要辜負了思想自由才是」。〔註 17〕

3 月 20 日左右，時任東北野戰軍後勤部政委、黨委書記陳沂曾去看過沈從文一家，勸沈把兩個孩子送東北保育院，讓沈夫人到「革大」或是「華大」去學習，且勸沈自己也把思想「搞通」些。〔註 18〕這時的張兆和正積極準備參加新政權的工作（進革大後以團友的名義加入新民主主義青年團），已加入青年團和少年兒童隊的兩個孩子則每天歡欣鼓舞地學唱著來自延安的歌曲，〔註 19〕彷徨不定的沈從文限於一種孤立中。在受到政治威脅的同時，沈從文與張兆和之間的感情發生一些變化，甚至到了波及婚姻的地步。〔註 20〕韓秀在與傅光明的通信中寫道：「巫寧坤先生也住華府，他曾經告訴我，張兆和極爲進步，也要求沈先生認眞解剖自己，沈先生受不了便自殺。」〔註 21〕

過往，這一問題始終未得到學界的重視，並且常常忽視甚至忽略掉，而更多地從政治高壓角度去解讀沈從文 1949 年後的人生遭際。其實，一個淺顯的生活常識是，客觀的、外界的高壓有可能導致人走向絕境，但是更多、更大的原因通常來自主觀或內在的壓力。試想，在恐怖的政治高壓下，內心敏感脆弱的沈從文已經高度緊張，而在最需要家庭尤其是妻子安慰、疏導之時，張兆和不但沒有起到積極、正面的「賢內助」作用，反而適得其反，翻歷史舊賬，落井下石。「後院起火」中的沈從文，又如何能夠承受這生命、愛情和家庭之重呢？錢理群爲此評說道：「郭沫若『反動粉紅色作家（郭沫若原文爲桃紅色——本文注）』的指責，顯然會將本已逐漸趨於平靜的家庭情感糾葛重

《「人性的治療者」·沈從文傳》，上海文藝出版社 1993 年，第 271 頁。

〔註 17〕劉洪濤、楊瑞仁編：《沈從文研究資料》（上），天津人民出版社 2006 年，第 298～299 頁。

〔註 18〕馬逢華：《懷念沈從文教授》，《傳記文學》第二卷第一期，1957 年；徐慶全：《陳沂關於沈從文致周揚的信》，《黃河》2003 年第 6 期。

〔註 19〕沈虎雛在《我的家庭》的作文中寫道：「我們一家四人，除爸爸外，思想都很進步。媽媽每星期六從華大回來，就向爸爸展開思想鬥爭。我想，如果爸爸也能改造思想，那麼我們的家庭，一定十分快樂。我已經和哥哥商量，以後一定幫助媽媽，教育爸爸，好使我們的家庭成爲一個快樂的家庭。」

〔註 20〕據金介甫披露：沈從文的一個學生談過，1945 至 1949 年間，張兆和因爲沈從文收入較低曾頗有微詞。這一點可以在沈從文的《主婦》一文中找到些蛛絲馬迹。另一位研究家說，1949 年後張兆和曾考慮跟沈從文離婚，只是後來沒有堅持下去。參見《鳳凰之子·沈從文傳》，符家欽譯，中國友誼出版公司 2000 年，第 420～421 頁。

〔註 21〕傅光明：《書信世界裏的趙清閣與老舍》，《現代中文學刊》，2010 年第 4 期。

新激化，將沈從文置於道德審判臺前，而這樣的道德審判又顯然是爲政治審判服務的……這樣的家庭情感危機與政治的糾纏、被利用，對沈從文是最具殺傷力的。」〔註 22〕

總之，在這種極度緊張的政治環境和家庭危機的催逼下，一生遠離政治、嚮往身心自由的沈從文自視陷於四面楚歌之中，難以自拔，隨即也就發生了那段不堪回首、令人心碎的「自殺」事件。

二、轉行：被動中的主動選擇

（一）政治高壓下的被動選擇

1949 年 8 月，在鄭振鐸的推薦和韓侍桁的盛邀下，自殺未遂的沈從文，在調養一段時間後去新成立的歷史博物館報到，並被安排在陳列組。自此開始，沈從文完成身份轉軌，即由作家、教授轉換爲博物館的普通員工、講解員。

當然，轉行的過程及意義是豐富而痛苦的，這從沈從文這一時期的私密文字中可以明顯感受得到。如 1948 年 11 月 28 日，沈從文在覆姚明清的信中寫道：「因爲就時代發展看工作，我已成爲過時人，與現實不甚配合得來也。……一部分現實既如此，很明顯，我即用筆，也得從頭學起。」〔註 23〕12 月 1 日，在致投稿人季陸的信中他寫道：「大局玄黃未定，惟從大處看發展，中國行將進入一個新時代，則無可懷疑。……人近中年，觀念凝固，用筆習慣已不容易扭轉，加之誤解重重，過不多久即未被迫擱筆，亦終得擱筆。」〔註 24〕12 月 7 日，他在致投稿人吉六的信中寫道：「人近中年，情緒凝固，又或因性情內向，缺少社交適應能力，用筆方式，二十年三十年統統由一個『思』字出發，此時卻必需用『信』字起步，或不易扭轉，過不多久，即未被迫擱筆，亦終得把筆擱下。」〔註 24〕12 月 20 日，他在致友人炳堃的信中又說：「時代突變，人民均在風雨中失去自主性，社會全部及個人理想，似乎均得在變動下重新安排。過程中恐不免有廣大犧牲，四十歲以上中年知識分子，於這個過程中或更易毀去。這是必然的。」〔註 26〕12 月 31 日，他在

〔註 22〕《1949 年後知識分子的選擇：以沈從文爲例》，《領導者》，2014 年 10 月號。

〔註 23〕《沈從文全集》第 17 卷，北嶽文藝出版社 2002 年，第 486～487 頁。

〔註 24〕《沈從文全集》第 18 卷，北嶽文藝出版社 2002 年，第 517 頁。

〔註 24〕《沈從文全集》第 18 卷，北嶽文藝出版社 2002 年，第 519 頁。

〔註 26〕《沈從文全集》第 18 卷，北嶽文藝出版社 2002 年，第 523 頁。

最後發表的小說《傳奇不奇》一書的文稿後題識：「卅七年末一日重看，這故事想已無希望完成。」同日在贈周定一條幅落款處寫下：「三十七年除日封閉試紙」。〔註 27〕這是沈從文決定結束文學事業的見證和標誌。

可見，隨著政治局勢的變化，沈從文已經預感到自己的自由主義文學理想將不溶於新的社會，只有選擇擱筆。

（二）對文物的鍾愛由來已久

沈從文對於文物的鍾愛可以說由來已久，最早可追溯至 1921、1922 年，那時他就曾替陳渠珍做過整理古籍，管理舊畫、陶瓷文物和編目等工作。〔註 28〕1938 年沈從文寓居雲南，對西南文化產生了興趣，還與梁思成伉儷、梁思永等在那裏發現了大量類似定窯的陶器、瓷器。〔註 29〕他也盡可能地帶了一些回北京，捐給北京大學博物館。

沈從文眞正有意識致力於文物工作是在 1948 年。這一年，他在《益世報》連載的《蘇格拉底談北平所需》一文中較爲完整地陳述了自己對於文物方面的見解。文中，他假借蘇格拉底之口表達了自己對保護文物、保護北平的關注，假想自己爲「故宮博物院主持人」，組織實施多項改革，還計劃在北京大學試行美育代宗教的教育。〔註 30〕1948 年 2 月，北京大學開始正式籌備博物館，沈從文不僅參與了各專題的布展工作，而且把自己收藏的西南漆器借給博物館，後來又把自己多年搜集收藏的古物、瓷器、民間工藝品、《世界美術全書》、《書道全集》，連同收藏的漆器一併捐了。沈從文先後撰寫了《收拾殘破 —— 文物保衛一種看法》等近十篇專業論文。同時，他還給北大博物館專修科開設「陶瓷史」課程，編寫課程計劃《中國陶瓷三十課》，並於 1949 年 6 月抱病整理完成《中國陶瓷史》。北大博物館委員會成立後，他雖未當選委員，但仍在課餘時間給博物館專修科的學生講陶瓷史。〔註 31〕

〔註 27〕沈虎雛：《沈從文年表簡編》，《沈從文全集》附卷，北嶽文藝出版社 2002 年，第 38 頁。

〔註 28〕沈從文 30 歲時所寫的《從文自傳》中證實，自己早在更年輕的時候（21 歲以前）就對文物產生濃厚興趣。

〔註 29〕《關於西南漆器及其他》，《沈從文全集》第 27 卷，北嶽文藝出版社 2002 年，第 20～37 頁。

〔註 30〕《沈從文全集》第 14 卷，北嶽文藝出版社 2002 年，第 370～381 頁。

〔註 31〕吳世勇編：《沈從文年譜》，天津人民出版社 2006 年，第 294～316 頁；另沈從文 1949 年後關於文物的研究成果可參照《沈從文全集》第 28、29、30、31 卷。

從這些活動中可以看出，「文物」事實上成爲沈從文的一個「副業」，只是此前被作家、教授的光環遮蓋了。汪曾祺曾說：「沈從文從一個小說家變成一個文物專家，國內國外許多人都覺得難以置信。這在世界文學史上似乎尚無先例。對我說起來，倒並不認爲不可理解。這在沈先生，與其說是改弦更張，不如說是輕車熟路。這有客觀的原因，也有主觀原因。」〔註 32〕張兆和在談及沈從文轉行的問題時曾輕描淡寫地說：「韓壽萱那時是北大博物館系主任，從文就去幫忙，給陳列館捐了不少東西。很自然而然地就轉到文物這一行，不在北大教書了。」〔註 33〕再看他眞正介入這一領域後所表現出的熱情、勤奮和奉獻精神，以及所取得的諸多研究成果，都表明，在沈從文的藝術世界中，除隱性的音樂、美術（含書法）、數學（是其所崇拜的）外，顯性的內容不僅僅是文學，還應包括文物。這一點，直到沈從文晚年，他還在口述中做「我是一個很迷信文物的人」〔註 34〕的演講。

（三）文學理想的轉變

文學理想是作家進行創作的源泉和動力，相對比較固定，但它並非是單向度的或是一層不變的。隨著文學創作的深入、時間和空間的變換，以及人事和環境的不同，文學理想也會隨之發生變異。

關於沈從文的文學理想，蘇雪林曾有過相關評論：「他的作品不是毫無理想的。……這理想是什麼？我看就是想借文字的力量，把野蠻人的血液注射到老態龍鍾頹廢腐敗的中華民族身體裏去使它興奮起來，年輕起來，好在 20 世紀舞臺上與別個民族爭生存權利。」〔註 35〕

也即是說，沈從文始終是處在「五四」以來的國民性改造的譜系中。不過，他在前期是以「鄉土」（湘西）爲視角點進行人性的挖掘和讚美，此時的他通常是在幕後，如他自己所說：「我在這類情形中，照例總是沉默到一種幽杳的思考裏，什麼話也沒有說。」〔註 36〕而在後期，特別是歷經抗戰後，他已按捺不住啓蒙的遙遙無期，也如陳獨秀、胡適等啓蒙者一樣，

〔註 32〕《我的老師沈從文》，大象出版社 2009 年，第 12 頁。汪曾祺另有《沈從文轉業之謎》，《長河不盡流——懷念沈從文先生》，湖南文藝出版社 1989 年。

〔註 33〕轉引自陳徒手：《人有病　天知否：一九四九年後中國文壇紀實》，人民文學出版社 2000 年，第 13～14 頁。

〔註 34〕王亞蓉編：《沈從文晚年口述》，陝西師範大學出版社 2003 年，第 3～43 頁。

〔註 35〕蘇雪林：《沈從文論》，《文學》第 3 卷第 3 期，1934 年 9 月。

〔註 36〕《虎雛》，《沈從文全集》第 7 卷，北嶽文藝出版社 2002 年，第 27 頁。

開始由後臺躍到前臺，即將藝術的審美納入到功利性的審美追求中。這首先表現在他對國家政治局勢的關注，「民族自殺」論、「政治上第三方面的嘗試」等都是他欲從幕後進入到前臺的佐證。對此，1946 年底回到北京後，沈從文在認眞審視和反思了自己幾十年的文學生涯和人生歷程後，曾自我總結說：

> 我來尋找理想，讀點書。……讀好書救救國家。這個國家這麼下去實在要不得！……我於是依照當時《新青年》、《新潮》、《改造》等刊物所提出的文學運動社會運動原則意見，引用了些使我發迷的美麗詞令，以爲社會必須重造，這工作得由文學重造起始。〔註 37〕

如果對照沈從文此前所說的：「希望個人作品成爲推進歷史的工具，這工具必需如何造作，方能解釋牢靠，像一個理想的工具。我預備那麼寫下去。」〔註 38〕可知，沈從文的確看重的是「文學之用」的功利文學觀。然而，進入到 1948 年，他開始質疑自己的「文學之用」。12 月 6 日，他在一篇作品的題記中寫道：「越看越難受，這有些什麼用？一面是千萬人在爲爭取一點原則而死亡，一面是萬萬人爲這個變而彷徨憂懼，這些文章存在有什麼意義？」〔註 39〕這種煩躁之情顯然是針對自己的文學理想而發的。

在現實的嚴酷衝擊下，沈從文的文學理想發生了改變。1949 年 4 月 6 日，他在閱讀 4 月 2 日《人民日報》副刊登載的寫幾個女英雄事迹的文章後，在日記中寫道：「文學必然和宣傳而爲一，方能具教育多數意義和效果。比起個人自由主義的用筆方式說來，白羽實有貢獻。對人民教育意義上，實有貢獻。把我過去對於文學觀點完全摧毀了。無保留的摧毀了。擱筆是必然的，必須的。」〔註 40〕從這一點來說，沈從文研究專家、美學學者金介甫所作的評價是令人信服的。他說：

> 從他對文學功能的奢望來看，這位作家已經遠遠落在時代後面，對他用文學改造社會的最高目標來說，毫無用處。也許正是由對他理解到這點，使他在 1948 年就對自己完全失去信心，決心不再

〔註 37〕《從現實學習》，《沈從文全集》第 13 卷，北嶽文藝出版社 2002 年，第 374～375 頁。

〔註 38〕《政治與文學》，《沈從文全集》第 14 卷，北嶽文藝出版社 2002 年，第 108 頁。

〔註 39〕《沈從文全集》第 14 卷，北嶽文藝出版社 2002 年，第 455 頁。

〔註 40〕《沈從文全集》第 19 卷，北嶽文藝出版社 2002 年，第 25 頁。

搞文學，而轉向藝術。〔註41〕

爲此可以說，沈從文的轉行是一個趨勢，一個必然，只不過政治環境加速了這個進程，也增添了這個過程的悲壯意味。

三、在沉默中檢討

（一）選擇沉默

1950年12月，華北人民革命大學政治研究院第二期學員畢業前，沈從文根據規定撰寫了「總結・傳記部分」，其中寫道：

> 離開了學校所熟悉的問題，轉到午門國立歷史博物館倉庫中，搬磚弄瓦工作了將近一年，再轉華大、革大。就沉默學習，沉默改造，沉默接受。十個月的訓練，慢慢的整天也可以不說話了。一個人忘我並不容易，但在學習中總要慢慢的取得剋制之方的。〔註42〕

1949年後，「學習」、「改造」和「接受」成爲沈從文生活的重要內容，而「沉默」則折射出他思想轉變的獨特意蘊。這一點，在他此前撰寫的文字中可以得到確證。如在「總結・思想部分」中他還寫道：「我學習沉默而忘我。……沉默正是一種愛國的方式。」〔註43〕1950年5月26日，他在《我的感想——我的檢討》中寫道：「學習靠攏人民，我首先得把工作態度向他們看齊，學會沉默歸隊。」〔註44〕1950年2月21日，他在《自傳》中寫道：「由於稟賦脆弱，便用『謙退』和『沉默』接受外來一切壓迫和打擊，繼續於困難中向前。」〔註45〕1950年初，他在《解放一年——學習一年》中寫道：「由於本質脆弱，一起始即用『沉默』接受外來的困難和挫折，在風雨憂患中向前。……我應分完全沉默，作爲一個小學生，凡事老老實實從新學起。」〔註46〕1949年12月25日，他在《政治無處不在》中寫道：「十個月來沉默向現實學習，頭腦實依然常在混亂中回覆，不大知人我分際，及工作方向。」〔註47〕1949年9月8日，他在致丁玲的信中說：「我除了放棄一切

〔註41〕〔美〕金介甫：《鳳凰之子・沈從文傳》，符家欽譯，中國友誼出版公司2000年，第411頁。

〔註42〕《沈從文全集》第27卷，北嶽文藝出版社2002年，第94頁。

〔註43〕《沈從文全集》第27卷，北嶽文藝出版社2002年，第114頁。

〔註44〕《光明日報》，1950年6月12日。

〔註45〕《沈從文全集》第27卷，北嶽文藝出版社2002年，第60頁。

〔註46〕《沈從文全集》第27卷，北嶽文藝出版社2002年，第50～56頁。

〔註47〕《沈從文全集》第27卷，北嶽文藝出版社2002年，第41頁。

希望，來沉默接受，似不應再說什麼。」〔註48〕1949年1月30日，他在「批語・覆張兆和」的信中甚至這樣寫道：「我十分累，十分累。聞狗吠聲不已。你還叫什麼？吃了我會沉默吧。」〔註49〕由此可見，1949年後的沈從文的確是以「沉默」爲思想底色的。

（二）在沉默檢討中新生

如果追溯會發現，沈從文對於「新生」是早有思想準備的。早在寄寓清華園時，他在覆張兆和的信中便直言道：「需要一切從新學習，可等待機會」，「一切齊齊全全，接受爲必然。我在重造自己」。〔註50〕在題記中也寫下這樣的字句：「一切得重新學習，慢慢才會進步，這是我另外一種學習的起始。」〔註51〕

在經歷了自殺又獲救的極端生命體驗後，沈從文似乎由恐懼的高潮開始下落，即他所言「由悲劇轉入謐靜」，並在友人的關照下，加快了「進步」的步伐。如在閱讀了楊剛帶來的幾份報紙中的小說後，他在日記中寫下這樣的心得：「從這幾篇文章中，讓我彷彿看到一個新國家的長成，作家應當用一個什麼態度來服務。這一點證明了延安文藝座談會記錄實在是一個歷史文件，因爲它不僅確定了作家的位置和責任，還決定了作家在這個位置上必然完成的任務。這一個歷史文件，將決定近五十年作家與國家新的關係的。」儘管這時他在接受精神方面的治療，但是從這些文字中可以判斷，此刻他是清醒的，甚至可以說是深刻的，因爲他的預言後來都應驗了。在這樣理性認識中，他眞心地悔悟道：「給我一個新生的機會，我要從泥沼中爬出，我要……從悔罪方法上通過任何困難，留下餘生爲新的國家服務。」〔註52〕

沈從文在極大痛苦中尋求新生的事不脛而走，甚至文管會的人聽說後都爲此感動。在沙可夫的建議下，組織決定讓吳晗出面做思想工作。

在追求新生的過程中，沈從文逐漸認識到，自己的「自我中心病態」完全是過於脆弱的原因導致的，事實上，新政權「已十分寬容」，而自己也應該好好清理一下，爭取做個新社會的良民。

〔註48〕《沈從文全集》第19卷，北嶽文藝出版社2002年，第50頁。

〔註49〕《沈從文全集》第19卷，北嶽文藝出版社2002年，第11頁。

〔註50〕《沈從文全集》第19卷，北嶽文藝出版社2002年，第7、16頁。

〔註51〕《沈從文全集》第14卷，北嶽文藝出版社2002年，第455頁。

〔註52〕1949年4月6日，《沈從文全集》第19卷，北嶽文藝出版社2002年，第25、25～26頁。

沈從文對曹葆華入黨後不考慮私而僅爲公的愉快體驗表示羨慕，在向朋友袒露心迹時還說：「我用筆寫下的已夠多了，現在方明白向人向事學習有意義。向抽象的議論或文件學習，又不如向生活學習直接而具體。過去對於離群作成的種種錯誤，現在想從沉默工作中補救，可能已太遲。是不是還有一種機會，使我重新加入群裏，不必要名利，不必要其他特權，惟得群眾承認是其中一員，來重新生活下去？」〔註53〕

在組織關照下，沈從文撰寫了三千多字的「給胡適之先生的一封信」，大體內容據馬逢華回憶首先是：中國大陸當前的局面，是由中共領導，犧牲了幾百萬生命換來的。自己過去既沒有對革命盡過力，現在只要還能對中共有些好處，那麼即令犧牲自己，似乎也是應該的。然後是他勸胡適及其他在海外的中國學者們說：國內大勢已成「定局」，你們若還存心觀望，等侯國際局面變化，恐怕只是一種幻想，最好應該及時回國來「爲人民服務」。〔註54〕

這種求「新生」的心迹在沈從文致丁玲的信中表現得更爲堅定和明確，他說，自己在近期的「退思補過」中，很好地檢討了自己，「已變了許多」，將來「尚可於新的文教機構，擔負一個小小職務，爲國內各地有區域性工藝美術館墊個底」的「非分之想」。又說：如果「需要我再用筆爲新社會服務時，我再來用到小說或歷史傳記工作方面」，到那時，「下工廠，入軍隊，對於我實在並不怎麼困難」。談到自己完全放棄文字寫作，他認爲「並不什麼惋惜」，因爲「有的是少壯和文豪」，自己大可退出。他還談到近來的學習情況和心得體會：

> 近來看到劉少奇黨綱修改章程，及毛選幾篇文章，和其他一些作品，加上個人所知中國社會一部門情形，和明日社會建設所必然遭遇苦難，我覺得我實在需要好好的活下來作幾年事！如果能得中共對我的諒解，一定會從一種新的覺醒下，爲國家充分將精力用出。〔註55〕

（三）在沉默中進步

在沈從文新生的進程中，新政府成立了，這也加快了他「進步」的步伐。

〔註53〕《致劉子衡》，1949年7月左右，《沈從文全集》第19卷，北嶽文藝出版社2002年，第45～47頁；引文中著重號爲原文所加，下同。

〔註54〕《懷念沈從文教授》，《傳記文學》第二卷第一期，1957年。

〔註55〕1949年9月8日，《沈從文全集》第19卷，北嶽文藝出版社2002年，第48～51頁。

1949年11月13日，在蕭離夫婦做客離開後，他在日記中這樣記述道：「極離奇，心中充滿謙虛和慚愧，深覺對國家不起。……且不知如何補過。也更愧對中共。」「我正在悄然歸隊。我彷彿已入隊中。」〔註56〕

沈從文的思想的確已經調整過來，只是一向內斂的他並不善於外在表現，以至於他的孩子都沒有覺察到這樣的變化。這一點在那場著名的「父與子」中表露無遺：

> ※爸爸，我看你老不進步，思想搞不通。……
>
> ○我……學的已不少。至於進步不進步，表面可看不出。
>
> ※凡是進步一看就明白。你說愛國，過去是什麼社會，現在又是什麼社會？……你能寫文章，怎麼不多寫些對國家有益的文章？……
>
> ○我在工作！
>
> ※到博物館弄古董，有什麼意思！
>
> ○那也是歷史，是文化！你們不是成天說打倒封建？封建不僅僅是兩個字。還有好些東東西西，可讓我們明白封建的發展。帝王、官僚、大財主，怎麼樣糟蹋人民，和勞動人民在被壓迫剝削中又還創造了多少文化文明的事實，都值得知道多一些。……
>
> ※既然爲人民服務，就應該快快樂樂去做！
>
> ○照我個人說來，快樂也要學習的。我在努力學習。這正是不大容易進步處。……〔註57〕

以往研究者常常將沈從文與孩子的對話對立起來看，意在說明沈從文的「不進步」，但事實上，沈從文與孩子們的思想並不是對立的，而是在一條軌道上的。只是孩子們是以自己的「進步」作參照來評判沈從文的，所以認爲他「老不進步」。而無論從現實表現，還是從辯詞中都可以看出，沈從文是「進步」的，只不過他的「進步」相對於時代和其他「進步」的人來說，確實顯的不那麼鮮明，所以才有「落後」的迹象。用他自己的話來說就是：「我體會出當眞落後了好一段路。年輕人跑得太快了」，「和現實政治接觸，我必需承認，即作一個小學生，還是不滿分的劣學生」。爲此，他還暗自鼓勁兒說：「不

〔註56〕《沈從文全集》第19卷，北嶽文藝出版社2002年，第57、58頁。
〔註57〕《政治無處不在》，《沈從文全集》第27卷，北嶽文藝出版社2002年，第40～41頁。

急起直追，越來越不濟事了」。〔註58〕

看得出，沈從文在短短的一段時間裏，已經完成了思想上的革命，他已經開始悄然歸隊了。而且，他的思想轉變，基本上是在一種自爲的狀態中完成的。或者說，沈從文的轉變雖然有外在的政治壓力，但除了1949年1月的幾個偶然事件外，再沒有什麼直接的威脅，沈從文的壓力更主要還是來自自身。

這樣，沈從文的思想轉變軌迹便呈現出來，即由「自我壓迫」到「自我折磨」到「自我調整」再到「自我解放」。

四、眞誠轉變

（一）思想的檢驗

1950年3月，沈從文「考」入華北大學，後轉入華北人民革命大學。從這時起，他的新生的思想開始眞正與社會實踐相結合。無論是學習文件和理論，還是撰寫思想總結和匯報，他都做得兢兢業業。學習之餘，他「還把一雙手用來收拾毛房便池，當成主要業務」。同時他還總結了自己的過去並展望了未來：「我的雙手胡寫了二十五年，說了多少空話！如今來這裏重新用用手，也正可見新國家的需要。」〔註59〕這期間他繼續勸說侄兒黃永玉回國參加建設，鼓勵友人好好工作，爲國家做貢獻。在參加北京市文代會籌備會議後，他撰文再次表示要「學習靠攏人民」，「把工作態度向他們看齊」，「學會沉默歸隊」。〔註60〕對於學習和生活中遇到的一些「不良現象」，他表示不理解，曾在友人的信中寫道：

> 對知識分子的好空談，讀書做事不認眞，浪費生命於玩牌、唱戲、下棋、跳舞的方式，我總感覺到格格不入。……學習爲人民服務，在這裏只一天間爲打掃打掃毛房，想發動大家動動手，他們就說：「我們是來改造思想，坐下來改造好了，好去爲人民服務。」我說：「一面收拾，一面才眞正好思想。」沒有一個人同意。〔註61〕

〔註58〕《政治無處不在》，《沈從文全集》第27卷，北嶽文藝出版社2002年，第41頁。

〔註59〕《致程應鏐》，1950年秋，《沈從文全集》第19卷，北嶽文藝出版社2002年，第91頁。

〔註60〕《參加北京市文代會籌備會議以後我的感想——我的檢討》，《沈從文全集》第14卷，北嶽文藝出版社2002年，第403頁。

〔註61〕《致張梅溪》，1950年9月12日，《沈從文全集》第19卷，北嶽文藝出版社

沈從文當年的同事史樹青也回憶說：「在革大時，不少學員都抱著看看再說的態度，不知共產黨能否長久。」〔註 62〕可以想見，革大的絕大多數學員並非眞正去改造思想，他們本身或者本來也不想接受教育、改造，他們是去走過場的，所以大都弔兒郎當。而沈從文卻與他們不同，因爲他在此前已經實現了思想的初步改造，他是按照革命家、理論家和書本知識來設計自己的學習生活，所以看到那些不良現象他才會感到氣悶。不僅如此，他還有更深入的思考：

> 初初來此，即爲一思想前進的組長，要用民主方式迫扭秧歌，三十年和舊社會種種從不妥協，但是一誤用民主，便有如此情形。馬列也未必想到！這一切也都很好，是一種教育。對我意義尤好。
>
> 似乎都會誇讚《文藝座談》，可不能理會《文藝座談》的素樸性，及《共同綱領》有關文學藝術的目的。〔註 63〕

據此可以說，沈從文是眞誠面對改造的。他對學習中出現的不良現象和問題提出批評和表示擔憂，也恰說明他是最優秀的學員。因爲他的不滿是以主人翁的姿態思考問題的結果，而不是旁觀或「惡意」的批評和抵制。這可以在他這段短期培訓期間所寫的《時事學習總結》、《我的分析兼檢討》、《總結・傳記部分》、《總結・思想部分》等三萬多字的學習心得以及大量的私密文字中求證。儘管在公開場合裏，沈從文多次宣稱自己「政治水平不高，進步實看不出」，〔註 64〕但私下裏他卻認爲，自己「其實學習倒挺認眞的」。〔註 65〕

至於沈從文在革大的成績多是「丙」、「丁」的問題，論者常以此爲據說明沈從文思想和行動上不肯合作，是事實上的無聲「反抗」，但事實與這樣的判斷是有出入的。沈從文的成績「不理想」，並非是他不合作、不努力，更不是有意「抗爭」，而是他太投入、太認眞的結果，是他的愚誠和老實使他「倍

2002 年，第 86 頁。

〔註 62〕轉引自陳徒手：《人有病　天知否：一九四九年後中國文壇紀實》，人民文學出版社 2000 年，第 14 頁。

〔註 63〕《致張梅溪》，1950 年 9 月 12 日，《沈從文全集》第 19 卷，北嶽文藝出版社 2002 年，第 92～93 頁；暗影部分爲沈從文塗抹掉的文字，但仍能辨析出來。之所以摘引這部分文字，是因爲它們更可以體現沈從文的思想實際。

〔註 64〕《我的感想——我的檢討》，《光明日報》，1950 年 6 月 12 日。

〔註 65〕《致張梅溪》，1950 年 9 月 12 日，《沈從文全集》第 19 卷，北嶽文藝出版社 2002 年，第 86 頁。

受其害」。可以想見，當時的考試雖與當下的不同，但規則或許是一樣的。其中政治理論科目「分數不高」，大概主要源於沈從文不能死記硬背，或者還有其他考場因素。而其他操行的評判，大概要靠群眾基礎了。他曾說：「如思想改造是和這些同時的，自然也辦不好。但是在這裏，如想走群眾路線，倒似乎會玩兩手好些。常說點普通笑話也好些。會講演說話也好些。我政治理論答案分數不高，這些又不當行，所以不成功。有關聯繫群眾，將來定等級分數時，大致也是丙丁。」〔註 66〕

而沈從文的學生馬逢華在《懷念沈從文教授》中更是直觀地呈現出實情：

> 我再到沈家去的時候，沈已由「革大」「學成」回來。但是從面部表情看來，他是「依然故我」，沒有什麼顯著的改變。那天晚上他有點沉默寡言。沈夫人等我坐定之後就說：「你看從文一點都不進步，在革大『總結』的成績儘是些丙、丁！沈先生很平靜地說：「當然儘是些丙、丁。分數是『民主評定』。指定的東西，我一字一句地讀，討論的時候，卻儘是那些不讀書的人發言；你跟他們講，他們不懂。打掃廁所，洗刷便池，全都是我一個人幹，在討論『建立勞動觀點』的時候，卻又是他們發言最多。我幫助工人挑水，在廚房裏跟廚師們一面幫忙，一面談天，他們又譏諷我，問我是不是在收集小說材料。晚上在宿舍裏，他們盡說些『想太太想得要死呀』之類的下流話，你要我跟他們談得來？分數全由他們『民主評定』，我當然只能得丙、丁。」〔註 67〕

可見，所謂的操行評語以及丙、丁成績等都是有水分的，甚至與實際大相徑庭，因爲這實在是沈從文的不善交際導致的。如果用理想的標準來評估，沈從文的不足，只能表現爲他沒有公開與這些「醜惡現象」「作鬥爭」。當然，對於「已經失去說話的意義」〔註 68〕的邊緣人來說，這樣的要求顯然過於苛責了。不過，據此可以定論，如果對這次思想改造進行量化評判，沈從文的成績不應該是丙或丁，而應該是甲。

在這種思想基礎上，沈從文主動撰寫了《我的學習》。文中，他不但檢討

〔註 66〕《致張梅溪》，1950 年 9 月 12 日，《沈從文全集》第 19 卷，北嶽文藝出版社 2002 年，第 86 頁。

〔註 67〕《傳記文學》第二卷第一期，1957 年。

〔註 68〕《致程應鏐》，1950 年秋，《沈從文全集》第 19 卷，北嶽文藝出版社 2002 年，第 93 頁。

了自己以往「在工作中自高自大，脫離群眾，游離於人民革命以外的超階級胡塗思想」，也提出「領導方面如何即可以使政治本身從不斷修正偏差中，成爲一種完全的藝術」等問題。〔註69〕

或許沈從文覺得這樣的「學習」還不夠深入，又在1951年秋重新寫了一個《我的學習》，完稿後交給丁玲把關，並於1951年11月11日和14日發表在《光明日報》和《大公報》。

在這篇長達 7000 多字的思想檢討中，沈從文對自己的思想和學習進行了全面總結。他說：「凡事用接受做實踐，還是明白不少問題，特別是明白『政治高於一切』，『一切從屬於政治』，『文學藝術必從屬於政治，爲廣大人民利益服務』，幾句話對於新國家的深刻意義。過去二十年來，個人……就始終用的是一箇舊知識分子的自由主義觀點立場，認爲文學從屬於政治爲不可能，不必要，不應該。」針對自己的思想根源，他剖析說：「我原出身於破產地主舊軍閥家庭子弟，從這種可怕環境背景中長大，階級本質宜有向上爬意識，生活教育卻使我向下看。」他承認：「由於缺少對政治和文學聯繫有深一層認識」，自己的「階級立場自始即是模糊的」，因此「成了僞自由主義者群一個裝璜工具，點綴著舊民主自由要求二十年」。針對自己思想的轉變，他總結說：「和我個人新舊業務接觸，重新讀了一些文件，用個正面接受的態度來鑽研，來體會，更加明白政治高於一切的重要意義。政治哲學的深刻詩意，不僅僅是貫穿於馬克思、恩格斯、列寧、斯大林先進著作中，從毛澤東偉大著作中續有發揮，也在一切瑣瑣人事中，發現了無處不有個黨性和政治性的聯繫。」結合沈從文這一時期的思想實際，可以看出，這些文字並非是違心的，而是他自己眞實的思想心得。

（二）以實際行動證明自己

爲了更加「進步」，沈從文不顧林宰平等人的勸告，帶著丁玲「凡對黨有益的就做，不利的莫做」〔註70〕的「囑託」，離京赴四川參加土改工作。他在私下裏表示：「希望從這個歷史大變中學習靠攏人民，從工作上，得到一種新的勇氣，來謹謹慎慎老老實實爲國家做幾年事情，再學習，再用筆。」〔註71〕

〔註69〕《我的學習》（廢稿存底），《沈從文全集》第27卷，北嶽文藝出版社2002年，第361、359頁。

〔註70〕《沈從文自傳》，1956年3月，《沈從文全集》第27卷，北嶽文藝出版社2002年，第154頁。

〔註71〕《致張兆和》，1951年10月25日，《沈從文全集》第19卷，北嶽文藝出版社

在土改中，沈從文也的確加深了思想認識，他讓妻子勸金岳霖「想法參觀一次」，說：「只一個月。影響一個人的思想，必比讀五本經典還有意義甚多」。〔註 72〕他在致楊振聲的信中感慨地說：「農民問題以至於有關土改文學，以教書言，不身臨其境，說亦說不透徹也。」〔註 73〕他還在致張兆和的信中不無愧悔地寫道：「知識分子眞是狗屁，對革命言，不中用得很。而且一脫離人民，渺小的可怕。罪過之至。因爲什麼都不知，什麼都得說，但是毫無意義，和人民眞正問題實千里萬里。」〔註 74〕「我們在都市中生活方式，實在有愧，實在罪過！要學習靠攏人民，抽象的話說來無用，能具體的少吃少花些，響應政府節約號召，把國家給我們的退還一半，實有必要。……和這些幹部比起來，我實無資格用國家這個錢！」〔註 75〕

當然，最能體現沈從文思想「進步」的是，在給孩子的信中，他竟然表達了要加入共產黨的願望，他說：「要入黨，才對黨有益。我就那麼打量過，體力能恢復，寫得出幾本對國家有益的作品，到時會成爲一個黨員的。工作搞不好，就不。」〔註 76〕如果結合 1959 年他致沈雲麓的信，可以得出結論，沈從文的確曾有過入黨的願望，而且他將這個舉動看得很神聖、虔誠。

沈從文是這樣說，也是這樣做的。回京後，他隨即投入到接近尾聲的「三反」、「五反」運動中，並根據需要撰寫了《「三反運動」後的思想檢查》。

沈從文的「進步」還可以從開明書店「燒書」後的表現中看出來。在得知「燒書」的消息後，他的心情可以想見，但他除沉默接受外，還在致友人的信中頗爲振奮地說：「這種成毀是極有意義的，對個人工作言，就是一種極好的教育。和『人民』脫離，對『人民』無益，結果就是這樣。……國家重要，個人實渺小不足道，個人工作成毀更不足注意！應時時刻刻想到國家，

2002 年，第 121 頁。

〔註 72〕《致張兆和》，1951 年 11 月 30 日，《沈從文全集》第 19 卷，北嶽文藝出版社 2002 年，第 186 頁。

〔註 73〕《致楊振聲》，1952 年 1 月 20 日，《沈從文全集》第 19 卷，北嶽文藝出版社 2002 年，第 300 頁。

〔註 74〕《致張兆和》，1951 年 11 月 13 日，《沈從文全集》第 19 卷，北嶽文藝出版社 2002 年，第 161 頁。

〔註 75〕《致張兆和》，1951 年 11 月 19～25 日，《沈從文全集》第 19 卷，北嶽文藝出版社 2002 年，第 170～171 頁。

〔註 76〕《致沈龍朱、沈虎雛》，1951 年 12 月 6 日，《沈從文全集》第 19 卷，北嶽文藝出版社 2002 年，第 213 頁。

想到黨。」〔註 77〕

沈從文的「進步」也得到了主流意識的認可，先是陳賡接見，後應統戰部長李維漢之邀列席宴會，1953 年還被安排當上全國政協委員，終於如願以償地「活動在社會的上層」〔註 78〕。

之所以說沈從文一直在「進步」，是因爲他的「進步」是實實在在的，而且對照他的私密文字與公開發表或上交的文字可知，他的進步還呈現出表裏如一的特點。

如在知識分子的「早春時節」，他依然保持堅定的立場，沒有「隨波逐流」。如在出席這一年的政協會上，他在發言中仍然強調說：「六年以來，從一件一件事情看去，並參加了一系列的社會改革運動，我才日益明白過去認識上的錯誤。……我一定要好好的向優秀黨員看齊，……用郭沫若院長報告中提起的三省吾身的方法，經常檢查自己，……如果體力許可，還要努力恢復我荒廢已久的筆，來謳歌讚美新的時代、新的國家和新的人民。」〔註 79〕

在《沈從文自傳》中，他分別從「書本的影響」、「環境影響」、「人的影響」三個方面檢討了自己自由主義思想形成的經過，以及在其指導下的種種「罪行」。

沈從文這樣「謙虛」、「沉默」地「進步」得到了主流意識的認可，再加上「雙百方針」的有力環境，他終於得到出版作品的機會。爲了「不辜負黨和人民的重託」，他在《沈從文小說選集》中愼重地選擇了比較具有「反封建」意識的《阿金》、《蕭蕭》、《牛》等篇章，而且爲了突出這種意識，他也同巴金、老舍、曹禺等眾多作家一樣，對作品作了強化式的修改。同時，他還不忘在選集的「題記」中寫下這樣的「頌詞」：「在這麼一個偉大光輝歷史時代進展中，我目前還只能把二三十年前一些過了時的習作，拿來和新的讀者見面，心中實在充滿深深的歉意。希望過些日子，還能重新拿起手中的筆，和大家一道來謳歌人民在覺醒中，在勝利中，爲建設祖國、建設家鄉、保衛世界和平所貢獻的勞力，和表現的堅固信心及充沛熱情。我的生命和我手中這支筆，也必然會因此重新回覆活潑而年青！」〔註 80〕

〔註 77〕《覆道愚》，1954 年 1 月 25 日，《沈從文全集》第 19 卷，北嶽文藝出版社 2002 年，第 379 頁。

〔註 78〕馬逢華：《懷念沈從文教授》，《傳記文學》第二卷第一期，1957 年。

〔註 79〕《沈從文的發言》，《光明日報》，1956 年 2 月 8 日。

〔註 80〕《沈從文全集》第 16 卷，北嶽文藝出版社 2002 年，第 377 頁。

因爲沈從文的「進步」是發自內心，所以即使是在「大鳴大放」的寬鬆環境中，他也禁受住了考驗。即使有所批評，也是本著工作的強烈的責任心，而非發泄個人私憤。如在一次發言中，他語帶抱怨地說：「我在歷博辦公處連一個固定桌位也沒有了，書也沒法使用，應當在手邊的資料通不能在手邊，不讓有用生命和重要材料好好結合起來，這方面浪費才眞大！卻沒有一個人明白這是浪費，……好急人！」〔註 81〕

這段話常被研究者所徵引，並以此作爲他「抗拒」改造的一個例證。事實如何呢？

如果認眞剖析這段文字可以看得出，他的批評完全是出於實際工作的考慮，或者說是一種崗位意識的促使，並不像其他人那樣單純地爲個人鳴冤叫屈。而且，當他看到許多作家在發牢騷和抱怨時，他甚至私底下批評說：「好像凡是寫不出做不好都由於上頭束縛限制過緊，不然會有許多好花開放！我不大明白問題，可是覺得有些人提法很不公平。」〔註 82〕當蕭乾約他給《文藝報》寫稿提意見時，他當時予以回絕。當《文匯報》的記者表示要爲他放棄文學發表不平意見時，他也斷然拒絕。

以上可見，沈從文思想之堅定，非同期作家所能比。而且，當「反右」運動開展起來後，他完全聽信主流的話語宣傳，即使在休養期間也不忘寫信提醒妻子說：「凡初步建立了人民立場和黨的整體觀點，都會明白應當凡事十分謹愼，莫人云亦云作他人傳聲筒。……要從一切小事上注意愛黨，維護黨。」〔註 83〕

（三）加入「歌德派」的隊伍

沈從文的「進步」之處還表現在他的文學創作上。這一時期，儘管創作不順，而且期間也有過幾次反覆，但他還是在胡喬木的暗中鼓勵下〔註 84〕創作了幾部「謳歌讚美新的時代、新的國家和新的人民」的作品。

〔註 81〕《創作計劃》，1957 年 3 月，《沈從文全集》第 27 卷，北嶽文藝出版社 2002 年，第 510～511 頁。

〔註 82〕《致張兆和》，1957 年 4 月 30 日，《沈從文全集》第 20 卷，北嶽文藝出版社 2002 年，第 168 頁。

〔註 83〕《致張兆和》（殘信），1957 年 8 月中旬，《沈從文全集》第 20 卷，北嶽文藝出版社 2002 年，第 189 頁。

〔註 84〕1956 年，胡喬木多次讓《人民日報》副刊的編輯向沈從文約稿。穀雨：《五十餘年共風雨》，楊尚昆等：《我所知道的胡喬木》，當代中國出版社 1997 年，第 437 頁。

如反映在革大學習和知識分子思想改造的《老同志》，反映土地改革的《中隊部——川南土改雜記一》，反映地主「解放」前後生活的《財主宋人瑞和他的兒子》，以及 1956～1957 年間的《春遊頤和園》、《天安門前》、《新湘行記——張八寨二十分鐘》、《跑龍套》、《談「寫遊記」》、《一點回憶，一點感想》等幾個短篇。此外還有未完成的以批評知識分子爲主題的小說、歌頌新社會變化的散文《大好河山》等。

這些作品有一個中心主題，即如他所說：「如有人問我是什麼派時，倒樂意當個新的『歌德派』，好來讚美共產黨領導下社會主義祖國的偉大成就。」〔註 85〕

沈從文歌頌的如何呢？如果翻閱這些文字可以發現，其蹩腳程度是難以想像的。閱讀全部文字，不但絲毫得不到審美感受，甚至連政治教化的效果也談不上，因爲行文間的政治說教與敘述太過牽強，而其中的故事敘述、感情抒發和政策介紹簡直都是拼貼。即便是爲研究者稍微看好的《財主宋人瑞和他的兒子》，其問題也是相當明顯。此前，他曾批評別人說：「近來在報上讀到幾首詩，感到痛苦，即這種詩就毫無詩所需要的感興。如不把那些詩題和下面署名連接起來，任何編者也不會採用的。很奇怪，這些詩都當成詩刊載，且各處轉登不已。」〔註 86〕客觀地說，這樣的批評也適用於他自己。這不能不讓人懷疑他當時對自己產生的所謂「頭腦和手中的筆居然還得用」、「筆太細」「必然可得到和《邊城》相近的成功」等「激動」之語的眞實性。〔註 87〕

不過，最讓人難以接受的是，這樣的東西，沈從文竟然還好意思拿出去發表。而且，在當時並沒有人逼著他這樣做，毛澤東、周恩來在接見中也僅是建議和鼓勵他再繼續寫小說，胡喬木、周揚、李維漢等人在寫作上也沒有給他下任務，都是徵求他的意見，而且他在日記及書信中也沒有明示過自己的創作是來自某種壓力。

沈從文之「跛者不忘履」，究竟出於何種目的呢？是要證明自己還能寫，所以「饑不擇食」；是怕讀者忘記自己，所以急於顯山露水；是看巴金、曹

〔註 85〕《一點回憶，一點感想》，《人民文學》，1957 年 8 月。

〔註 86〕《凡事從理解和愛出發》（殘稿），1951 年 9 月 2 日，《沈從文全集》第 19 卷，北嶽文藝出版社 2002 年，第 107 頁。

〔註 87〕《致張兆和》，1951 年 11 月 13 日，《沈從文全集》第 19 卷，北嶽文藝出版社 2002 年，第 158、159 頁。

禺、張天翼等都不行了，覺得自己還能行；是眞的以「小學生」作文的心理，所以敝帚自珍，眞將其視爲「新文學」？他曾爲此辯白說：「胡寫」，「寫出來了，不容易」，寫出來了便「偉大」，「作品已無所謂眞正偉大與否」，「適時即偉大」。〔註 88〕他也曾私下裏向家人表示過自己小農意識的心理：「我要把從前當小兵的勁兒拿出來，什麼我都肯幹，誰也幹不過我！」〔註 89〕

（四）「不足之處」

當然，縱觀沈從文 1949 年 10 月之後的整體思想言行，雖然「進步」是主流，但是也還存在很多「不足」。其中一點便是，他的謹小愼微的指導思想導致他在一些政治運動中表現得不夠積極踴躍，在多如牛毛的大批判中很少看到他的身影，也看不到他或慷慨陳詞或尖酸刻薄或落井下石地批判別人。即便是對於不得不說的胡適，他也總是描述多，議論少，甚至不乏感激、讚譽之詞。

如沈從文在革大所寫的《總結・思想部分》中，他寫道：「和胡適之相熟，私誼好，不談政治。那時候和胡談政治，反對南京政府的有羅隆基、潘光旦、王造時，他們談英美民權，和我的空想社會相隔實遠。」〔註 90〕

在《沈從文自傳》中他談到自己所受的影響時，他也說：「其次是胡適，他的哲學思想我並不覺得如何高明，……但是以爲二十年來私人有情誼，在工作上曾給過我鼓勵，而且當胡也頻、丁玲前後被捕時，還到處爲寫介紹信營救，總還是個夠得上叫做自由主義者的知識分子，至少比一些貪污狼藉反覆無常的職業官僚政客正派一些。所以當蔣介石假意讓他組閣時，我還以爲是中國政治上一種轉機。直到解放，當我情緒陷於絕望孤立中時，還以爲他是我一個朋友。」這樣平實的話語，在當時整個文化、文學界徹底清算胡適思想狀態下，實屬空穀足音了。即使是所謂的批評，也是不痛不癢，如他說：「胡適之雖再也不談什麼文學了，我的寫作態度，我的教書方法，都像是在配合他的行動，點綴蔣介石行將崩潰的迴光返照政權，毫無積極作用。」〔註 91〕

在沈從文數十萬字的檢討中，還有幾處提及胡適的，也都是幾筆帶過，

〔註 88〕《抽象的抒情》（未完稿），寫於 1961 年 7、8 月間，《沈從文全集》第 16 卷，北嶽文藝出版社 2002 年，第 531 頁。

〔註 89〕吳立昌：《「人性的治療者」・沈從文傳》，上海文藝出版社 1993 年，第 280 頁。

〔註 90〕《沈從文全集》第 27 卷，北嶽文藝出版社 2002 年，第 104 頁。

〔註 91〕《沈從文全集》第 27 卷，北嶽文藝出版社 2002 年，第 152 頁。

甚至在「文革」時期也不例外。可見，沈從文爲人的基本道德底線並沒有淹沒在他的「進步」思想中。當然這同時也說明他的「進步」還有待提高。

對於胡風，沈從文本應該有些看法的，因爲歷史上的胡風沒少與他交惡，但在全國批判胡風的運動中，他卻沒有公開發表過意見，所見到的文字僅是給大哥沈雲麓的信末以補記的形式寫下的一段：

> 這裏正是全面在討論胡風問題。這個人過去（抗戰前和抗戰中）我總以爲他在代表黨，批評這個，打擊那個。現在才明白是他自己一套。有一小集團，這裏布置那裏布置，爭領導權！更絕不是黨的代言人！〔註92〕

在「丁、陳」事發後，沈從文只在私下裏表示了這樣的看法：「個人主義一擡頭，總必然會出現或大或小的錯。從上次文代會中發言態度，我就感覺到不大對頭，好像還缺少對於黨的整體性觀念體會。」〔註93〕

面對馮雪峰的落馬，他給予了客觀的評價和疑問：「不可解的是馮雪峰，多少年來，都穩穩當當的爲黨工作，現在責任也十分重要，不意也和丁玲等糾在一處，自搞一套，不明白竟發展到如此情形。」〔註94〕

沈從文的唯一「劣迹」大概是在「反右」中針對蕭乾的那一次「炮轟」。據蕭乾回憶說：一九五七年反右時，在文聯批鬥會上，沈從文發言揭露蕭乾早在1929年就同美帝國主義勾結上了。〔註95〕關於這唯一的一次，究竟作何理解？是隨波逐流，不得不表態，還是因爲個人恩怨，公報私仇？現在已不可得知。

沈從文對於自己的「不足之處」是有認識的，早在革大時，他就自我批評說：「對批評和自我批評，也作得不夠。爲的是到如今爲止，還不理解胡亂批評人，對於那個人有什麼幫助，弄錯了會有什麼惡果。」〔註96〕在「三反」

〔註92〕1955年5月27日，《沈從文全集》第19卷，北嶽文藝出版社2002年，第421頁。

〔註93〕《致張兆和》，1957年8月中旬，《沈從文全集》第20卷，北嶽文藝出版社2002年，第189頁。

〔註94〕《致張兆和》（殘信），1957年8月20日，《沈從文全集》第20卷，北嶽文藝出版社2002年，第191頁。

〔註95〕蕭乾：《風雨平生——蕭乾口述自傳》，北京大學出版社1999年，第256頁；但也有蘇仲湘等研究者對此持懷疑態度，認爲沈從文沒有參與批判。（參見《也談沈從文與蕭乾之失和》，《沈從文評說八十年》，中國華僑出版社2004年）事實是，沈從文的確參與蕭乾的批判會。

〔註96〕《總結・思想部分》，《沈從文全集》第27卷，北嶽文藝出版社2002年，第

後，他還堅持說自己不擅長運用批評，因爲「胡亂批評人易犯錯誤，也可能作成無可補償的損失」，自己對「國家大事既一切隔閡，十分生疏，無多意見可言。對工作同志，平時即只注意長處多於注意短處」。〔註 97〕縱觀沈從文的實際表現，可以說，他基本是這樣做的。

由此可見，沈從文的「進步」是一種「不求有功，但求無過」的消極表現，且僅停留在思想層面。在現實表現中，尤其是在最能表現自己「進步」的大批判中，他顯然是「落後」於同時代的作家。

針對沈從文 1949 年後的蟄居狀態和低調生存，金介甫曾讚揚說：「沈的級別不高，但他不但沒有被『洗腦筋』，而且還像過去那樣，用冷靜旁觀的態度來看待中國巨大的社會動蕩。他有出世的戰略：韜光隱晦，與世無爭。」〔註 98〕金介甫的褒揚，自有其合理的成分。特別是在「思想解放」的大潮中，沈從文能夠恢復故我是他的幸運，也是時代的幸運，但在考察歷史時，不能也不應該迴避他曾經接受改造的事實。而探究其中的緣故，不難發現，沈從文的「清醒」來自於他的「邊緣」身份，而「邊緣」之所以能夠形成，一方面是他主動選擇的結果，但不能忽略的是，主流意識對他的有意輕視，因爲他太早就宣佈「繳械投降」，沒有一丁點反抗行爲和過程，所以才得以退居邊緣。對於一個沒有進攻能力，也沒有防禦能力的「文弱書生」，鬥爭，是沒有價值的。沈從文曾說：「照我思索，能理解『我』。／照我思索，可認識『人』。」〔註 99〕很遺憾，本文爲此作過努力，但結果仍並不令人滿意。

118 頁。

〔註 97〕《「三反運動」後的思想檢查》，1952 年，《沈從文全集》第 27 卷，北嶽文藝出版社 2002 年，第 125 頁。

〔註 98〕〔美〕金介甫：《鳳凰之子・沈從文傳》，符家欽譯，中國友誼出版公司 2000 年，第 412～413 頁。

〔註 99〕《抽象的抒情》，未完稿，寫於 1961 年 7、8 月間，《沈從文全集》第 16 卷，北嶽文藝出版社 2002 年，第 527 頁。

第三節　蕭乾：兩棲思想的表演與重創

1949 年，對很多中國人來說，都面臨著走還是留的選擇問題。

與朱光潛和沈從文比起來，蕭乾似乎從一開始就無意要走。早在 1948 年 6 月，他便聽從了他的大姐式的好友、共產黨人楊剛的勸告，投身於香港《大公報》的起義和《中國文摘》的編輯工作，並於 1949 年 8 月，帶著家人，隨同一批文化界人士登上末班船，取道青島回到北平。爲此他曾說：「1949 年我選擇回北京的道路，並不是出於對革命的認識，決定是在疑懼重重下做出的。我明知前面道路的坎坷不平，甚至帶有風險，我還是那樣定了，……我的邏輯是：不肯當白華，就得回到祖國這條船上，同它共命運。海上平靜時，你可以倚著船舷讓溫煦的海風吹拂著。遇上風浪，就得隨著它顛簸、嘔吐，甚至喝鹹澀的海水。」〔註 1〕在做出這種選擇後，蕭乾的人生和命運自然也就確定了。用他在晚年回憶時說的話就是：「比許多人倒黴，又比另外許多人幸運。」〔註 2〕

這樣的感慨是符合歷史事實的，特別是對於朱光潛和沈從文這兩位師友來說更具有參照性，因爲這種相對論的意義在於，此前他與他們同遭痛斥，共爲天涯淪落人，此後他因爲進步而比他們二人幸運得多，但歷經「反右」後又不幸得多。

一、歸來的「未帶地圖的旅人」

〔註 1〕《一個樂觀主義者的獨白》，《蕭乾文集》7，浙江文藝出版社 1998 年，第 154 頁。

〔註 2〕《蕭乾文集》6，浙江文藝出版社 1998 年，第 1 頁。

（一）自由主義的綿延

隨著抗戰的慘勝，遊歷歐美七年的蕭乾得到《大公報》的電邀，迫不及待地回到中國，從容地開始了《大公報》的社評工作。蕭乾的回歸爲《大公報》和整個文化輿論界吹來一股清新的風，尤其是他以塔塔木林爲筆名撰寫《紅毛常談》，對包括國共內戰等諸多問題進行了辛辣的熱議，其中的《法治與人治》、《中古政治》、《半夜三更國際夢》等文意義深遠，影響廣泛，一時間令文化輿論界刮目相看。連他的恩師沈從文也讚不絕口，爲此還專門撰文《懷塔塔木林》贊道：

> 塔塔對中國本位文化，既理解透澈，文章寫來，自然亦莊亦趣，不古不今，駁雜如諸子，精悍有稷下辯士風，引喻設義，奇突幻異，又兼有墨學家宋榮子，法國學人服爾太甕風味。……塔塔文章初現，耙梳透剔，談言微中，撫掌稱快者因之大有其人。〔註 3〕

在這種良好狀態中，蕭乾接連撰寫了《玫瑰好夢》、《神遊大西南》、《二十年後之南京》、《中國舞臺的歧途》、《中國音樂往哪裏走》等諸多文章，延續著他的不偏不倚、左右開弓的文風。1947 年，爲紀念「五四」文藝節，由他主筆撰寫了《中國文藝往哪裏走？》的社論，文中不無影射地寫道：

> 每逢人類走上集團主義，必有頭目招募嘍羅，……近來文壇上彼此稱公稱老，已染上不少腐化習氣，而人在中年，便大張壽宴，尤令人感到暮氣。……中國文學革命一共剛二十八年，這現象的確可怕得令人毛骨悚然。紀念五四，我們應革除文壇上的元首主義。

他同時還批評道：「近來有些批評家對於與自己脾胃不合的作品，不是就文論文來指謫作品缺點，而動輒以『富有毒素』或『反動落伍』的罪名來抨擊摧殘。」在縱論文壇亂象後，他提出自己的主張：在政治走上民主之路的同時，也應對文壇「寄以民主的期望」，即「容許與自己意見或作風不同者的存在」，因爲在「『法定』範圍內」，作家「應有其寫作的自由，批評家不宜橫加侵犯」，以保持文藝欣賞上的「民主的雅量」，理想的文壇應該是：「在那裏，平民化的向日葵與貴族化的芝蘭可以並肩而立」。〔註 4〕這篇文

〔註 3〕《懷塔塔木林》，《沈從文全集》第 14 卷，北嶽文藝出版社 2002 年，第 362、365 頁。

〔註 4〕《大公報》，1947 年 5 月 5 日。

藝宣言，體現了蕭乾1930年代以來所追求的自由主義式的文學思想。

（二）水土不服的代價

1948年2月22日，潘漢年主持的香港《華商報》上，登載了胡繩的批判文章《爲誰「塡土」？爲誰工作？——斥〈大公報〉關於所謂「自由主義」的言論》。文中稱《大公報》「向來以小罵大幫忙著名」，「近一月來先後發表過兩篇社論，提出什麼自由主義者的信念，又論什麼『自由主義者的時代使命』」，「無非是替他的主人來施行這種無恥的宣傳戰術」，它所謂的「塡土工作」就是「妄想支撐搖搖欲墜的反動大廈」，「爲獨裁統治者效勞」。〔註5〕文中雖未具體點名，但文章的指向是很清楚的。當然，批判蕭乾最猛烈的火力還是郭沫若的《斥反動文藝》。文中，郭沫若不但指名道姓，而且還將蕭乾判爲最爲反動的「黑色作家」，並在判詞中這樣寫道：

> 什麼是黑？人們在這一色下最好請想到鴉片，而我想舉以爲代表的，便是《大公報》的蕭乾。這是標準的買辦型。自命所代表的是「貴族的芝蘭」，其實何嘗是芝蘭，又何嘗是貴族！舶來商品中的阿芙蓉，帝國主義者的康伯度而已！摩登得很，眞眞正正月亮都只有外國的圓。高貴得很，四萬萬五千萬子民都被看成「夜哭的娃娃」。這位「貴族」鑽在集御用之大成的《大公報》這個大反動堡壘裏儘量發散其爲幽渺、微妙的毒素，……對於這種黑色的反動文藝，我今天不僅想大聲疾呼，而且想代之以怒吼：
>
> 「御用，御用，第三個還是御用，
> 今天你的元勳就是政學系的大公！
> 鴉片，鴉片，第三個還是鴉片，
> 今天你的貢煙就是《大公報》的蕭乾！〔註6〕

郭沫若雖然對朱光潛和沈從文也給予了尖酸刻薄的批判，並分別斥之爲「藍色」和「桃紅色」，但是對蕭乾的批判似乎要更嚴重一些。或者用李輝的話說就是，「詩人特有的激情和厭惡情緒」〔註7〕更強烈一些。

〔註5〕《華商報》，1948年2月22日。

〔註6〕郭沫若：《斥反動文藝》，《大眾文藝叢刊》第一輯《文藝的新方向》，香港生活書店1948年，第21頁。

〔註7〕李輝：《蕭乾傳》，江蘇文藝出版社1993年，第280頁。

還不僅於此，郭沫若在1948年1月3日所作的題爲《一年來中國文藝運動及其趨向》的演講中，說蕭乾比易君左「還壞」，主張要嚴厲打擊，而且不惜用政治手段。〔註8〕後又於3月15日在《華商報》上發表《提防政治扒手》。其中不無臆測地寫道：「我們已經明確地知道TV宋（即宋子文）出了二百六十億，政學系的宣傳機構派出了開路先鋒蕭乾。蕭乾被派去做《新路》的主編，這和得了大量美金外匯到香港來進行宣傳攻勢，是有密切聯繫的……他們已經將一部分過去不曾和國民黨合作過的文化和文藝工作者扒過去了，這分明是錢昌照、蕭乾經手扒過去的。」從郭沫若尖酸刻薄的文章中可以看到，他之與蕭乾，不僅僅有「私仇」，同時也存在諸多「公恨」。

（三）事出多因

針對郭沫若對蕭乾所下的「判詞」，以往的研究者都過於看重文中「稱公稱老」和「大張壽宴」的張力，即過於強調個人恩怨而忽略其他要素。當然，這也是蕭乾本人刻意強調的結果。蕭乾在事後多次說起：「這次太不愼重。只幾個字，開罪了文藝界領導人」，「倘若我僅止寫點國際社評，也不至於惹出亂子。」〔註9〕蕭乾的愛人文潔若也回憶證實說：「稱公稱老」這四個字「捅了馬蜂窩」，蕭乾當著自己的面說：「四個字恨上一輩子」。〔註10〕

客觀地說，「稱公稱老」、「大張壽宴」以及「革除文壇上的元首主義」等敏感話語確實是《斥反動文藝》的背景資料，因爲該文中使用的「反動」、「貴族」、「芝蘭」、「毒素」等都是蕭乾原文中的用語，所以不能低估《中國文藝往哪裏走？》這篇文章的重要作用。但如果細讀蕭乾的那一時期的文章便可發現，郭沫若的判詞事實上是一個合力的結果，而並非僅僅是那一篇文章和那「四個字」。

不妨稍作考證。

在《人道與人權》中，蕭乾寫道：「多少人嚷中國問題只是國共問題，多少人嚷中國問題只是憲法問題。綜觀各大戰場的憑弔記，多少對付同胞的殘暴都是西洋人對敵人所行不出的。」〔註11〕顯然，香港的左翼人士是厭惡這些話語的。

〔註8〕《華商報》，1948年1月7日。

〔註9〕《風雨平生——蕭乾口述自傳》，北京大學出版社1999年，第213、212頁。

〔註10〕《我與蕭乾》，廣西教育出版社1992年，第8頁。

〔註11〕《大公報》，1947年7月23日。

在《吾家有個夜哭郎——五千歲這個又黃又瘦的苦命娃娃》中，他又形象地比附說：「馬克思也好，荀子也好，衣食足了什麼都好說。衣食不足，有外力則動作猛，由漢朝的銅馬黃巾到清末的白蓮長毛，這個娃娃依然會踹動起來」，老實說，中國「眼前的問題根本是奶汁，奶汁，更多的奶汁」。〔註 12〕如果與郭沫若的「判詞」中的「夜哭的娃娃」相聯繫，可以判定，郭文顯然也受到此文的影響。而且，那句經典的「怒吼」：「御用，御用，第三個還是御用」與「鴉片，鴉片，第三個還是鴉片」，無論從修辭手法上還是詩句韻律上，都可以看作是如出一轍。

還有，1948 年 1 月以來，蕭乾參與了「中國社會經濟研究會」及其機關刊物《新路》的創辦，公開倡導在中國施行政治民主、經濟民主和文化民主，以國共之外的「第三種立場」相標榜。這對於正躊躇滿志的香港左翼文化界來說，其挑戰性和打擊性是絲毫也不弱的。

在《自由主義者的信念——闢妥協騎牆中間路線》一文中，蕭乾開篇即寫道：「在舉世巨齒獠牙草木皆兵的今日，夾於左右紅白之間有一簇難已分類的人物，通常稱作『灰色人物』。」而所謂「灰色」，是因爲「他們白不夠白，紅不夠紅，對兩個極端都不熱中，而暗裏依然默禱著紅白遲早合龍。」顯然，蕭乾在文中以「白」喻指國民黨，以「紅」喻指共產黨，「灰」便是被遮蔽的自由主義者。他所主張的去除「灰色」，便是讓自由主義者成爲一個明亮的「存在」。蕭乾在文中還將去除「灰色」後的自由主義做了明確界定：

> 自由主義不是迎合時勢的一個口號，它代表的是一種根本的人生態度。這種態度而且不是消極的。不左也不右的，政府與共黨，美國與蘇聯一起罵的未必即是自由主義者。

他將自由主義闡述爲五條基本信念，即政治自由與經濟平等並重；相信理性與公平，反對意氣、霸氣與武器；以大多數的幸福爲前提；贊成民主的多黨競爭制；任何革命必須與改造並駕齊驅。〔註 13〕如果將這些內容及語詞與郭沫若文中的「幽渺」、「微妙」、「烏煙瘴氣」、「僞裝白色」等相對照，不難看出，郭沫若的「紅、藍、黃、白、黑」的「五色畫像」正是對蕭乾的「紅、白、灰」所做的發揮。可以說郭沫若在判詞中的用語針對性都比較強，當然，原創性是較弱的。

〔註 12〕《大公報》，1947 年 10 月 21 日。
〔註 13〕《大公報》，1948 年 1 月 8 日。

接著，蕭乾又於1月27日和2月7日發表了《華盛頓精神的不朽——頌埃森豪元帥的風度》、《政黨・和平・墳土工作——論自由主義者的時代使命》，這些文章立場鮮明地提出自由主義者在中國當下的使命、任務和地位，其意自然是要與共產黨和國民黨來爭奪中國的領導權，這當然讓「左翼」文化界非常痛恨。茅盾在《我走過的道路》中曾記述道：「爲了反對這股『新的第三方面』攪起的『中間路線』逆流，四八年上半年，我們開展了對『中國社會經濟研究會』的批判。流亡到香港的文化界人士郭沫若、馬敘倫、鄧初民、侯外廬、翦伯贊、曾昭掄等都發表談話或寫文章，指出要『提防政治扒手』，要『戳穿美蔣新的政治陰謀』。」〔註14〕

綜上可見，郭沫若對蕭乾所下的判詞顯然是全面、綜合概括的結果，而並非僅僅是針對「稱公稱老」那「四個字」。學界與蕭乾一樣，過分看重了郭、蕭之間的個人恩怨，而淡化了他們在思想主張上的矛盾衝突。

（四）主動修好

面對郭沫若的口誅筆伐，蕭乾的第一反應是非常激烈的，很快寫就一篇措辭強硬的文章準備回擊，但在好友、地下黨員李純青的影響和勸說下，也爲日後的出路，他從不計後果的衝動和負氣的狀態中走出來。而依他的性格，又不能在被欺侮後不吭一聲，那樣太過委屈，也無法讓自己的自尊心得到撫慰，於是權衡再三後，他假託二戰後「自殺」的捷克外長瑪薩里克之名，撰寫了《擬J・瑪薩里克遺書》一文，發表在1948年4月16日的《觀察》上。文中，蕭乾借瑪薩里克之口陳訴了自己離開本土過久，所以不諳國情，意在表明自己並非有意冒犯。文中，在談到自己文章被曲解時，他假託說：「當時我曾坦白寫過一文，還惹起波蘭大使的抗議。這文章是不難找出的，請你們參照那個去研究一下。」蕭乾顯然還不習慣左翼革命人士的思維方式，還幻想在多元的思維框架中讓對方來理解自己文章的主旨，並進而重申了自己的主張：

> 爲了不替説謊者實證，爲了對自己忠實，爲了爭一點人的骨氣，被攻擊的人也不會抹頭就跑的。你們代表的不是科學精神嗎？你們不是站在正義那面嗎？還有比那個更有力更服人的武器嗎？今日在做「左翼人」或「右翼人」之外，有些「做人」的原則，

〔註14〕《茅盾全集・回憶錄二集》，人民文學出版社1997年，第629～630頁。

從長遠說，還值得保持。

雖然，蕭乾在這份「公開表白」中沒有直接言明要服輸認錯，還在一定意義上維護了自尊，但從文章的構思和立意來看，他還是主動做了讓步，意在與批判者修好。這一點，蕭乾後來在回憶錄中有過交代：「對這件事，我沒有還口。寫文章批評我的是郭沫若，他是我過去尊敬的前輩，後來還得知他是黨安排的魯迅之後的接班人，我不能隨便還口。但我心裏也很難心悅誠服，爲了表白我的心迹，就寫了一篇《擬 J・瑪薩里克遺書》作爲回答。」〔註 15〕

此後蕭乾在《新路》上又發表了《「政治民主與經濟民主」討論》繼續示好。文中，他將中國民眾分爲吃白米、糙米、棒子麵和樹皮四個階級，他承認吃樹皮和棒子麵的階級要想提高生存境遇而選擇「硬衝過去」（即革命）的方式，同時否定了中國存在英國工黨的可能，還對自己曾經發表的《吾家有個夜哭郎》一文作出檢討：「那比喻選得太壞了，而且文中未交代清楚。那是我用文藝的筆寫政論的初次試驗——也是個慘敗。」〔註 16〕在《「論公務員的法律地位與政治地位」討論》一文中，他反省說：「在反共高潮的今日，民主國家的官員究竟還保留幾成『超然性』，是頗值得疑問的。」〔註 17〕

顯然，此時的蕭乾已經開始否定自己信奉的民主社會主義，而逐漸轉向階級革命了。特別是在「畏友」楊剛回國規勸後，他便正式收起自己的自由主義立場而準備做革命的投機者了。

二、十字路口的選擇

（一）走還是不走

1947 年 11 月以來，蕭乾再次遭遇婚變的痛苦，這期間又接連發生國民政府拉攏他的事件。〔註 18〕在楊剛和李純青等人的影響下，1948 年 6 月，蕭

〔註 15〕《風雨平生——蕭乾口述自傳》，北京大學出版社 1999 年，第 213 頁。

〔註 16〕《新路》（周刊）第 1 卷第 13 期，1948 年 8 月。

〔註 17〕《新路》（周刊）第 1 卷第 17 期，1948 年 9 月。

〔註 18〕據蕭乾講，在他回上海不久，南京當局曾有意借調他去倫敦，接替葉公超的文化專員的職務。他予以回絕，並聲言：「我不是國民黨員，生平也最怕做官。如今好不容易回來了，再也不想走了。」另一次是，時爲孔祥熙左右手的冀朝鼎（實爲中共祕密黨員——引者注）和安徽大學校長請他吃飯，商談爲陳誠將

乾終於決定離開上海前往香港，並開始參加那裏作爲《大公報》起義前奏的政治「學習會」。這期間，他一方面以《大公報》記者的身份公開工作，一方面協助喬冠華等編輯中共地下組織的對外宣傳刊物英文版的《中國文摘》。〔註 19〕同時，爲了顯示自己的進步，他在 1949 年回北京前，先後撰寫了《怎樣做海外宣傳》、《論新中國的新聞教育 —— 讀〈東北日報〉有感》、《五四的成果》、《新方向，新生命》等思想傾嚮明顯的文章。〔註 20〕

可以說，蕭乾這一次的「喜新厭舊」，爲他與沈從文的「師徒反目」埋下了一個伏筆。因爲在沈從文的思維中，蕭乾絕對是一個崇尚自由的人，他在《懷塔塔木林》中曾寫有：「塔塔面對此可觸可撫之現實，需用頭腦判斷有所抉擇時，閉目思維約三分鐘，所得結論，必然是，『不事王侯，高尚其志。不受羈絆，樂得自由。』」〔註 21〕而蕭乾卻恰恰做出相反的選擇，在沈從文來說，這可以說是「有辱師門」、「大逆不道」，他也難免不會產生被欺騙、受愚弄的感覺。〔註 22〕

當蕭乾決意不走後，卻有很多人勸他走，而且不乏劍橋終身教職那樣的誘惑力，他爲此也曾有過動搖，畢竟那是劍橋，是他曾留學、工作並留下深刻印象的地方，而且學校如此看重他，用他恩師的話說：「以彼之教育材具，本可在歐洲作一標準紳士，努力於文化商業，發展得手，二十年中當可晉封一小小爵位。」〔註 23〕但他最終還是選擇留下來。關於此，蕭乾在 1979 年回憶時曾詳細記述道：

軍講學，內容是關於歐洲政局方面的。蕭乾予以回絕後，那位安徽大學校長接連到復旦去找了三趟。蕭乾說：「是這件事促使我下決心立即離滬赴港。」見《風雨平生——蕭乾口述自傳》，北京大學出版社 1999 年，第 215 頁。

〔註 19〕《風雨平生——蕭乾口述自傳》，北京大學出版社 1999 年，第 216 頁。

〔註 20〕以上文章均發表在《華商報》，未收入《蕭乾文集》。

〔註 21〕《懷塔塔木林》，《沈從文全集》第 14 卷，北嶽文藝出版社 2002 年，第 366～367 頁。

〔註 22〕蕭乾拋棄前妻「小樹葉」後，沈從文、楊振聲、巴金等都非常生氣，直接批評蕭乾「喜新厭舊」。1948 年 2 月間，蕭乾參加「中國社會經濟研究會」後，曾邀沈從文共同參與，被沈嚴詞拒絕。而這一次他又由「第三條道路」倒向階級革命，並在 1949 年後的最初幾年裏表現積極活躍。面對蕭乾的這一番「變」，沈從文後來才會說那句：「他始終是不大妥當一位」。至於 1972 年沈從文說：「你知不知道我正在申請入黨？房子的事你少管，我的政治前途你負得了責嗎？」不過是沈從文直接公開矛盾而已。沈從文後來爲房子事寫了數封責罵蕭乾的信，已是矛盾激化、愈看愈不順眼的結果。

〔註 23〕《懷塔塔木林》，《沈從文全集》第 14 卷，北嶽文藝出版社 2002 年，第 362 頁。

……兩天後，這位怕爬樓梯的老教授又來了。這回先聲明不是代表大學，而是作爲一位老朋友來規勸我。他提到戰後捷克的瑪薩里克死得不明不白，提到匈牙利出了紅衣主教案之後，多少無辜的人受牽連。他伸出食指，顫微微地說：「知識分子同共產黨的蜜月長不了，長不了。」

風聞我要去北平，幾位東方的「何倫」也上門來勸阻。有的說：「你別看共產黨眼下對你這麼笑眯眯，那張臉說變就變。共產黨只容得下應聲蟲。像你這樣好發議論，去了非栽跟頭不可。在那裏栽跟頭可不是兒戲，會鬧得家破人亡，六親都不認你，更不用說舊時的朋友了。」……〔註 24〕

何倫以及友人的勸告和自己開罪權威的經歷，未嘗不是蕭乾心中的隱痛。早在 1930 年代，他就瞭解到斯大林在蘇聯的肅反大清洗。然而他也幻想那只是在蘇聯，中國是不可能再蹈蘇聯的覆轍。因爲自己所接觸的楊剛等眾多共產黨人，留給自己的都是美好的印象。而自己開罪於文壇權威，也畢竟是過去的事，現在自己已投身於革命事業，與他們眞正站在一條戰線上，作爲自己仰慕的「大人物」，也不會那樣心地狹窄、伺機報復的。

事實上，蕭乾選擇不走，還有一個更隱晦的緣由，那就是他的「共產主義」的情結。蕭乾對於共產主義的嚮往，可以追溯到少年時代。1926 年他就在崇實中學組織了「少年互助團」，還通過結交中共黨員，學習了《共產黨宣言》、《帝國主義與海關》等「反帝」的宣傳冊子，因「五卅慘案」還參加了「反帝」運動。他曾說：「從那時直到 1939 年，共產主義在我心目中就是合理社會的代名詞。……三十年代我雖不再夢想當職業革命家了，對於革命，對於蘇聯，對於共產主義，卻仍是嚮往的。」〔註 25〕1938 年時，他還曾打算去延安，只是未能成行。到了英國後，他曾隨亞瑟・埃格（A. Uegg）參加英國共產黨組織的「人民會議」，與那裏的民眾共唱《國際歌》，爲此還受到英國警方的警告。另外重要的一點是，蕭乾在劍橋時，除選聽文學課之外，還將很大的一部分注意力放在選聽著名政治學家拉斯基（H. Laski）的課上，同時與《新政治家》的馬丁（K. Martin）、伍爾芙（V. Woolf）以及小說家福斯特

〔註 24〕《生活回憶錄》，《蕭乾文集》6，浙江文藝出版社 1998 年，第 219～221 頁。
〔註 25〕《生活回憶錄》，《蕭乾文集》6，浙江文藝出版社 1998 年，第 224 頁。

（E.M. Forster）等過往甚密。正是受了拉斯基的費邊社會主義的影響，蕭乾逐漸形成他的社會民主主義觀。〔註26〕因而，在蕭乾的修正自由主義思想中，對社會主義（共產主義）仍存在同情、期望和達成共識的思想傾向和感情。這便是他選擇不走的更深層次的因素。

當然，選擇不走，並非是留在香港。

（二）去北平還是去上海

當蕭乾作出不走的最後決定時，他已經開始思考另外一個問題，即去北平搞國際宣傳，還是去上海繼續辦《大公報》？一方是龔澎、喬冠華等《中國文摘》領導的盛邀，一方是楊剛、李純青等多年同事兼朋友的召喚，蕭乾有些犯難。從自己的意願說，他更喜歡從事新聞事業，更願意留在《大公報》，畢竟在那裏駕輕就熟，而且報館不但爲其提供住房，還要從中層提拔到領導機構。如他自己所說，「無論從生活旨趣還是感情上，都是可取的」，而且他當時也確實「決定把這家報紙作爲自己安身立命之所」。〔註27〕

是什麼原因又導致蕭乾北上了呢？他自己說主要有兩方面的因素：其一，1949 年 2 月 29 日晚，正當他輪值負責報紙工作時，發現新華社傳來的電訊稿中登載了一則「自辱家門」的消息：天津《大公報》改名爲「進步日報」，並發表社論，題爲「我們不要《大公報》這個臭名字」。已經接受初步政治訓練的蕭乾意識到問題的嚴重，在向上級領導夏衍請示後，一字不改地照發了。這件事讓初涉政治的蕭乾著實嚇了一跳，他感到茫然。因爲此前，香港地下黨負責人方方還稱讚《大公報》的「力量不小於一個軍團」。〔註28〕政治的風向標竟然變得這樣快，其複雜性遠非自己所能設想；其二，勝利前夕，他觀看有關批判蕭軍的展覽，面對「反蘇、反共、反人民」，「我們必須無條件的擁護蘇聯，信仰蘇聯，尊重蘇聯」，以及「狡辯」、「抵賴」、「反撲」等嚇人的標語，蕭乾害怕了。他想：「倘若回上海，肯定又得寫社論。」而

〔註26〕1948 年蕭乾在《大公報》的社評中寫道：「自由主義者並不擁護十九世紀以富欺貧的自由貿易。對內也不支持作爲資本主義精髓的自由企業。在政治在文化上自由主義者尊重個人，因而也可說帶了頗濃的個人主義色彩。在經濟上，鑒於貧富懸殊的必然惡果，自由主義者贊成合理的統制，因而社會主義的色彩也不淡。自由主義不過是個通用的代名詞。它可以換成進步主義，可以換爲民主社會主義。」《自由主義的信念》，《大公報》，1948 年 1 月 8 日。

〔註27〕《風雨平生——蕭乾口述自傳》，北京大學出版社 1999 年，第 219 頁。

〔註28〕《風雨平生——蕭乾口述自傳》，北京大學出版社 1999 年，第 219 頁。

「寫錯一個字，就能惹下滔天大禍」。於是，已近不惑之年的蕭乾「選擇了風險較小的路」。〔註 29〕

當然，還有一個原因蕭乾沒有明說，但在事後的回憶中卻多次提及。那就是他對「家」——北京的依戀。他曾說：「北京城就是我的家。在大轟炸中的倫敦，即便躺在地鐵站臺上過夜，我的心也馳向那座被護城河和垂楊柳圍著的古城。……那陣子我常在夢中親吻北平的城牆。」〔註 30〕看得出，蕭乾對北京的感情是濃厚的。直到晚年，他還在《一本退色的相冊》中還寫道：「四十年代當我漂泊在外時，每逢想『家』，我的心就總飛向那個破破爛爛的角落。那個貧民區在我的夢境裏永遠佔有一個獨特的位置。」〔註 31〕或許他在外流浪的時間太久，所以那種歸根的意識和感情就更強烈。他還說過：「我要回到北平去，在那裏，我要第一次築起自己的家，一個穩定可靠的家」。〔註 32〕這或許就是一個傳統中國男人在特定的年齡和氛圍下的最迫切的願望。

1949 年 8 月，蕭乾告別了楊剛等摯友和心戀的《大公報》，「像隻戀家的鴿子那樣，奔回自己的出生地。」〔註 33〕

三、「帶上地圖的旅人」

（一）用行動證明自己

蕭乾最初回到北京後的感覺很好，沒有受到歧視不說，反而在一聲聲「革命不分先後」的親切話語中感受著「同志」般的溫暖。

當然，蕭乾也隨即注意到自己的「客卿」的身份和一些微妙的差異。如他先是從住宿方面感到其中的等級，比如郭沫若、茅盾、葉聖陶、曹禺等高一級的人士住北京飯店、六國飯店等，次一等的住翠明莊等，蕭乾等則住檔次一般的亞洲飯店。在飲食上也是「食分五等」，蕭乾等吃小竈，黨員吃大竈啃窩頭。這種找不到「主人」的感覺還是讓他心裏起了微妙的變化。特別是 1950 年冬天，他先是被通知參加訪英代表團，後在動身前被取消了出訪資格。這樣的打擊讓他徹底頓悟：「我明白喊你一聲同志，並不就是一家人

〔註 29〕《風雨平生——蕭乾口述自傳》，北京大學出版社 1999 年，第 222 頁。
〔註 30〕《生活回憶錄》，《蕭乾文集》6，浙江文藝出版社 1998 年，第 221～222 頁。
〔註 31〕《蕭乾文集》7，浙江文藝出版社 1998 年，第 104 頁。
〔註 32〕《生活回憶錄》，《蕭乾文集》6，浙江文藝出版社 1998 年，第 222 頁。
〔註 33〕《生活回憶錄》，《蕭乾文集》6，浙江文藝出版社 1998 年，第 221 頁。

了。」〔註 34〕他後來在描述這一段生活時說：「解放後的第一年，我有很長一個時期是像一個久居暗室的肺病患者，初次見到熾烈的陽光，呼吸到沁人肺腑的新鮮空氣。一面感到陽光的溫暖，一面眼眸又感到眩暈；一面爲新鮮空氣而感到飽滿，一面結核的肺葉上又感到刺痛。感情上，我患著嚴重的水土不服。」〔註 35〕李輝曾對蕭乾這一時期的心態和行爲描述說：

> 曾經受到共產黨人嚴厲批評的人，無論如何也不敢像別人一樣坦然豁達。雖然他是以一個起義人員的身份走進解放區，也迎來了開國大典。但他不敢自由地歡笑，不敢像過去一樣，高昂著頭。他擔驚受怕，小心翼翼地做人，勤勤懇懇地工作。爲了不連累別人—— 更是爲了不連累自己 —— 他和國外的一切朋友斷絕了往來。〔註 36〕

蕭乾在 1990 年代談起這段時期的情況時證實說：「爲了避免蒙上裏通外國的嫌疑。1949 年從香港回北平之前，我就給所有海外友人發了函，從此停止往來。然而，裏通外國這頂帽子還有可能給我扣上，因爲我有位七十開外的美國堂嫂安娜。我小時候她對我很好。1949 年一抵北平，我就向領導交代了。指示是不要來往。」〔註 37〕蕭乾尊旨照辦，在此後的日子裏眞的未敢越雷池一步，甚至與堂嫂偶遇也佯裝不認識。蕭乾還提到，自己曾憑著警覺巧妙地處理了 1949 年前《大公報》所贈送的股票，還因爲沒參加過股東大會、沒拿過紅利而躲過了資本家的那頂帽子。他還透露，1950 年代初，他謝絕了上海新文藝出版社因公私合營後支付給他的補償稿酬。爲此他說：「那時我已經歷過『三反』運動，完全懂得這會爲我找來何等禍患，就當即回信聲明拒領股金，並堅決要求把我從股東名單上撤銷。」〔註 38〕

蕭乾的積極主動還表現在對於以往發表的文藝作品的處理上，他說：解放之前，「便關照出版家不要再印了，自己也從不去翻閱一遍，更無心修改了。我的處理辦法是用一隻破麵粉口袋把手邊過去在國內外出的十幾本書統統裝起來，找一隻生了鏽的釘子，高高掛起」。〔註 39〕在訪英受挫後，他深

〔註 34〕《風雨平生——蕭乾口述自傳》，北京大學出版社 1999 年，第 237 頁。

〔註 35〕《生活在怎樣偉大的時代》，《蕭乾文集》3，浙江文藝出版社 1998 年，第 122 頁。

〔註 36〕李輝：《蕭乾傳》，江蘇文藝出版社 1993 年，第 281 頁。

〔註 37〕《後怕》，《蕭乾文集》5，浙江文藝出版社 1998 年，第 123 頁。

〔註 38〕《後怕》，《蕭乾文集》5，浙江文藝出版社 1998 年，第 123 頁。

〔註 39〕《我決心做毛澤東文化軍隊裏的一名戰鬥員》，《新觀察》第 14 期，1952 年 8 月。

知自己屬於「來歷不甚明白」者，於是除上交《我的自傳》外，「還把當時手中存有的信件、參加會議時發的文件、寫過的東西作爲附件，一塌刮子全送上去，希望自己在組織面前變得透明」。〔註40〕

蕭乾的這些舉動是發自內心還是投機？恐怕不能簡單來界定。應該說，二者兼而有之。理由如下：

一方面，新的政權的確在某些方面令人耳目一新，比如改造妓女、土地革命等舉措是讓蕭乾找到一個與自己所信奉的社會主義的契合點，所以他可能存在眞誠地修正自己思想的傾向和願望。如他說：「包括我在內的眾多由白區投奔來的知識分子，都是以浪子回頭的心情力圖補上革命這一課。」他還說：「知識分子的自我改造的動力一部分出於自覺，不甘落後，立志要趕上時代的步伐，另一動力則來自客觀世界改造的參與。」〔註41〕

另一方面，對於一個深知斯大林大清洗內幕而又有得罪權貴經歷的人來說，爲了生存，也會進行一些投機性的補救措施。如在反胡風運動中，他機警地覺察到一些問題，並爲此歸納出兩點教訓：「一、儘量不寫信，倘若非寫不可，也只寫事務性的。語句要一清二楚，無可推敲。發信之前必先讀上幾遍，以防萬一落到階級鬥爭的嗅覺特別靈敏者之手，會被惡毒歪曲。至於日記筆記之類惹是生非的東西，更寫不得。二、即便號召提意見，甚至黨員對黨刊提意見，也不要插進去，以免有『乘機進攻』之嫌。」〔註42〕1957年春，他三次拒絕章伯鈞調他編《爭鳴》的要求，並且每次回去都向本單位的黨員領導彙報情況，以表明自己的「覺悟」很高。這些都可以看做是蕭乾的機關算盡。可惜，蕭乾這麼多的實用理論和這麼高超的生存哲學還是沒有抵擋住「引蛇出洞」的「陽謀」，最終在「反右」運動中陰溝裏翻了船。

不過，總體來說，在「反右」之前，由於蕭乾的積極主動，組織上也給了他早年追求革命、解放戰爭期間中立、解放後靠攏、歷史清白等政治結論。而且他精通外文，能派上用場，也比較受重視，所以如他自己所說，「那幾年是個服水土的過程」，至少「沒怎麼覺得過矬誰一頭，因而心情大致是舒暢的」。〔註43〕

〔註40〕《風雨平生——蕭乾口述自傳》，北京大學出版社1999年，第249頁。
〔註41〕《風雨平生——蕭乾口述自傳》，北京大學出版社1999年，第225～226、226頁。
〔註42〕《風雨平生——蕭乾口述自傳》，北京大學出版社1999年，第249頁。
〔註43〕《生活回憶錄》，《蕭乾文集》6，浙江文藝出版社1998年，第230頁。

（二）並非艱難的思想轉變

與朱光潛和沈從文在一定程度上的被動、消極不同，蕭乾採取的是「理性」的積極主動的應對方式，即在積極否定自己的同時，也主動向組織靠攏，坦白交心。這種「以攻為守」的戰略最鮮明地體現在他的檢討中。

1950 年 9 月，在訪英受挫後的極短時間內，蕭乾向黨組織遞交了一份 5 萬字的思想彙報——《我的自傳》。文中，他交代了自己的家庭情況，和自己如何半工半讀、自食其力的生活閱歷，並對此總結和檢討說：「自食其力的生活對我有許多好處：使我懂得了什麼是艱苦、剝削，但也很早便造成了我向上爬的傾向——為了不再吃上頓不得下頓，也為了從『人下人』的地位翻過身來，我向上爬。」「因此，十九歲以後的我，一直是走著個人主義的瞎路。」在談到自己對人生的流浪的態度時，他說：「我很喜歡在人面前吹我為何不看理論書。我說：理論家是製地圖的，我是旅行的。背了一個口袋，我比他們更知道山有多高，水多清。殊不知這種流浪心情使我整個變為一個有生活無思想的糊塗蟲。」隨後說到進入《大公報》的最初幾年，在儘量美化自己「反帝、反封建」同時，也檢討了自己受《大公報》「騎牆」作風的影響，不知道追求光明，沒有進一步認識現實。在彙報留英七年的情況時，他首先以「反帝」的姿態對英國、倫大東文學院、劍橋等自己學習、生活和工作過的地方用階級的立場進行了批判性地敘述，並檢討說：「恨帝國主義（不是從階級出發，而是從民族立場出發的），反對貧富的不均，但同時對資本主義的英國某些表面現象（如食物配給之公平，交通秩序之好），也頗覺羨慕。」他還揭示自己的「中間路線」主要是受了拉斯基、馬丁、吳爾芙、福斯特等人的影響，以及對英國工黨在大選中的勝利「發生了錯覺」，「大大增長了」中間道路的思想，並認為「在議會方式下的社會主義政權是有利於世界和平，是穩健的進步，美蘇之間可作為橋梁」。他接著檢討說，自己「看到了資本主義帝國主義的醜惡及威脅」，卻未能認識到「蘇聯所代表的世界人民的政治利益：和平及民主」。他對自己 1946～1949 年期間的經歷作了有針對性地介紹和解釋，還分析了錯誤的人生觀的歷史根源，包括所受的買辦式的英美自由主義教育，並批評《大公報》是「一個政治上完全沒有骨頭的報館」。隨後他彙報了自己不斷進步的表現：

> 由 1948 年春迄今的學習及反省，政治上的自由主義已經清算

了。向上爬的念頭已被主觀努力及客觀環境壓制住了——把它消滅乾淨還需要進一步的學習。文藝上，還寄存些「技巧觀點」的殘餘，需要由情感上與工農兵結合來徹底克服。……對於《新路》，我懂得由整個革命利益去看這個事件，從階級立場去看它，當然也就憎恨那樣往人民眼中撒沙子的中間企圖。

同時，蕭乾還表示：「今後只有投到群眾中去學習，鍛鍊批評別人的勇氣，和接受批評的容量，客觀理智地去使用這武器，以提高自己的政治水平，改進工作。」在這部分檢討中，可以說，蕭乾幾乎毫無保留地將自己的過去做了徹底解剖和了結。最後，他表達了要求加入組織的迫切願望，爲此不惜將自己貶斥爲忙碌的「豬玀」、在土中瞎鑽的「蚯蚓」。他說：「在我面前，清清楚楚只有一條路：左的路，馬列主義的路，共產主義的路。」所以「我決心在無產階級的領導下，組織下，建立革命的人生觀，使自己在人類大同這個最高的理想及事業上，能發生一個螺絲釘的作用」。〔註44〕

至此可見，蕭乾爲了取悅於組織，已不惜全面否定自己，將自己曾經信奉的自由主義拋卻。當然，至於蕭乾的這些話是否出於眞心？這已經是個不可問也不可說的問題了。

既然已經表示了要向人民投降、向組織靠攏，就要在思想和行動中繼續有所表現，蕭乾正是這樣做的。他意識到自己「還沒有工人的集體意識」，還是一個「蒼腫貧血、多愁善感的知識分子」，〔註45〕因此在面對「抗美援朝」的問題時，他不失時機地撰寫了《美帝的蓄意》。在全國開展《武訓傳》的批判運動中，他主動「陪了綁」，狠批自己的改良主義，反覆檢查自己的費邊社會主義思想。特別是在《大公報》駐京辦組織的題爲「學習無產階級的立場、觀點、方法，批判改良主義思想座談會」上，他對自己的改良主義進行了集中的批判和徹底的檢討。他說，改良主義、中間路線、自由主義和費邊社會主義基本上都是一個東西，「一舉一動都和小資產階級的自私自利性分不開。它是一種違反眞理、危害革命的機會主義」。他分析了自己形成改良主義的三種來源，即受教會學校的教育、受《大公報》影響和在英國所受的系統教育，並著重對在《大公報》期間所寫的文章中表現出的改良主義傾向進行了檢討，將自己與「新路」的關係說成是「毒水充溢血管以後起的一個瘡疤」，稱改良主義「是資產階級的幫兇，

〔註44〕傅光明編：《解讀蕭乾》，大眾文藝出版社2001年，第180～200頁。

〔註45〕《生活在怎樣偉大的時代》，《蕭乾文集》3，浙江文藝出版社1998年，第126頁。

它一向的意圖和作用就是延續反動統治的壽命」。〔註 46〕因爲蕭乾的積極表現，《大公報》北京辦事處記者找到社長王芸生，想請他寫一篇批判《大公報》過去傳播改良主義思想的罪惡，氣得王芸生在編輯部痛罵了蕭乾一通，而且無奈撰寫了檢討文章，做起自我批判。〔註 47〕

在思想改造的當口，蕭乾本不必參加文藝整風，但還是以「編外」的身份對自己的文藝思想進行了自我整風。1951 年 12 月 18 日，他以一篇《我決心做毛澤東文化軍隊裏的一名戰鬥員》表明這種心迹，說：儘管「最初下刀的時候，確是有些痛的；但是只有這麼辦才能把自己由社會廢品變爲有些用處」。他還說到，自己這兩年對文藝問題總是以「請假了」爲由，事實上是思想改造不徹底、不眞誠的表現，其根源則是因爲自己在文藝上的自由主義，爲此他信誓旦旦地說：「這個根如果不挖掉，僅僅靠『改行』，靠向文藝界『請長假』是解決不了問題的。」最後他說：「我決心清算二十年來半封建半殖民地的舊中國所加給我的完全錯誤的文藝思想，……我決心傾一輩子剩下的日子，做毛澤東文化軍隊裏的一名戰鬥員！」〔註 48〕

可見，1949 年後的短暫時期內，蕭乾便實現了對自由主義及自由主義文藝思想的全部清算。他之所以「進步」之快，是因爲他有了「地圖」，並在其指引下迅速抵達了目的地。爲此他說：「有了地圖（馬列主義），有了火把和引路人（毛主席和共產黨），再有了浩浩蕩蕩的集體力量，山可移，海可倒，有良知有感情的人更是可以改造的了。」〔註 49〕

〔註 46〕《大公報》（香港），1951 年 12 月 25 日。

〔註 47〕《新聞界思想改造情況》（十一），1952 年 9 月 6 日，上海市檔案館 A22/2/1551/74。

〔註 48〕《新觀察》第 14 期，1952 年 8 月；關於引文中「這個根如果不挖掉，僅僅靠『改行』，靠向文藝界『請長假』是解決不了問題的」一句。本文以爲：作爲沈從文的弟子，蕭乾即便在這裏無意牽連沈從文，但這種話語本身已顯示出他的不會「做人」。在一向聰明、敏感的蕭乾來說，這完全是屬於低級錯誤。因爲相比於有一張中國作協的會員證的蕭乾來說，從事古文物工作的沈從文才眞正是「轉行」。這些帶有大言不慚的話，對於情緒一直低落的沈從文來說，無疑會產生強烈反感。當然，如果蕭乾有意說給沈從文聽，倒也是他善意的勸誘，他希望自己的老師重新拿起筆。倘如此，那他又實在是太不瞭解他的老師了，這樣的「忠言逆耳」如果換給別人說倒還好，而出自蕭乾之口反而會增添沈從文對他的厭惡之情。

〔註 49〕《生活在怎樣偉大的時代》，《蕭乾文集》3，浙江文藝出版社 1998 年，第 126、126～127 頁。

（三）合格的人民的吹鼓手

有了「地圖」的指導，蕭乾不但在思想上實現全面「轉軌」，還輔之以具體行動。1951 年 3 月 2 日，毛澤東在寫信給胡喬木的信中說：「3 月 1 日《人民日報》載蕭乾《在土地改革中學習》一文，寫得很好，請爲廣播，發各地登載，並可出單行本，或和李俊新所寫文章一起出一本，請叫新華社組織這類文章，各土改區每省有一篇或幾篇。」〔註 50〕幾天之內，蕭乾的大名隨著報紙、廣播，在全國、乃至全世界出現，他再次一鳴驚人。而且這一次遠比他的成名作《蠶》、留英歸國後發表《紅毛常談》等影響要廣泛的多，爲其叫好的也遠不止林徽因、沈從文等幾個「京派人物」。蕭乾爲此也倍感欣慰，於是接連寫出了《李嫒毑的一生——一個湖南農民的翻身》、《土地回老家》、《黃友毅回家》和《生活在怎樣偉大的時代》等諸多特寫。1951 年 11 月，平明出版社將這些作品以《土地回老家》爲題結集出版，作品還被譯成十一種文字傳播到國外。

客觀地說，在 1949 年後的最初幾年中，無論從配合政治運動需要的功用講，還是從文學的相對藝術性講，蕭乾的《土地回老家》在眾多「頌歌」作品中都可以算得上是上品。蕭乾在後來回憶起這段往事時還難掩自豪地說道：「我寫文章並不是快手。然而《土地回老家》這套用文字反映土改的『連環圖畫』，卻不出一個月就完成了。」他同時略帶謙虛的語氣地說：「我完全清醒地意識到，這並不是由於我寫得出色，而是因爲這是個舉世矚目又都渴望瞭解的題材，要想瞭解中國的革命，就得首先瞭解中國的土改。」〔註 51〕

蕭乾能夠在如此短暫的時間內適應新時代的寫作要求，寫出那樣漂亮的應景文章，這一點比他的老師沈從文的確要強得多，只是不知面對這些「上品」，一直在努力嘗試新的寫作規範的沈從文作何感想？

這一時期，蕭乾還撰寫了《我認清了階級——上岸村鬥爭會歸來》、《好日子》、《我驕傲作毛澤東時代的北京人》、《他們重見陽光》、《費爾頓夫人體驗了中國人民的和平生活》等作品。

鑒於蕭乾在文學創作上的取得成就，很快便得到上級領導的重視。1952 年，他由新聞界被調至文學界任《譯文》編輯；1953 年，被時任作協副主席

〔註 50〕李輝：《浪迹天涯：蕭乾傳》，中國文聯出版社 1998 年，第 392 頁。

〔註 51〕《風雨平生——蕭乾口述自傳》，北京大學出版社 1999 年，第 231、231～232 頁。

的馮雪峰調至人民文學出版社，參加《世界文學》的編輯工作；1955 年初，又被正式通知做專業創作人員，終於如願以償地歸隊了。他說：自己「一生從來也沒『專業』過」，這是個「特大喜訊」。為此他還專門走訪、請教了相關人士。儘管人家告訴他：「這主要是一種政治待遇，有東西就寫，沒有也可以看看書，到各處走走，不一定非拿出作品不可。還有解放後按月領創作津貼，什麼也沒寫的呢。」〔註 52〕可是蕭乾並不以為然，為了自己鍾愛的文學創作，也為了不辜負領導的信任，他先後撰寫了如《幸福在萌芽》（1954）、《向先進的力量致敬》（1956）、《鳳凰坡上》（1956）、《萬里趕羊》（1956）、《時代正在草原上飛躍——訪問依勒利特（勝利）牧業合作社》（1956）、《人民教師劉景昆》（1956）、《蕭伯納二三事》（1956）、《草原即景》（1956）、《初冬過三峽》（1956）等特寫和散文以及《兩種制度、兩種電影、兩種英雄》、《讀〈金星英雄〉》等理論和鑒賞論文。

儘管這些文章的主題和基調都是以「頌歌」為主，但蕭乾能夠很好地秉承老師斯諾的教導，將新聞、文學與政治儘量地結合在一起，堪稱一個優秀的吹鼓手，也沒有辜負巴金所賦予的最有才華的期望和稱讚。

對於這些「頌歌」，他後來也與巴金一樣將其解釋為真誠，他說：「由於我目睹了也經歷過舊社會的腐敗和悲慘，我只能歌頌」，「所有我的歌頌都是由衷的，也都是用我自己喜歡的形式和語言寫成的」，〔註 53〕「作為吹鼓手，我為了能向世界宣揚這些壯舉而感到光榮」。〔註 54〕與創作成就相比肩的是他在仕途上也獲得了滿足。1956 年，在楊剛的推薦和提攜下，蕭乾受聘《人民日報》文藝版顧問，隨後又被委任為《文藝報》的副主編。

與朱光潛、沈從文那兩位「難兄」相比，此時的蕭乾是幸運的，或者可以說是鴻運當頭了。當然，這一切都是他積極主動、辛勤努力換來的結果。

四、在「陽謀」中被流放

（一）不自覺流露的現實主義

蕭乾一方面誠心誠意地改造思想，力爭適應新時代；另一方面，也沒忘記自己的「客卿」身份，不時地有意識地做著思考和比較。蕭乾在後來的回憶中

〔註 52〕《風雨平生——蕭乾口述自傳》，北京大學出版社 1999 年，第 247～248 頁。
〔註 53〕《蕭乾文集》7，浙江文藝出版社 1998 年，第 95 頁。
〔註 54〕《風雨平生——蕭乾口述自傳》，北京大學出版社 1999 年，第 232 頁。

談及，自己那時除對交中蘇友好會費以及交費還須憑政治資格等問題有思想疙瘩外，還對《中蘇友好同盟互助條約》也產生質疑。他說，自己將這個條約與1945年斯大林同蔣介石簽訂的那個「互助條約」作過比較，發現除了附有一筆貸款外，其他如共同開發新疆礦藏、將旅順作爲蘇聯海軍的港口，中東鐵路也要合營等內容也不是「兄弟般」的做法，是大民族主義的強權政治。

應該說，蕭乾能夠意識到不平等條約的問題，這在當時甚至當下也都是難能可貴的。

蕭乾在參與「三反打老虎」運動時注意到，「在運動中，只准落井下石，沒有人敢或肯替誰說句話——倘若有，那就是物以類聚，一併處理」。而運動結束後，曾經的「老虎」又回到「人民」中，而上億元的贓款也不須追究了。大家似乎有一種默契：「都是爲了革命」。同時，他也認識到：「革命果然不是請客吃飯。人可以旦夕間當做獸來擒捕。」〔註55〕可見，蕭乾在不得不遵照「地圖旅行」的同時，也還在私下裏觀察和判斷這個「地圖」的標示正確與否。

正是還有這樣的獨立思考，蕭乾在諸多運動中沒有扮演「幫兇」的角色，這一點在批俞平伯、批胡風時得到印證。他自己也曾說：「50年代有些運動，如《紅樓夢》問題、《武訓傳》以及對胡風的批判，我思想趕不上趟兒，卻也並沒多嘴多舌。」〔註56〕蕭乾所說確屬實情，翻看當年的資料，的確沒有發現他的批判文字，特別是在全國批判胡風之時，他「雖然住在運動的總指揮部裏」，「卻隻字未寫」，這在當時的確難得。不過，他同時還說道：「我當時思想上對那種反常的搞法甚至也並不怎麼牴觸。我更關心的是自己那個寶貝寫作計劃可別告吹，同時也不斷擔心火會不會有一天燒到自己頭上。」〔註57〕

儘管蕭乾的思想和行爲算不得崇高，或者說那只是一種近似麻木和爲保全自己的自私自利的表現，但在集體落井下石的環境裏，他畢竟保持了獨善其身。這一點，他與他的老師沈從文可謂殊途同歸。

而且蕭乾還有過因爲過於「敬業」而觸犯禁忌的經歷。如在一次翻譯中，他因爲喜歡原作的「俏皮」，便自作主張對譯者的譯文做了比較大的修改。不想，在終審中卻遭到嚴厲批評，因爲原譯者恰是《譯文》領導董秋斯的夫人。他爲此不服，還與領導爭辯，結果再次遭到訓罵。〔註58〕這一時期，蕭乾還

〔註55〕《風雨平生——蕭乾口述自傳》，北京大學出版社1999年，第237～239頁。
〔註56〕《風雨平生——蕭乾口述自傳》，北京大學出版社1999年，第232頁。
〔註57〕《風雨平生——蕭乾口述自傳》，北京大學出版社1999年，第248～249頁。
〔註58〕《風雨平生——蕭乾口述自傳》，北京大學出版社1999年，第247頁。

曾因爲周揚對自己不夠尊重而接連三次拒絕幫他校對譯稿，並在 1957 年「大鳴大放」時期公開提出批評。〔註 59〕1954 年，在全國翻譯工作會議小組討論發言時，他爲勞倫斯因寫《查泰萊夫人的情人》被定爲「黃色作家」而不平，並要求「作出恰如其分的判斷」。〔註 60〕

儘管這樣的事例不是很多，但足已說明蕭乾並沒有失去獨立思考的能力。

（二）「既服從，又反抗」

如果說蕭乾這時期的獨立思考和獨善其身因爲客觀環境的不允許而僅能「悶在肚裏」，或者不自覺流露一點，那麼在 1956 年的「初夏氣候」裏，他終于禁不住引誘，得意忘形甚至「放肆」起來。他後來回憶說：那時「頭上的天空彷彿總是晴朗的。人升了值，對鏡一照，臉上的灰塵倏忽不見了，腰板也挺直起來。早已生了鏽的腦子，忽然像塗了層潤滑油」。〔註 61〕無論是政治空氣還是個人的際遇，都讓蕭乾有點飄飄然，「客卿」的意識雖然沒有減去，但是警惕性明顯降低了。

蕭乾開始「放肆」應該從《大象與大綱》這篇文章算起。雖然，他文章的立意在強調特寫也應通過形象來表達這一主旨，但是行文卻意外地起到了諷刺和批評廠領導安排勞模做報告的虛假問題上。〔註 62〕

蕭乾眞正有意「放肆」是從《小品文哪裏去了？》一文開始的。他在文中借強調小品文的特點，來呼喚文學的人性和藝術性，意在對當時作品的公式化、概念化以及重大題材決定化等問題提出批評。〔註 63〕

此後，這樣的批判意識便一發而不可收。

在《一篇拒絕「點題」的文章》中，蕭乾對章君宜的特寫《侯玉鳳的苦惱》表示聲援，批評那些不做實際工作只在人前哇啦哇啦的假積極分子。〔註 64〕在《餐車裏的美學》中，他借畫家們的討論，對批評家粗暴干涉畫家創作的現象進行了批評。〔註 65〕在《「上」人回家》中，他直白地諷刺和

〔註 59〕李輝：《往事蒼老》，花城出版社 1998 年，第 247 頁。

〔註 60〕鮑霁編：《蕭乾研究資料》，北京十月文藝出版社 1988 年，第 25～26 頁。

〔註 61〕《風雨平生——蕭乾口述自傳》，北京大學出版社 1999 年，第 250 頁。

〔註 62〕《文藝報》第 14 期，1956 年 7 月 30 日。

〔註 63〕《文藝報》第 12 期，1956 年 6 月 30 日。

〔註 64〕《文藝報》第 13 期，1956 年 7 月 15 日。

〔註 65〕《人民日報》，1956 年 10 月 8 日。

批評了那些滿口「基本上」、「原則上」的重用思想和教條主義。〔註 66〕在《禮贊短短篇》中，他形象地將《人民日報》改版以前的文化「景象」說成是「批發公司多」,「零售商店」少,「夫妻商店」絕迹（意爲文學作品單一，缺少豐富性、多樣性),而改版後「主、副食品」都齊全了。他還批評說:「歌頌新社會，也不必滿紙『萬歲』」。〔註 67〕在《「人民」的出版社爲什麼會成了衙門？》一文中，蕭乾開篇便提出出版社與著譯者的關係「今不如昔了」。接著，他以馮雪峰的「出版社好像衙門」、王任叔的「出版界大一統」入題，結合個人的切實體會，批評了人民文學出版社等「出奇地馬虎、倨傲」，時常擺出一副「你不來我不在乎，我不給你出你就別無出路」的神氣，以及霸王條款等。他認爲現有的定額制、稿酬計算制比 1949 年前更主觀、更不科學，容易滋生官僚主義的現象。最後，他尖銳地指出:「單靠端正態度，改進作風是不夠的。要解決這個問題，必得從根本制度上著手 —— 必須改變出版社實際上處於壟斷者的這個客觀形勢。」〔註 68〕這種氣度在當時可以說是頗爲震驚的，它等於直接否定了社會主義的計劃經濟體制。

在接下來的《放心・容忍・人事工作》中，蕭乾更是「四處放火」、「全面打擊」。在「放心」一題中，他由店員「搶先檢討」的故事起筆，揭露了社會業已形成的「革命世故」:對人不即不離，發言不痛不癢，下筆先看行情，什麼號召都人云亦云地表示一下態度，可對什麼也沒有個自己的看法。他說，人與禽獸的區別在於獨立思考，沒有獨立思考，「就等於生魚生肉沒經過烹飪、咀嚼就吞下去，不但不能變成營養，一定反而還會鬧消化不良」。他認爲，「百花齊放」推行不下去，主要是「領導者對被領導者不夠放心」。在「容忍」一題中，他重申了民主自由的原則：我完全不同意你的看法，但是我情願犧牲我的性命，來維護你說出這個看法的權利。雖然 1949 年以來政府沒有下令查禁過一本書，但是還不能說每個中國人都已經有了說話和寫作的自由。他指出，在社會過渡中，太缺少民主精神的鍛鍊，幹部的提升與自身的提高不相稱，常把「亂說」與「亂動」混淆，在維護憲法的名義下，做出違背憲法的事。爲此他提出，應像中央對批評和自我批評那樣制訂出一條原則：不宜橫暴態度對待別人的看法、想法和說法是每個公民對憲法應盡的一份神聖義

〔註 66〕《人民日報》，1957 年 3 月 28 日。
〔註 67〕《文藝報》，1957 年第 5 期。
〔註 68〕《文匯報》，1957 年 5 月 20 日。

務。否則，那些有可能接近馬列主義的人會因爲馬列主義者的教條主義起政治反感。在「人事工作」一題中，他對人事部門的神秘感、敷衍工作、偏聽偏信、主觀主義、官僚主義等現象進行了批評。〔註 69〕

客觀地說，蕭乾儘管比較「放肆」，但還是有所保留的，如果將其言論與當年北京大學學生譚天榮、張元勳、林昭等提出的「取消黨委負責制」、「取消政治課必修制」、「爲胡風招幡」、「自由者宣言」以及林希翎提出的「權大法大」等激烈口號相比，〔註 70〕實在看不出蕭乾的過激所在。而且，在揭示問題的同時，他也基本上是以「補臺」和「愛護黨」爲目的的。

蕭乾的現實表現正如一個法國的公式：既服從，又反抗，其相同的意思在英國叫「效忠的反對派」，而傳統中國則有屈原以來的「諍諫」一說。

但是蕭乾忘了，思想改造就是要改造獨立思考和自由思想，他這樣「放肆」地思考和表達，事實上已經觸犯了天條，因爲這說明，毛澤東和領導黨所推行的思想改造工作並沒有像工商業那樣取得預期的「輝煌成就」，相反卻失敗了。所以，蕭乾終不能逃脫預設的「引蛇出洞」，不但被解除了職務，還被下放到農場勞動，成爲名副其實的「陽謀」的犧牲品。他的愛妻文潔若因緊張過度，導致未出世的孩子的夭折。這樣的惡夢一直持續到「文革」，他不堪忍受折磨曾企圖自殺，岳母不堪淩辱上吊自盡。

或許直到這時，蕭乾才真切地體驗到家破人亡的喝鹹海水的感覺。1936年在一篇名爲《遁》的小說中，蕭乾曾寫有這樣一段話：「在這個命運不平均的世界裏。每個良心未泯沒的人，有時都不免做下點堂吉訶德式的莽舉。事情回過頭來看都不免可笑，然而在當時，爲一種思想熱情所佔有，卻除了踏上一個傻子的路徑以外，再沒有更好的辦法。」〔註 71〕這些話正好可以用來形容蕭乾 1949 年後的遭際。

〔註 69〕《人民日報》，1957 年 6 月 1 日。

〔註 70〕陳奉孝：《我所知道的北大整風反右運動》，季羨林主編：《沒有情結的故事》，北京十月文藝出版社 2001 年。

〔註 71〕《一本退色的相冊》，《蕭乾文集》7，浙江文藝出版社 1998 年，第 121 頁。